暗恋有声音

柿橙 ♥ 著

Secret Love

百花洲文艺出版社
BAIHUAZHOU LITERATURE AND ART PRESS

图书在版编目（CIP）数据

暗恋有声音 / 柿橙著 . -- 南昌：百花洲文艺出版
社，2023.12
ISBN 978-7-5500-5329-8

Ⅰ . ①暗… Ⅱ . ①柿… Ⅲ . ①长篇小说－中国－当代
Ⅳ . ① I247.5

中国国家版本馆 CIP 数据核字（2023）第 202958 号

暗恋有声音
ANLIAN YOU SHENGYIN
柿橙 著

出 版 人	陈　波	
出版统筹	曾英姿	
责任编辑	蔡央扬	
选题策划	吴小波	
特约编辑	李子怡	
装帧设计	黄　梅	
出版发行	百花洲文艺出版社	
社　　址	南昌市红谷滩区世贸路 898 号博能中心一期 A 座 20 楼	
邮　　编	330038	
经　　销	全国新华书店	
印　　刷	湖南天闻新华印务有限公司	
开　　本	880mm×1230mm　1/32　印张 9	
版　　次	2023 年 12 月第 1 版	
印　　次	2023 年 12 月第 1 次印刷	
字　　数	230 千字	
书　　号	ISBN 978-7-5500-5329-8	
定　　价	46.80 元	

赣版权登字：05-2023-422

网址 http://www.bhzwy.com
图书若有印装错误，影响阅读，可向承印厂联系调换。

目录
C o n t e n t s

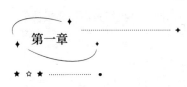

第一章

　　江城今年的春天比往年要冷一些，已经是三月中旬了，温度却还停留在十摄氏度以下。

　　往日雾霾浓重，细雨绵绵，可今早醒来，杨岁看了一眼天气预报，天气回暖了。

　　早上七点，晨曦已经穿透云层。今天正好没有早自习，她起床换上了一身休闲的运动套装，离开宿舍，朝操场小跑过去。

　　她有晨跑和夜跑的习惯，从高三一直坚持到现在。倒不是她喜欢跑步，最根本的原因还是想要保持身材。

　　肥胖曾经伴随了她整个中学时代，直到高三那年通过高强度的锻炼，她才渐渐摆脱了那个犹如噩梦一样的标签。

　　好不容易有了健康的身材，她是绝对不会让自己再胖到那种不健康的程度的。

　　即便是清晨，操场上的人依旧很多。杨岁戴着蓝牙耳机，缓慢而从容地跑进了操场。

　　跑了大概四十分钟，额头上冒了一层薄薄的汗，杨岁才离开。

　　她微微喘着气，看了一眼时间，快八点了。

她径直往最近的一个食堂走过去。

从拐弯处走出来两三个人，手上拿着采访专用的无线麦克风和摄像机，看到杨岁之后，立马眼睛一亮，朝她跑了过来。

"同学，你好。"对方礼貌地询问，"我们是做校园采访的。请问你是化学系的杨岁吗？"

杨岁茫然地眨眨眼："我是。"

"是这样的，我们今天采访的主题是'寻找校花'，我们从进校门一路采访到这里，大家的回答都是化学系的杨岁。"一个带着节目 logo（标签）牌的麦克风递到了杨岁面前，"请问，可以采访一下你吗？"

听说自己被人叫校花，杨岁的第一反应就是惊讶，突如其来的采访更是让她有些无措。

不过，麦克风都伸到面前了，她也不好意思拒绝，只好微笑着点头："可以。"

主持人："同学，你的腿好长啊，身高是多少呢？"

杨岁："净身高一米七。"

主持人："听说你经常去健身房，基本上每天都会晨跑，你是靠运动维持身材的吗？"

杨岁点头："是的。平时也会跳舞。"

"摄影师，赶紧给个特写。"主持人拍着摄影师的肩膀，"杨岁同学现在是素颜状态，这皮肤简直绝了！像剥了壳的鸡蛋一样！真的太漂亮了，不愧是公认的美女。"

在某些方面，杨岁的自卑其实是发自内心的。这是从初中就落下的病根儿，即便现在外貌和体态有了巨大的改变，也还是没能将她的自卑连根拔除。

面对主持人的夸赞，杨岁略显局促，尤其是镜头正对着她的脸，她更是紧张得脸都发烫了。她尴尬地笑了笑，半捂了一下脸。

主持人将她的闪躲理解成了羞赧，话锋一转，又问："你谈过几次恋爱呢？"

杨岁脸上的尴尬更加难以掩饰了，她抿了一下唇："我……还没有谈过恋爱。"

主持人惊讶得瞪大了眼睛，明显不信："学校里追你的男生肯定排成长队了，居然从没谈过恋爱吗？不可能吧！"

杨岁尴尬地理了理头发，默默祈祷这让人窒息的采访赶紧结束。

"那你喜欢过谁吗？"

闻言，杨岁一愣。那根最敏感的神经被触动，她心里泛起一阵阵酸涩感。

她略略垂下眼眸，小声道："有，我有一个很喜欢的男生。"

主持人："喜欢了多久？是暗恋吗？"

听到"暗恋"这两个字，她的眼神逐渐暗淡下去。她生硬地扯出一抹笑容，唇瓣微启，正要回答时，身旁路过几个女生，其中一人突然激动地叫道："看，柏寒知！柏寒知！他换发色了！好帅呀！"

这个名字，几乎成了她的条件反射，她下意识地转过头望了过去。

她看到了那个向来万众瞩目的少年。他穿着简单的黑色卫衣外套与牛仔裤，骑着黑色的山地车，转过拐角处，出现在她的视野中。沿路种植的海棠树还未开花，只有待放的青涩花骨朵儿，微风拂动树叶，撩起了他的衣角。晨曦照在他白皙的皮肤与金色的头发上，他也在发光。

他骑着车逐渐靠近。

杨岁的心跳迅速失控，手指无意识地掐着手心，内心深处最柔软的那一块地方，仿佛被什么东西狠狠撞了一下，有点儿疼，有点儿酸。

他面色平静，目光一直紧盯着前方，没有丝毫的偏移，目不斜视地从她身边经过。

"他就是那个又帅又有钱的金融系学神柏寒知吗？"

"名不虚传哪。"

"赶紧、赶紧，等会儿就拍'寻找校草'主题！"

摄影师的镜头追随着柏寒知的身影，采访杨岁的这几个人都兴奋不已。

他离去后，杨岁紊乱的心跳非但没有平复，内心那一片苦涩的浪潮反而越发汹涌。

她垂下眼眸掩饰着情绪，在心底默默回答刚才没来得及答的问题。

——喜欢了多久？是暗恋吗？

——是呀，是暗恋。暗恋了很久。

下午下了课，杨岁从教学楼走出来，在去食堂的路上，收到了室友乔晓雯的微信消息："亲爱的岁，帮我带桶泡面呗。"

乔晓雯的身体不太好，一到换季就生病，这两天就窝在宿舍里休养生息，课也没去上。

杨岁："生病了还吃泡面？泡面吃了上火，我给你带份粥或者面吧。"

乔晓雯秒回："别！放过我！这两天都吃得清汤寡水的，我都要抑郁了。我就想吃点儿有味道的，我都好了，吃一桶没事的！！求求了，美丽善良的岁！"

杨岁无奈地妥协："好吧。要什么味道？"

乔晓雯发过来好几个兴奋得转圈圈的可爱表情包："藤椒！再来根火腿肠！感恩！"

杨岁："好。"

杨岁回复了之后，收起手机，转了方向，去了附近的超市。

推开超市的玻璃门时，挂在门口的风铃响了，清脆悦耳的声音被风送到了超市里的每一处。

杨岁径直走去了泡面区域，按照乔晓雯的要求，拿了一桶藤椒味的泡面和一根火腿肠，但她并没有急着去结账，而是又拐去了饮料区域。

货架上最高的那一排摆着能量饮料，名为魔爪，易拉罐上有一个野兽爪痕标志，张狂而野性。

此时，门口的风铃又发出一阵悦耳的轻响。

货架上摆着好几种口味和颜色的魔爪，杨岁走到货架前，目光锁定了黑色罐子的原味饮料，手指刚触上冰凉的易拉罐，一只骨节分明的手猝不及防地出现在她的视野中。

那是一只极为好看的手，皮肤是冷白色的，手指修长干净，就连袖口之下不经意露出的那一小截手腕都显得那样精致、贵气。

那人的小指上戴着一枚金色的女款尾戒，很简单的款式，上面只镶了一颗小小的钻。

在她秘密的时光里，这只戴着尾戒的手不知道在多少个午后伸到她的身侧，一个无意之举，便能轻易勾起她难以启齿的遐想。

高中时，他坐在她的后桌。他趴在课桌上睡觉，胳膊搭在桌沿，手自然下垂。她的椅背靠着他的课桌，她会小心翼翼地靠上椅背，悄悄侧头看着他的手。

他也准备拿这罐饮料，似乎没料到有人会和他拿同一罐，猝不及防碰到了她的手背。

杨岁感受到他温热的指腹轻轻扫过手背的皮肤，引来浑身的酥麻，犹如过电一般。她条件反射般缩回了手，抬眼看过去。

柏寒知就站在她的面前，近在咫尺，金发夺目，眉眼深邃，高挺的鼻梁上架着一副无框眼镜，举手投足间尽显斯文与优雅。

杨岁知道，他这副完美的皮囊下，藏着不羁且张扬的个性。他是散漫的、桀骜的，也是恣意的。

柏寒知漫不经心地撩起眼皮看了一眼杨岁。

四目相对，她屏住了呼吸，局促地垂下眼睫。

柏寒知神色自若，嘴角微勾起一抹歉意的笑容，他低声开口："抱歉。"

他拿起那罐饮料，递给了杨岁："给。"

杨岁心跳如擂鼓，身体僵硬得像木头。她机械地抬起了手，紧张得指尖都在颤抖。她从他手中接过了那罐饮料，深吸了一口气，道："谢……谢谢。"

柏寒知略一颔首，重新拿了一罐黑色的原味饮料去收银台结了账，不紧不慢地朝门口走去。

杨岁还站在原地，她躲在货架后面，眷恋地盯着他的背影。

他很高，拉开玻璃门时，头侧向一边，以防碰到风铃。

他出去后并未立即离去，而是站在门口单手拉开易拉罐，另一只手懒懒地插在兜里，昂起头将饮料灌入口腔，凸起的喉结上下滚动。

似乎察觉到了身后的目光，他将易拉罐从嘴边拿下来，漫不经心地侧过头来。

杨岁迅速转过身，抱着泡面和饮料，慌慌张张跑去了收银台。

等她结完账之后，超市门口已经没有了柏寒知的身影。

她松了一口气，又好似有些失落。

回到宿舍，她将泡面和火腿肠给了乔晓雯。

乔晓雯喜滋滋地去接开水泡面。

杨岁拉开椅子坐在书桌前，手里捧着那罐饮料。她闭上眼睛，脸贴上易拉罐。明明是冰冰凉凉的，她却仿佛还能感受到他手心留下的温度。

这是柏寒知很喜欢的一款饮料，上高中时她就经常看见他喝。跟他喝同一款饮料都能让杨岁觉得是一件甜蜜的事情。

她撕下一张粉色的便笺纸，握着笔在纸上写下一句话，画了一个饮料的图案，然后将纸折成蝴蝶的形状，放进了一个陈旧泛黄的存钱罐。

她写下的那句话，留在了纸蝴蝶的背部——真羡慕你呀，小饮料，能牵他的手。

已经是大一下学期了，学校今年提前开设了选修课，杨岁选修了金融学。

她从来没有接触过这个专业，但还是毫不犹豫地选了它。

原因很简单，柏寒知是金融系的。

杨岁倒也不奢望能和他有更深的接触和交集，只是单纯地想要离他近一点儿。

下午，杨岁去了商学院，找到了教室。

她来得太早了，现在这个点，偌大的阶梯教室里只有零星几个人，且都在埋头学习，教室里安静得连写字的声音都能听见。

杨岁将脚步放到最轻，小心翼翼地走进了教室，找了个靠后排的位子坐下。

这是头一天上课，她怕坐得太靠前，老师会抽她回答问题，到时候一问三不知就真的太尴尬了。

杨岁从包里拿出书和笔记本，打算趁现在还有时间，先翻开书临时抱佛脚，做做功课。

过了差不多半个小时，陆续有人走进教室，教室里开始变得嘈杂起来。

"下课去打篮球吧？好久没打了，正好活动活动筋骨。你也别老窝在屋里打游戏了，不憋得慌吗？"一个男生的说话声伴着脚步声逐渐靠近。

"随便。"有人回应了言简意赅的两个字。那人的声音低沉且富有磁性，透着漫不经心的倦懒意味，像是没什么精神。

杨岁原本正在书上画重点的手猛然一颤，笔下的线条冷不丁拐了个大弯，一笔画到了书外，笔尖点上课桌。

杨岁下意识地抬起头看过去。

柏寒知戴着无框眼镜，神色散漫倦怠，耷拉着眼皮，不紧不慢地和一个男生从教室门口走过来，迈上阶梯。

走在柏寒知身旁的男生目光在教室里随意一扫，似乎在找空座，环视一圈后，与杨岁的目光对上。

明明又不是被柏寒知抓包了，杨岁的第一反应还是心虚地埋下脑袋。

男生又饶有兴致地多看了杨岁两眼，然后走向一排座位，在靠走廊的位子坐下，和杨岁的座位隔了三排。

柏寒知坐在顾帆的旁边，一坐下就将身上的挎包取下来，随意往桌上一扔。

顾帆碰了两下柏寒知的胳膊，稍微靠近了些，有些激动地在他耳边说道："你快看后面坐的谁！就是那个新晋的校花！"

柏寒知没搭理他，连眼皮都没有抬一下，态度冷酷，自顾自将书从挎包里拿了出来。

顾帆还在他耳边碎碎念："你快看啊，真的漂亮，不是那种网红脸，特有辨识度，就感觉很高级。"

柏寒知还是没抬眼，眉心却渐渐拢起，透着不耐烦。

正要发火时，只听到顾帆又说了一句："入学军训那天，你看到她跳舞了吗？好家伙，直接一炮而红了。校园表白墙上，给你的表白最多，其次就是给杨岁的了。今天近距离一看，校花还真不是个噱头啊，又漂亮，身材又好。话说，她不是化学系的吗？怎么跑到我们系来了？"

闻言，柏寒知的火气莫名散去了点儿，竟然鬼使神差地侧过头去。

虽然隔了三排，但杨岁坐的位子就在他的斜后方，稍稍侧头就能看到。

她正埋头看着书，一头乌黑靓丽的长发披散在肩头，鬓边的头发被她别到了耳后，皮肤白皙，透着淡淡的粉色。

如顾帆所说，杨岁的长相的确非常有辨识度：单眼皮，鹅蛋脸，鼻子小巧，五官柔和清淡，却让人过目不忘。

入学军训那天，柏寒知看到了她跳舞。

化学系的队伍与金融系的队伍隔得不算远。

中间休息的时候，偌大的操场放眼望去，只见清一色的迷彩服。

柏寒知原本坐在地上休息，他看了一眼时间，随即单臂撑地站起身，走到班级统一放水的地方，拿了一瓶矿泉水，拧开盖子之后刚准备喝，便听到不远处传过来一阵欢呼声。

他循声望过去，只见草坪处围了一个很大的圈，杨岁和一个女生站在圈的正中央，正伴随着别人的欢呼声和欢快的音乐声起舞。她脱掉了身上的迷彩外套，穿着一件简单的白色 T 恤，跟着音乐的节拍律动，指尖时不时往后撩一下头发，黑发也随着她的动作飘舞起来。

明明是双人舞，但不得不承认，她成了焦点。

那天晚上的操场灯火通明，音乐声十分清晰："风吹过我的头发，淋着雨我就站在你家楼下，迫不及待地拨通你的电话，一整个夏天所有和你的画面……"

柏寒知不知道这首歌叫什么名字，但好像格外应景。

燥热的夏天，蓬勃的青春，以及闪闪发光的女孩儿……

自从柏寒知出现后，杨岁的注意力就全都集中到了他身上。此刻她低着头，看似在认真看书，实际却在时刻留意着前面的动静。

她的余光瞥见柏寒知回头了。

她突然意识到了什么——他在看她。

这个认知让杨岁的心猛然跳漏了一拍，她僵硬地抬起头，两人的目光猝不及防地对上了。

杨岁的手不由自主地捏紧书的边缘，就连身体都紧绷了起来，一动也不敢动。

柏寒知还是那般淡漠，面上没有一丝情绪起伏。对视了不到一秒钟，柏寒知便收回了目光，转过身去，背对着杨岁。

顾帆又凑了过来："怎么样？好看吧！"

"还行。"柏寒知的神情淡淡的。他看了一眼手表，还有十几分钟才上课，于是拉起卫衣帽子戴上，摘下眼镜放在一旁，往桌上一趴，"我睡一会儿。"

听到这个不痛不痒的评价，顾帆立马就不乐意了，用胳膊肘撞他："什么叫还行啊！我不准你用这么扁平的词来形容我的女神！"

柏寒知很是无语。

就这么一会儿的工夫，就女神了？

顾帆却又用一副看破一切口吻道："也对，像你这种人，每天光看自己那张脸就已经审美疲劳了吧？"

他幽怨地瞪了柏寒知一眼，似乎是气不过，又咬牙切齿地用胳膊肘撞了他一下："可恶！女娲捏人的时候就不能公平一点儿？我倒想问问女娲是什么意思，凭什么你这么帅！"

柏寒知倏地睁开眼睛，黑眸沉沉，戾气横生，毫不客气地骂了句："傻子。"

　　一整节课下来，杨岁都处于心不在焉的状态。

　　她真的很想认真听课，可是一抬眼就能看到坐在前面的柏寒知，所有的注意力就跑到柏寒知身上去了。

　　她痴痴地望了一会儿，又立马摇摇头，强制自己看向黑板，结果没过几秒钟又情不自禁盯着他发起呆来了，就跟着了魔似的。

　　从前她总吐槽大学的课时长，今天却觉得格外短。

　　下了课，柏寒知收起书，背上挎包，双手插兜往外走。

　　顾帆追了上去："你等等我啊！不是说去打球吗？"

　　柏寒知一走，杨岁也连忙收拾书本跟了上去。不过，她不敢跟得太近，隔了两三米的距离。

　　这天天气好，他只穿了一件单薄的卫衣，领口有些大，再加上背着挎包，挎包将领口压得更低了些，露出了一截白皙的后颈。卫衣贴在身上，隐隐显出清瘦的肩胛骨。他的脖子上挂着一条银色的项链，金色的头发衬得皮肤更白了。

　　在她的世界里，他永远都在前方，只留给她一个意气风发的背影。偷偷跟在他身后好像已经变成了常态。她的喜欢从来都是无法开口的秘密。

她做不到坦坦荡荡，默默关注才是她的表达方式。她从来都不奢求他能回头看她一眼，唯一的私心大概就是希望他能走得慢一点儿。

走得慢一点儿，她想跟得久一点儿。

许是早就习惯了凝望他的背影，所以当他今天突然回头看她时，她才会那么不知所措。对视的那一瞬间，她的大脑像死机了一般，一片空白，唯有心跳声那般剧烈，震耳欲聋。她心里生出一丝幻想——或许他想起她是谁了？

柏寒知高二转学到玉衡中学，高三时不知道什么原因又转走了。

即便大学再次同校，可是直到那天在超市里遇见，杨岁才算跟他有了第一次正面接触。

高中时他们同班的时间也不长，再加上那时候她是班上最不起眼的女生，过去了这么久，他对"杨岁"这个名字肯定早就没有印象了吧？

如同杂草般毫不起眼的她，怎么可能会留存在他的记忆里？

可今天他主动回头看她了，这是不是代表着，那天在超市，他记起她了？

杨岁正在走神，冷不丁听到了顾帆的问话："对了，你怎么想起来染头发了？头一次见你染头发，怪新鲜的。"

柏寒知抬起手随意抓了两下后脑勺的头发，手指上的尾戒微微闪着光。

"送别人的生日礼物。"他的口吻不咸不淡，似乎这是一件无所谓的事情。

"别人生日，跟你染头发有什么关系？"顾帆迷惑不解，随即又立马反应过来，"哦，我明白了，那人想要的礼物，就是让你听从差遣吧？所以人家让你染头发，你就染了？"

"嗯。"他漫不经心地应道。

"这么听话？让你干吗你就干吗？那人是个女的吧？"顾帆挤眉弄眼地"啧啧"两声，脱口而出道，"就是那个梦游仙境的Alice（爱丽丝）吗？除了她，我想不出来你身边还有别的女的了。她不就是这个发色吗？"

柏寒知没吭声，算是默认。

他们的对话，一字不落地传进了杨岁的耳朵。她的心仿佛被什么东西重重砸了一下，指尖不由自主地掐着手心，刺痛感从神经末梢传遍四肢百骸。

Alice……

是她看到的那个女孩儿吗？

高三时，柏寒知离开的那天，杨岁跟到了校门口，亲眼看见一个女孩儿扑进了他怀里。

那个女孩儿长得很美，金色的头发，蓝色的眼睛，精致得像洋娃娃。她在他怀里撒娇，似乎还嘤嘤啜泣了起来。柏寒知搂了一下她的肩膀，揉了揉她的脑袋。

那是杨岁第一次见到那么温柔的柏寒知。

所以，时隔这么久，他身边的人，还是那个女孩儿吗？

就在这时，走在前面的柏寒知忽然脚步一顿。

杨岁反应迟钝，慢了好几拍，即将撞上他的后背才赶紧停住脚步。

她狐疑地抬头，发现一个长相乖巧甜美的女生拦住了柏寒知的去路。

那个女生红着脸，深吸了一口气，鼓起勇气将一封情书递到柏寒知面前，郑重其事道："柏寒知，我喜欢你，我能做你的女朋友吗？"

柏寒知从来都是万众瞩目、光芒万丈的天之骄子，家世好，长相好，学习好。学校里喜欢他的女生数不胜数。但这是杨岁头一次亲眼撞见告白现场，还是这种送情书的古老桥段。她下意识屏住了呼吸，紧张地看着柏寒知的后背。

然而，不待柏寒知回答，一旁的顾帆抢先一步开了口："不好意思了，这位妹妹，柏寒知有女朋友了。看，都跟他女朋友染情侣发色了。"

此话一出口，周遭立马哄闹起来。

杨岁垂下眼眸，却掩饰不住眼底的落寞和黯然。

她悄无声息地穿过人群，默默离去。

小饮料，他真的是个很好的人，从一而终。

他的身边，一直都是她。

为什么……不能是我呢？

我是不是很坏？

杨岁听说过这样一句话——喜欢一个人的感觉，就像是有一百只蝴蝶在肚子里翩翩起舞，飞着飞着，飞到了心里。

她心里的蝴蝶，被她小心翼翼地藏到了存钱罐里，早就不止一百只。

它们没有在百花盛开处翩跹，它们淋着酸涩的雨顽强地活着。

它们是快乐的，它们是不快乐的。

这天，存钱罐里又多了一只不快乐的蝴蝶。

杨岁心情低落，不想在宿舍里闷着，更不想让乔晓雯察觉到她情绪异常，所以主动提出去食堂买饭，顺便给乔晓雯带一份回来。

她去了距离宿舍最近的一个食堂，提着打包好的饭返回宿舍的路上，几个女生从她身旁跑过，她无意间听到了她们的对话。

"我朋友说柏寒知在打球，咱们去围观一下呀。"

"哈哈哈，走！又能看到一群女的送水送不出去，心灰意冷的壮观景象了。"

"不如咱买一箱矿泉水去篮球场卖吧。送他他不要，让他掏钱，他肯定会买。"

"哈哈哈，好主意！"

"可拉倒吧，你看他搭不搭理你。"

那几个女生嘻嘻哈哈地开着玩笑，朝篮球场跑了过去。

前面不到五百米就是宿舍楼，杨岁却走得越来越慢，最后，她毫无征兆地转身，也朝篮球场走去。

她万般无奈地闭上眼睛，叹了一口气，觉得自己无药可救了。

不管是什么时候，只要是有柏寒知在的地方，她都会去。

明明知道他已经有女朋友了，她还是忍不住去关注他的一举一动。

这几乎是一种本能。

就这样吧，远远地望着也好。

杨岁手上还提着打包的饭，不待走近，老远就听到了篮球场那边一群女生崇拜的尖叫声。

有柏寒知的地方，永远都是热闹的。

那些女生围在篮球场旁，表情如出一辙，眼里仿佛冒着粉红色的爱心泡泡，简直就是柏寒知的野生啦啦队。

杨岁没有走进篮球场，而是在球场围栏外的一张长椅上坐下，远远地看着球场上的柏寒知。

他穿着黑色的球服，戴着护腕，额头上也戴着黑色的运动头带，金色的头发被顺向了脑后。

队友将球扔了过去，他伸手先对手一步将球接住，做了一个假动作，巧妙地将篮球运到了篮筐下。球鞋在地面上摩擦出尖锐的声响，他的身体随即一跃而起，一记暴扣，将篮球灌入篮筐，下一秒，沉闷的碰撞声响起来。

紧接着，球场响起此起彼伏的尖叫声。

篮球弹出去，队友们拥了过去，兴奋地和他击掌。

大部分人都是抓起衣摆擦汗，他却啬得不愿意多露一点儿肉，完全不给这些小"迷妹"们一饱眼福的机会，只微微低下头，揪起衣领，随意地抹了两下脸上的汗水。

夕阳下的他，皮肤雪白，双臂肌肉紧致而性感，血脉偾张，汗水折射出细细碎碎的光，那头金发更为耀眼，简直是行走的荷尔蒙。

杨岁盯着他发起了呆。

他向来站在顶端，优秀，出众，众星拱月。

喜欢一个人的第一反应是自卑。

曾经的她那样糟糕，从来都不敢抬头直视他的眼睛。她原以为脱胎换骨之后，她的心态会有所转变，然而自卑感这东西，比她想象的还要难以摆脱，所以她只敢远远地望着他，远远地跟在他身后。

喜欢他的人太多了，她只是其中不起眼的一个。

他那么优秀，就该跟同样优秀的人在一起。

就像站在他身边这么多年的Alice。

杨岁拿出手机点开了相机，对着篮球场，将画面放大，直到屏幕中只剩下柏寒知顾长的身影，定格，按下快门键。

小心翼翼地偷拍了几张照片后，她静静地翻看着相册，将照片放大。她看到了他脸上的笑容。深邃的眉眼流露出张扬恣意的笑容，桀骜又干净，少年感十足。

"杨岁。"一道女声突然响起，"你坐在这儿干吗？"

杨岁猝不及防，吓得手一抖。不过，她反应很快，在那人走近之前，迅速按灭了屏幕。

她抬起头，看到了室友周语珊和她男朋友。二人牵着手走了过来，在杨岁面前停下。

杨岁快速调整好情绪，嘴角扬起一抹淡淡的微笑，向他们打招呼："Hi！"

周语珊瞥了一眼篮球场的方向，随口问："你在这儿看打篮球吗？"

杨岁压下那一股子心虚，生怕别人发现她的小心思，晃了一下手机，解释道："我就是去小吃街买饭，坐在这儿歇会儿。今天跑步时脚扭了一下，走不动了，刚准备扫一辆共享单车骑回宿舍呢。"

这一说法合乎情理，天衣无缝，周语珊自然不会怀疑。

周语珊的男朋友明显被篮球场那边的动静吸引了，他蠢蠢欲动，扯了扯周语珊的手："媳妇儿，我也想去打会儿球。"

男生嘛，无非就这么点儿爱好。周语珊十分爽快地点头答应："去吧。我在这儿等你。"

得到同意后，周语珊的男朋友亲了一口她的脸颊："那我先去了。"

男朋友走了之后，周语珊也在长椅上坐下，看向前面的篮球场。她男朋友上场之后，对她兴奋地挥了挥手，还给她飞了个吻。

周语珊笑容甜蜜，嘴上却特别嫌弃："傻子。"

周语珊和她男朋友都不是江城人。他们从幼儿园到初中都是读的同一个学校，只是高中时，男生转学来了江城。男生的目标大学是江大，于是他们便约好了一起考江大，一定要在江大见面。

周语珊说，一开始她的成绩并不算好，但为了和男朋友上同一所大学，她没日没夜地埋头苦读，从班上的吊车尾蹿到了年级前十。皇天不负有心人，她高考超常发挥，如愿考上了江大，二人便顺理成章地走到了一起。

杨岁很羡慕周语珊的爱情。

有共同的目标，有清晰而坚定的回应，是双向的。

不像她。

高二上学期，柏寒知从外地转来玉衡中学。他很沉默，总是
独来独往，完全没有要融入集体的打算，浑身是刺，厌世又孤傲。
每天在学校就是睡觉，也不听课。睡醒了就懒懒散散地靠着墙玩
手机，打游戏，没有一丁点儿要高考的紧迫感。

快期中考试时，班主任实在看不下去了，她走到正趴在桌上
睡大觉的柏寒知面前，屈指使劲敲了敲课桌。

熟睡中的柏寒知被吵醒，不耐烦地"啧"了一声，睡眼惺忪
地抬起头，满脸不悦。但看到是班主任时，出于教养和礼貌，又
将火气硬生生压了下去。

他坐起来，烦躁地抓了两下头发，倦懒地靠上椅背，随意地
翻了几页书。

"柏寒知，我想问问你，你打算考哪所大学？"班主任一脸
严肃地问道。

柏寒知还是一副漫不经心的闲散姿态，困倦地眯了眯眼，用
淡淡的口吻说道："江大吧。"

江大是最好的高等学府之一。

所有人都以为柏寒知这个眼高于顶的纨绔富二代只会说大
话，没想到期中考试他竟然不费吹灰之力就拿下了年级第一的
名次。

杨岁默默给自己定下目标，她也要考江大。

高三的时候柏寒知离开了玉衡中学，她听说柏寒知出国了，
但不知道去了哪个国家。

她没有了关于他的任何消息，但还是继续向着最初的那个目标努力——她要考江大。

只因柏寒知说过他会考江大。

高考成绩出来之后，她考了高分，足够上江大。

她哭了。她认清了现实，世界这么大，她或许再也不会遇到柏寒知了。

可过了几天，一条关于江城理科状元的喜讯轰动了全国，"最帅状元郎"横空出世，是来自玉衡中学高三（六）班的柏寒知。

看到新闻之后，杨岁又哭了，是喜极而泣。

她哭得一塌糊涂，像是要把整个高三积攒的泪水都流出来。

那时候她根本来不及想，柏寒知明明已经离开了玉衡中学，为什么最后又会从玉衡中学毕业？她只知道，柏寒知回来了，他真的说到做到，他会去江大。他们会上同一所大学，她会遇到他。哪怕是单方面的遇见。

"哎，听说管理系的系花今天跟柏寒知表白了，你知道这件事情吗？"

周语珊的声音将杨岁飘远的思绪拉了回来。她一下子就想起柏寒知有女朋友的事，心里一阵发酸。她垂下眼帘掩饰情绪，轻声说："是吗？我不太清楚。"

周语珊的八卦之心一下子就燃起来了："我跟你讲，系花不是送情书了嘛，柏寒知都还没说话呢，他朋友就替他回答了，说他有女朋友，还说他那个头发就是为了跟女朋友配情侣发色才染的。"

这句话无疑是在往杨岁的伤口上撒盐。她如坐针毡，正想找个借口离开，周语珊又声情并茂地补充道："结果没想到有反转！他那个朋友是乱说的，柏寒知根本没有女朋友！柏寒知当时就否认了，还警告他朋友不准散播谣言。"

杨岁刚抬起一半屁股，听到这话，又猛地坐了回去："然后呢？他答应了那个女生吗？"

"怎么可能啊？他当然拒绝了。"周语珊摆了摆手，"我就说嘛，柏寒知怎么可能会有女朋友呢？你看他那不近女色的样子，我都怀疑他压根儿不喜欢女的，多少美女给他告白都遭拒了。"

如果杨岁晚一分钟离开，她就能亲眼看见这一幕。

柏寒知并没有接那个女生的情书，而是礼貌地拒绝道："我没有女朋友，但目前也不打算交女朋友。抱歉。"

周语珊赞扬道："有一说一，真的又酷又温柔。"

"你怎么知道的？"杨岁还有点儿蒙，"你不是不在学校吗？"

周语珊翻了个白眼："我不在学校，可我有手机呀，论坛上都传开了。"

杨岁被这巨大的惊喜砸晕了。

他没有女朋友！他没有女朋友！！！

开心之余，她又觉得无比懊恼。她当时怎么就不多留一会儿呢？听听柏寒知的回答再走也不迟啊！害得她郁闷了这么久。

杨岁死死地咬着嘴唇，嘴角还是控制不住地往上扬。

她朝篮球场看过去，不料正好看到柏寒知在往外走。

他把外套随意搭在肩上，手里握着一瓶矿泉水，举到嘴边喝了一口，不紧不慢地往出口走。

球场的出口正对着杨岁坐的长椅，二人的目光对上。

对视的那一刻，杨岁脸上的笑容一僵，脸仿佛被烫了一下，发起热来。

她心虚地别开视线，站起身道："珊珊，我先回宿舍了。"匆忙撂下这句后，她提着饭拔腿就跑。

周语珊看她健步如飞，一脸狐疑道："你的脚不是扭了吗？跑那么快？后边有鬼追你吗？"

正在喝水的柏寒知瞥了一眼杨岁落荒而逃的背影，细细品味了一下周语珊的话，目光渐深，表情微妙起来。

喜欢一个人，是见不到他时，会满学校搜寻他的身影；见到他了，却又不敢靠近，胆小鬼一样落荒而逃。

第三章

　　大概人都是矛盾体吧，杨岁一方面觉得他应该跟与他旗鼓相当的人在一起，一方面又不希望他跟其他任何人在一起。

　　得知柏寒知有女朋友的事是误会之后，她长舒了一口气，开心得找不着北，像是脚踩在了棉花上，整个人都轻飘飘的。

　　晚上，杨岁早早就上床睡觉了，因为第二天还得早起上课。

　　柏寒知递给她的那罐能量饮料，她一直都放在床头没舍得喝。她将饮料抱进怀里，闭上眼睛，脸贴上冰凉的易拉罐，无声地笑了起来。

　　小饮料，昨天是我误会啦，他没有女朋友。

　　那只蝴蝶应该是快乐的才对。

　　第二天，杨岁没有金融系的课程，全都是专业课。

　　下午下了课之后，杨岁跟乔晓雯一起去食堂吃饭，吃了饭之后，乔晓雯回了宿舍，杨岁背着包去了图书馆。

　　图书馆离食堂很近，杨岁却特意绕了一大圈，去了商学院。

　　她的小心思不言而喻。

这天一整天都没见到柏寒知，她想去碰碰运气，看能不能偶遇他。

走到商学院后，她开始生理性紧张。她一边若无其事地路过，一边小心翼翼地东张西望。她走得很慢，眼看着就要走过去了，还是没有见到柏寒知的身影。

杨岁内心一阵失望。

明明知道希望渺茫，她还是不想放弃，又绕去了篮球场。她心里抱有一丝幻想，或许他又在打球呢？

然而到了篮球场，远远望去，只有寥寥几个人在打球，更没有那些小"迷妹"的尖叫声和欢呼声。杨岁知道柏寒知肯定不在。

杨岁彻底失望了，暗自叹了一口气，算了，今天肯定是见不到了。

她调整好心情，加快脚步往图书馆走。

她看了一眼手表，已经六点多了，她打算去图书馆学习两个小时左右，八点去夜跑。

篮球场离图书馆有些距离，步行的话大概需要二十分钟，有点儿耗时间。路过共享单车停车点时，杨岁下意识地走过去，想扫一辆车，却突然记起她没有带手机——她去图书馆一般是不会带手机的，手机带在身上，多多少少会影响学习。

杨岁又叹了一口气，从快走变成了小跑。

然而，跑出一段距离后，她猛地刹住了脚步，惊喜又无措地看着前方——柏寒知出现在她的视野中。

周遭的一切仿佛都虚化了。

柏寒知还是穿着那身黑色的球衣，身形挺拔，肩宽腿长，运动短裤长及膝盖，小腿精瘦笔直。他一边走，一边随意地拍着一个纯黑色的篮球。顾帆走在他的身侧，不知道在声情并茂地说着什么，手舞足蹈的，看上去非常兴奋。

柏寒知脸上没有什么表情，还是那副淡淡的神色，悠闲懒散，闲庭信步。

杨岁微微侧了侧身子，迅速整理了一下仪容仪表。

柏寒知离她越来越近，篮球砸在地上发出沉闷的声响，仿佛砸在了她的心上。

杨岁的腿都开始发起抖来，她突然就胆怯了，想要躲开。

就在杨岁准备转身跑开时，柏寒知身旁的顾帆突然贴在他耳边说了一句什么。下一秒，柏寒知便掀起眼皮直直地看了过来。两人的目光再一次交会，杨岁浑身一颤。

顾帆的嘴一张一合地说着话，杨岁听不到内容，却看到柏寒知蹙了一下眉，开口对顾帆说了一个字，从口型看，他说的应该是"滚"。

杨岁不敢再与他对视，心中生出落荒而逃的念头，她的脚甚至已经条件反射地往后退。

可是在学校里找他这么久，期待了这么久，她又舍不得只匆匆看一眼就离开。

她深吸了一口气，鼓足勇气迈步往前走，表面上装得镇定自若，实际上内心已经掀起了惊涛骇浪。

杨岁不知道的是，顾帆其实是在苦苦央求柏寒知："哥，柏哥，我求求你了，行吗？帮我去要一下她的微信！"

柏寒知又说了句："滚。"

"你相信命运吗？咱们学校这么大，连续好几天都能遇见她，她还选修了金融，出现在我们班。"顾帆有板有眼道，"这就是缘分哪！难道这还不算爱？！如果有一份真挚的感情摆在我面前，我却没有抓住，那我真的会遗憾终生！"

命运……

"跟我有关系？"柏寒知嗤笑一声，一针见血道。

"我要是留下了遗憾，作为兄弟的你，也不会快乐的，对吧？"顾帆说。

"关我什么事？"柏寒知依旧无动于衷，越发冷酷无情。

眼瞅着杨岁就要从他们身旁走过去了，顾帆变得急切起来，用气音说："柏哥，柏爷，算我求你了，赶紧帮我要一下。我这人性格内向，你知道的，尤其面对我的女神，我更不好意思去要了！万一被拒绝了，我真就没脸见人了。你去肯定稳了。咱们可是最好的兄弟，这点儿小忙都不肯帮吗？！"

顾帆软磨硬泡，像只麻雀一样在柏寒知耳边叽叽喳喳，聒噪得要命。柏寒知似乎是不胜其烦了，将篮球传给了顾帆，加快脚步径直朝杨岁走了过去。

顾帆心中一阵窃喜。柏寒知走出了一两步后，顾帆像是想起了什么，连忙将自己的手机摸出来，快走两步递过去："哎，我的手机，我的手机！"

柏寒知却充耳不闻，根本不搭理他，脚步未曾有片刻的停顿。

而这时的杨岁心里纠结极了。她在想，他们也打过几次照面了，而且也上过同一堂课了，一会儿要不要主动打个招呼，像普通同学那样寻常地问好？可是如果柏寒知不搭理她的话，怎么办？那要装作视而不见，默默地和他擦肩而过吗？

没想到，下一秒，她居然看到柏寒知朝她走了过来。他直勾勾地看着她，似乎带着极强的目的性。

杨岁立马意识到，他是真的朝她走来了！

她屏住呼吸，心跳像是瞬间停止了，手不由自主地攥紧了帆布包的带子。

很快，柏寒知走到了她面前，停住。

他实在太高了，即便她在女生中已经算是高挑的了，还是必须抬头仰视他。

他身上有清冽的香味，却无端地给她带来了压迫感。

杨岁像是傻了一样，呆呆地看着柏寒知。

他神情散漫，垂下眼眸看着她，从容淡漠地开口道："杨岁？"

他叫了她的名字！难道是记起她了吗？

他的声音实在太好听了，带着略微的沙哑感，磁性而低沉，叫她名字时，仿佛有一股电流从她的脊梁骨穿过，让她觉得全身都麻酥酥的。

她僵硬地点了点头。

柏寒知从裤兜里摸出了手机，礼貌地询问："方便加个微信吗？"

周围来来往往都是人，大家自然目睹了柏寒知主动问女生要联系方式的这一幕，纷纷停下脚步，惊诧不已地看过来。

杨岁觉得这一幕像梦一样不真实，真的太不真实了。

柏寒知居然主动跟她说话了！

她像是灵魂出窍了一般，没有半点儿反应。

"杨岁？"柏寒知微微挑了挑眉，又叫了一声她的名字。

杨岁的双手一下子握紧，那种浑身过电的感觉又来了。她瞬间惊醒，下意识去摸包，又猛然石化，绝望油然而生。

她没有带手机！

"我……没有手机……"杨岁的舌头像打了结，说完以后又觉得这个说法不对，连忙又真诚地补了一句，"不对，是没带手机。"

这一回答，再一次震惊了众人。

这年头有哪个现代人不是随身携带手机的？

一会儿说没有手机，一会儿又说没带手机，前言不搭后语，除了借口，还能是什么？

所有人的第一反应就是，柏寒知被婉拒了。

然而柏寒知面色如常，漫不经心地轻扯了一下嘴角："抱歉，打扰了。"

　　杨岁来不及说可以告诉他电话或者微信号，柏寒知已经毫不留恋地转身离去了。

　　杨岁不好意思追上去，盯着柏寒知的背影，懊恼得恨不得给自己两拳。

　　为什么不带手机？！为什么不带手机？！

　　周围的人神色各异，有意无意地盯着她看，她实在是招架不住，脸直发烫，终究还是转过身落荒而逃了。

　　"什么？"顾帆望了一眼杨岁离去的身影，眼珠子都快瞪出来了。他十分夸张地拍了两下胸脯，一副庆幸的样子，"好家伙，连你都被拒了！幸好我没去！不然丢脸的就是我了！女神果然是女神，根本不被你的美色诱惑！真牛！你看看人家'姐就是女王，自信放光芒'的态度，简直就是新时代女性的标杆！"

　　柏寒知似乎被戳到了痛处，一直面无表情的脸上总算出现了一丝裂痕。他危险地眯起眼，黑眸迸发出凛冽的寒光，抓起顾帆手中的篮球，毫不留情地往他身上一砸。

　　几乎从不讲脏话的他，忍无可忍地骂道："闭上你的狗嘴！"

第四章

不到半个小时的时间，江大论坛就爆出了一个爆炸性的新闻，且很快沸沸扬扬传开了——柏寒知被化学系女神杨岁拒绝了！柏寒知被拒绝了！

帖子标题恨不得将"柏寒知被拒绝"几个字无限放大加粗，即便这样，也无法表达所有人的震惊。

杨岁自然是不知道帖子的事情的，她连图书馆都没去。她现在这个状态，哪里还有心思学习？

她一路狂奔回宿舍，想窝在床上好好冷静冷静。谁知道刚跑到宿舍楼下，就跟结伴回来的周语珊和张可芯打了个照面。

周语珊这个冲在吃瓜前线的职业吃瓜选手，自然在第一时间就抢到了前排的位子，吃到了新鲜出炉的瓜，是以一看到杨岁，她立马就冲了过来。

"你好勇啊，岁姐！"周语珊做了一个抱拳的动作，一脸崇拜道，"以后你就是我岁姐！果然，男人在你眼里全都是不值一提的！"

"对啊，以前那些男生跟你表白，都让你拒绝了，没想到柏寒知问你要微信，你也拒绝！"张可芯的眼睛瞪得溜圆，像两颗黑葡萄似的亮晶晶的，"那可是柏寒知呀！多少人做梦想加他微信都加不上！他顶着那样一张脸站你面前，你都无动于衷吗？"

同住在一个宿舍朝夕相处，她们多多少少也了解杨岁的性子。她私底下很安静，非常自律，是典型的乖乖女，每天好像除了学习就是运动，要么就是跳舞，生活单一，圈子干净。

她努力又独立，不管什么样的男生向她表白，抑或是坚持不懈地追求她，她都不为所动，就像是有什么坚定而明晰的目标一直牵引着她，在去往终点的路上，她不会受到外界任何诱惑和影响，义无反顾地向前。

"岁姐！我也敬你一声岁姐！"张可芯也学着周语珊的样子抱起了拳，"你就是我的女神！你就是我的偶像！"

她们俩每说一句，都像在杨岁的心上狠狠扎一刀。

她终于知道了什么叫"欲哭无泪""生无可恋"。

她真想号一嗓子，她就是做梦都想加他微信的那些人中的一个呀！

别说他那顶着那样一张脸站在她面前了，她光是听见他的名字都能心跳失控。

从那以后，杨岁更加出名了。大家都称她为"柏寒知都得不到的女人"。

杨岁已经好几天没见到柏寒知了。

即便选修了金融，她也不是每一次都能幸运地跟柏寒知上同一堂课。她每天都去篮球场，却没有再遇到过他打篮球。

见不到他，杨岁的心情无比失望和低落。

到了周六，杨岁一大早就起床了，提了一个迷你行李箱坐地铁回家。

她是江城本地人，江大离她家也不算太远，可是她还是选择了住校。因为来到一个新的环境，她不想再封闭自己，她想要更好地融入集体。再加上她从小到大都没住过校，也想要体验一下住校生活。

但是一到周末，她都会回家待两天。一是因为父母和弟弟会想她；二是因为她家是开早餐店的，开了很多年，口碑不错，生意很好，放假的时候她会回家帮忙。

六点出发，差不多半个小时就到家了。

她家虽然是在一片老胡同里，可是地理位置很优越，挨着繁华的商业街，距离市中心也只有十多分钟的车程。

这条胡同是一条小型小吃街，每天一大清早，胡同里就热闹起来了。

两边的小餐馆开启了一整天的忙碌生活，行人熙熙攘攘。杨岁在胡同口的水果摊买了一袋草莓，她弟弟杨溢爱吃。

杨岁提着行李箱和草莓走进胡同，路过一家手抓饼店，一个大婶站在摊子前，一边往煎好的饼子上放培根、火腿，一边笑着跟杨岁打招呼："岁岁回来啦？"

杨岁甜甜地应道："对呀，吴婶婶，您忙着呢？"

"吃手抓饼不？婶子马上给你做一个。"吴婶婶热情得很。

"不用啦，我吃过了。"杨岁婉拒道。

"吃过了也再吃点儿！你看看你，又瘦了！别再减肥了，你现在已经顶漂亮了。"吴婶婶一脸严肃道，"太瘦了，风都能刮跑，女孩子还是得长点儿肉才好。"

杨岁笑了笑，没接话。

虽然知道吴婶婶是好心，可是她一提减肥，就戳到了杨岁敏感脆弱的内心。

曾经的杨岁，体重高达一百七十斤。

她是从初中开始发胖的，那时候正是发育的阶段，在长辈的观念里，发育就得多吃，这样才能长得高。本来家里就是开店的，杨岁的母亲又做得一手好菜，再加上母亲每次都会给她盛一大碗饭，还勒令她必须吃完，于是胃口渐渐被撑大，她每一顿都吃得很多。

事实上，她长得的确很快，在同龄人里个子算高的，可也比同龄人胖了不止一星半点儿。

她成了易胖体质，体重随着年龄的增长持续增加。

到了高中，她越来越胖，胖到衣服需要穿最大码，走几步路就喘，喝水都长肉，一度不敢照镜子。班上有那么几个男生、女生会拿她的体型大做文章，嘲讽她，鄙夷她。

在躁动的青春期里，每个人的身体里都有叛逆因子，像恶劣的小霸王，总喜欢将快乐建立在别人的痛苦之上。

玉衡中学跟她家的早餐店就隔了一条街，班上的同学都知道她家开早餐店，于是给她取外号，叫她杨肉包，还会故意来店里买包子，在她父母面前装得和她关系友好，出了门便恶意中伤，甚至造谣从她家的包子里吃出了头发等。

杨岁不知道她到底做错了什么，才会被他们这般针对和戏弄。

她也试图反抗过，挣扎过，可换来的只是他们的变本加厉。那些人甚至还恶人先告状，给她扣上一个"开不起玩笑"的屎盆子。

她深陷自卑的泥潭，一遍又一遍地自我怀疑，自我否定。是不是真的如他们所说，她就是个一无是处的垃圾？

想到噩梦一般的过去，原本就情绪低落的杨岁变得更加沮丧了。

她沉默不语地往前走，就连步伐都变得沉重起来。

不过，都已经到家门口了，她不能带着一身的负能量回家，这样只会影响家人的心情，还会让他们担心。

她闭上眼睛，深深地吸了一口气，强迫自己打起精神来。

调整好状态后，她再次迈步往前走。

这个点，店里正是忙的时候，杨岁不由得加快了脚步。

一道熟悉的身影从另一个巷子口走出来，不紧不慢地朝她家的早餐店走去。

杨岁立马停下脚步。

说来也奇怪，明明心心念念盼着能遇见他，现在好不容易见到他了，她居然下意识闪到一旁躲了起来，就跟做贼一样。

她都不知道自己为什么要躲，也很疑惑柏寒知怎么会出现在这里。

杨岁躲在一辆手推餐车后，小心翼翼地望了过去。

他穿着简单的白衣黑裤，挎包随意地搭在肩上，双手插兜，修长的脖颈处挂着一副头戴式 Beats（节拍）耳机，金色的头发很是耀眼。他的头发应该是才洗过，还半湿着，蓬松的碎发散在额前，带了几分随性和慵懒意味。

他站在早餐店门口，仰头扫了一眼店子的招牌，微微凝眸，似乎陷入了某种沉思。

杨岁躲在角落直勾勾地看着他。

清晨的阳光洒在他身上，他的侧脸棱角愈发分明，细碎的阳光闪烁在睫毛上，微风吹动他的头发，鼓起他的衣服，送来了专属于他的清冽香气。

杨岁抿着唇，抑制住疯狂的心跳，忍不住想，他该不会是想起了这是她家的店，想起了她吧？毕竟上次要她的微信时，他也叫了她名字。

她正这么想着，柏寒知走进了早餐店。

杨岁的母亲朱玲娟是出了名的大嗓门儿，哪怕隔了一段距离，杨岁还是听见了母亲热情的声音："哎呀，好帅的小伙子！你是大明星吧？这会儿是在拍综艺吗？怎么身边都没个保镖啊？"

杨岁十分无语。

朱玲娟："吃点儿什么呀，小伙子？肉包、素包还是灌汤包？咱家的招牌就是芽菜馅儿和芹菜猪肉馅儿……好，来两份是吧？大小伙子吃两份不够吧？得再来两碗豆腐脑吧！咱家豆浆都是现磨的，来两杯吧？……好嘞，杨万强，给这小伙子打包两份芽菜包、两份芹菜猪肉包、两份豆腐脑和两杯豆浆。"

杨岁扶额，无奈地长叹一口气。

朱玲娟那张嘴会说得很，最擅长的就是推销和忽悠人。她甚至能想象到柏寒知尴尬的表情。

杨岁十分庆幸自己躲起来了。如果她跟柏寒知打了照面，遇到这种情况那不得尴尬得裂开？

门口摆着两个很大的蒸笼，杨岁看见她爸杨万强戴着一次性手套给柏寒知打包了包子。

杨岁本以为装完了之后，柏寒知肯定就会付钱离开了。结果这时候她妈的声音又一惊一乍地响起："哎呀，我就说这小伙子看起来咋这么眼熟！你不是我闺女的高中同学吗？好两年没见了，你简直越来越帅气了！长得这么高，真了不得！以前你来过几次，别看我每天见那么多人，可我就是没见过像你这么标致的小伙子。我记得你！错不了！"

说着说着，她又像想起了什么似的，急忙补了一句："哦，哦，对了，我闺女叫杨岁，你俩是一个班的。"

没多久，柏寒知就接了个电话离开了。

见他走了，杨岁火速跑进了早餐店。

见到自家闺女回来了，朱玲娟第一时间跑过来，眉飞色舞地对杨岁道："闺女，你知不知道我刚看见谁了？！就是你高中那个超级小帅哥同学！哎哟，长得可太帅了，那么高，我光看他几眼就脖子疼。"

朱玲娟说着，还往上举高了胳膊比画，脚踮得都能跳芭蕾舞了。

他们一家四口就住在店子的二楼，老房子不太隔音，在楼上边吃早饭边看电视的杨溢听到朱玲娟叫杨岁，立马噔噔噔跑下楼。看到杨岁手上提的草莓后，他的眼睛倏地一亮："姐！"

杨溢今年十岁，上五年级，但是他们家身高方面的基因不错，杨溢比同龄人高了一大截，估计上初中都能赶上杨岁了。

他一把接过杨岁手中的草莓，拿出一颗又红又大的象征性地吹了两下就往嘴里塞。

杨岁拍了他的脑袋一下："洗一洗再吃。"

杨溢撇了撇嘴，一副故作老成的模样："你们女人就是矫情。"

杨岁无奈地摇了摇头。

"哎，我想起来了，你不是说那小伙子出国了吗？他这不是没走吗？"朱玲娟说。

玉衡中学就隔了一条街，柏寒知以前是走读生，偶尔会来店里买早餐。见他们穿着同样的校服，朱玲娟就问杨岁认识不认识。杨岁说是同班同学。不知道为什么，朱玲娟特别喜欢柏寒知，老是夸人家长得帅，有礼貌，有气质。

后来高三开家长会，她没在班上见着柏寒知，还问他去哪儿了。杨岁就说他出国了。

不待杨岁回答朱玲娟的问题，杨溢就抢先一步开口了，语带嫌弃道："姐，妈她可丢人了，跟个老色鬼一样，一直扒拉人家，还往别人身上靠。"

杨溢当时正好下楼拿早饭，有幸目睹了那一幕。

他绘声绘色地学着朱玲娟的表情和语气，学着她的话道："这小伙子长得可真标致呀！你是大明星吧？大明星都没你好看。我闺女叫杨岁，高中跟你一个班的。"一边说，一边又学着朱玲娟的动作，拉着杨岁的胳膊轻轻地晃。

"被一个油腻大婶占便宜，那个大哥哥的手都不知道该怎么摆了。"

朱玲娟眼一瞪，手扬起来："小兔崽子，皮痒痒了是吧！"

在外面听到那些就已经够尴尬了，现在经过杨溢的情景再现，杨岁已经不只是尴尬了，她羞臊得捂住了脸。本来就因为没带手机的事让柏寒知下不了台，现在她妈又让他这么尴尬，她真是没脸见柏寒知了。

可是缓过神来后，她又不动声色地试探："那他怎么说？"

怕自己表现得太明显，她装作满不在乎的样子说："嗐，肯定不记得了。以前我跟他总共也没说过几句话，估计人家早忘了还有我这号人。"

杨溢点了一下头，一本正经地接茬："应该是的，当时他就说了两个字。"

杨岁眼皮一跳："什么？"

第五章

"他说，'是吗？'"杨溢回答。

其实，她害怕他会记得，因为不想让他记起曾经那个糟糕的自己，可他真的不记得时，她还是会失望。

除了失望，更多的是沮丧和落寞。

是吗？这简简单单的两个字，像是一把刀，斩断了她所有的幻想和希冀。

她似乎能想象到他说这两个字时漫不经心的样子。

可能先前只是她的错觉，或许他对"杨岁"这个名字根本就没有印象。

"妈，你别跟没见过帅哥似的，你儿子我以后长大了也是个大帅哥。"杨溢一边往嘴里塞草莓，一边像煞有介事地说，"以后别丢人了。"

杨岁低下头，眨了眨眼，迅速调整情绪，重新扬起笑容，又拍了一下杨溢的脑袋："你别自恋了！把我的箱子拿到楼上去！"

杨溢向来听杨岁使唤，立马听话地提起杨岁的行李箱上楼了。

店里挺忙的，杨岁去找了条围裙系上。有人吃完了，杨岁就去收拾蒸格和碗筷，将脏碗放去洗碗区，然后用抹布擦桌子。

人忙起来，通常就没工夫胡思乱想了。可即便这会儿手忙脚乱，杨岁的思绪还是会不由自主地乱飘。

回忆像浪，一道接着一道地打来，在她的脑海中翻滚。

她刚才说跟柏寒知总共就没说过几句话，是真的。

毕竟他们相处的时间不长，抛开寒暑假，其实也就几个月而已。

记得高二开学后第二个星期的某一天，杨岁起晚了，风风火火赶到学校，正好踩着早自习的铃声进了教室。之前她都是在家吃了早饭再来学校的，可那天时间实在来不及了，朱玲娟就将包子装进了保温盒里，还往她的水杯里装了满满一杯热豆浆。

杨岁前一晚写卷子写到半夜也没写完，睡得太晚，下了早自习之后又着急忙慌地将数学卷子最后几道大题给做完了。早饭还装在书包里，本来杨岁想着干脆不吃了，可做题和上课都是费脑子的事情，下了第一节课，她的肚子就饿得咕咕叫。她到底还是没忍住，把早餐拿了出来。

早餐用保温盒装着，还冒着热气。

杨岁拿起筷子夹了一个包子，刚咬了一口，班上的一个男生就带头起哄，恶劣地嘲讽道："杨肉包，都胖成什么德行了，你还吃呢！"

另一个男生也凑了过来，双手撑在她的课桌上，往保温盒里看了一眼："哎哟，这么一大盆哪！比我家金毛都能吃！"

"少吃点儿吧，杨肉包，猪吃多了还能卖钱，你吃多了让人看着都恶心。"

"哈哈哈，你的嘴可真毒。"一个男生笑道。

"我这是真心实意地提醒杨肉包。都是一个班的同学，肯定不会害她的。"站在杨岁面前的男生拍了两下杨岁的肩膀，"我说肉包，你身上的肉都在颤了，你看看谁像你这么胖？"

　　他们字字句句都带着刺，扎得她体无完肤，将她的自尊心踩到脚下，随意践踏。

　　杨岁低着头，攥紧了手中的筷子，用力地抖了一下肩膀，将男生的手甩了下去。

　　"哟，肉包子还生气了？"

　　"可别逗人家了，肉包不再是以前的肉包了。"

　　"这么小气，开个玩笑都开不起！你就不能有点儿清晰的自我认知？"

　　"她要有认知，就不会吃这一盆肉包子了。"

　　"哈哈哈。"

　　站在她身旁的男生笑得前仰后合，柏寒知就坐在杨岁的后桌，男生一个不留神儿撞上了柏寒知的课桌。

　　桌腿儿"吱"的一声响，短促尖锐的声音刺着耳。

　　柏寒知摆在桌角的书也被撞歪了几本。

　　原本趴在桌上沉睡的柏寒知，暴躁地磨了下后槽牙，发出不耐烦的声响。

　　紧接着，他的身体动了两下，慢吞吞地坐起了身，眉眼是惺忪的睡意，却也是喧嚣的戾气。下颌线条冷冽地绷紧，面容更显冷峻，迫人心脏的低气压弥漫开来。

　　正好那个男生回头看过来，看到柏寒知阴森的面孔，他下意识发起怵来。

　　沉吟两秒，柏寒知冷冷说出两个字："道歉。"

　　男生愣了愣，随后脸上立马堆积起讨好的笑，双手合十略弯腰，对柏寒知说："不好意思啊，我没注意，真没注意。"

柏寒知还是盯着他，抬起下巴指了指杨岁，一字一句地说："我让你，跟她，道歉。"

他的神色寡淡，声音低得毫无起伏，但却是莫名令人背脊发凉。

周围顿时传来一阵唏嘘声。同学们看着他们交头接耳起来，男生的脸色一阵红一阵白，他内心不服，可明显不敢得罪柏寒知，最后只好在众目睽睽下，不情不愿地给杨岁道了歉。

随后，柏寒知便回了座位，继续趴在桌上睡觉。

所有人都没料到柏寒知居然会为杨岁出头，就连杨岁自己都觉得不可思议。

这是第一次，有人维护她。

下午第一节课是体育课，老师宣布自由活动之后，杨岁就回教室学习去了。

教室里只有她一个人。可能是因为孤僻，也可能是因为太自卑，她不太愿意融入集体，害怕看到其他人异样的目光。

正值炎夏，天气闷热得厉害。教室里没人，就没开空调。杨岁将她这边的窗户打开。好在这天风很大，窗户一开，风就灌了进来。

杨岁抽了两张纸擦了擦额头的汗，翻开习题集专心做题。

不知道过去了多久，安静的过道里隐隐约约传来一阵脚步声，脚步声越来越近，直至出现在教室门口。

杨岁下意识地抬头看过去，是柏寒知。

他上身穿着 T 恤，下身是校服裤子，头发微微有些湿润，额前的碎发被他顺到了脑后。他应该是刚打完球去洗了脸，脸上还挂着水珠。

杨岁只看了一眼，就慌张地垂下头。

柏寒知随手抹了一把脸上的水，旁若无人地走进教室。

杨岁看似在埋头专心做题，其实时刻在留意着他的动静。

他缓缓迈步。

她的余光瞥见一双深灰色的球鞋由远及近，路过她的课桌时，他的 T 恤衣角无意间从书边扫过。

杨岁挣扎了好一会儿，在他快要走过去时，终于鼓起勇气说了一句："谢谢你。"

柏寒知停下脚步，站在她的课桌前。

杨岁深吸了一口气，抬起头来，正好对上他的目光。不到一秒，她便又重新埋下头。她吞了吞唾沫，郑重其事地重复了一遍："上午，谢谢你。"

此刻，正好一阵风吹了进来，掀开了她桌角的书。柏寒知无意间扫了一眼，看到了书上的名字——杨岁。

她的字很工整，一笔一画，娟秀匀称。

"杨岁。"他低声叫她的名字。

杨岁应道："啊？"

柏寒知表情未变，语气却是掩不住的狂妄与桀骜："你长嘴就是为了吃饭的？不知道骂回去？要我教你几句吗？"

那是他们第一次对话，可能也是他对她说过的最长的话。

明明一点儿也不温柔，不客气，但就从那一刻开始，杨岁灰暗的青春照进了一束光。

这天是周六，柏寒知跟余盛洋约好了去篮球馆打球。玉衡中学旁边就有一个很大的篮球馆。

柏寒知提着打包好的包子、豆浆和豆腐脑走出胡同时，正好遇到余盛洋。

余盛洋手里拿着篮球，也背着一个挎包。看到柏寒知手中的早餐袋子，他惊讶地问道："你怎么买这么多？吃得完吗？"

柏寒知分了一份递过去："你的。"

余盛洋一脸的莫名其妙："我不是在电话里跟你说了我吃过了吗？我哪里还吃得下呀！"

柏寒知微微蹙眉："吃不下也得吃。"

余盛洋撇了撇嘴，迫于大佬的威压，只好接了过去。他故意恶心柏寒知，装出撒娇的模样，非常做作地哼了两声："来自霸总的爱，我肯定好好品尝，绝不辜负！"

柏寒知像躲病毒一般往旁边一闪，和他拉开距离，眉头蹙得更紧了："滚远点儿。"

余盛洋哈哈大笑。

看了一眼打包袋上的店铺名，余盛洋突然来了兴致，说道："你去这家买的呀？你还记得杨岁吗？就咱们那个高中同学，坐你前桌那个，挺胖的。"

余盛洋也是从玉衡中学毕业的，跟柏寒知、杨岁一个班。柏寒知转学过来后，一开始都是独来独往，不愿意跟人接触似的，后来因为打球的缘故，与余盛洋成了朋友。

"胖怎么了？"柏寒知冷眼看过去，"好好说话。"

余盛洋知道柏寒知这人教养刻在了骨子里，从来不会嘲笑别人的缺陷，也不喜欢背地里议论别人，赶紧解释："不是，我话还没说完呢。我也不是故意说她胖，我就是想提醒你有这号人。不过，你肯定忘了。"他立马补充，"人家现在可一点儿都不胖了，瘦下来后简直像换了个人。高三你不在，她不知是学习压力太大，还是受了什么刺激，肉眼可见地变瘦，一天比一天瘦。"

"哎，对了，她现在跟你一个学校，江大的。"余盛洋"啧啧"两声，感叹道，"前段时间见过她一次，确实漂亮，听说还是你们江大新评选出来的校花。你知道吗？"

"嗯。"柏寒知漫不经心地应了一声。

他外表平静，内心却并非毫无波澜。

原来真的是她。

她们是同一个人。

第六章

从小到大，柏寒知转过很多次学。基本上他刚适应了环境，与同学们熟悉了之后，就会面临下一次转学。后来他干脆沉默寡言，拒人千里，不主动融入集体。很多时候他连同班同学的名字都记不全，别人跟他打招呼时他都弄不清这人是谁。

玉衡中学是他待得最长的一个学校，他对杨岁的印象比对其他人要深，因为他们曾有过那么几次接触。

但是那是高二的事了，过去了这么久，他已不记得她的长相，只有一个模糊的印象，听到名字时倒觉得有些熟悉。

他记得前桌是个女生，安静乖巧，总是坐得端端正正的，背也挺得笔直，是老师眼里最听话的乖学生。她总是被班上的男生捉弄，但她不会轻易掉一滴眼泪。

他还记得，他帮过她一次。

而那一次他之所以帮她，是因为欺负她的男生撞到了他的桌子，打扰了他睡觉。

他明明从来都是事不关己，高高挂起的一个人，可那一次，除了私人情绪，或多或少对她起了那么点儿说不清道不明的恻隐之心。可能是看不惯一个女孩儿受这样的欺负吧。

柏寒知也承认，在江大遇到杨岁时，他没有认出她。

听到她的名字时，他莫名觉得有些熟悉，有那么一个瞬间联想到了高二时那个女孩儿。可是外表相差很大，他想，或许是重名吧。

直到今天走进胡同，看到熟悉的早餐店，记忆再一次翻涌上来。

高中时，他曾经有几次来这家店买早餐，总会撞见她从里面匆匆走出来，老板娘会唠唠叨叨地让她带上早饭再走。

她总是看他一眼便低下头，背着书包从他身旁路过时，会轻声说一句："早。"

渐渐地，记忆里那个安静羞怯的杨岁与现在的杨岁重叠了。

说她变了，好像又没变。

不管是现在的她，还是以前的她，看到他后，总会不自觉地低下头。

高三的时候，杨岁下定决心减肥。

她没有住校，下了晚自习回到家后，会先跟着锻炼视频运动一到两个小时，然后洗澡，之后就开始复习。

听说学舞蹈不仅能减肥，还能改善体态，高中毕业之后的那个暑假，她又去报了舞蹈班。

从高中毕业到现在，她一直在上舞蹈课，每周有三次课。杨岁白天要上课，只能选择晚上的课程。一次课三个小时，下了课已经晚上十点了。

舞蹈工作室离江大说远不远，说近也不近，好在有直达学校的公交车，晚上下了课，正好能赶上末班车。

下了车，杨岁看了一眼时间，已经快十一点了。

虽然最近天气回暖，可是到了晚上就降温了，还是有点儿冷的。

因为要上舞蹈课，杨岁穿得不厚，外面只穿了一件卫衣外套，裤子是很单薄的黑色打底裤。风刮过来，杨岁将卫衣外套拉上拉链。

这会儿时间已经有点儿晚了。虽然公交车直达学校，可是停留的站不在学校正门，而是在南门。南门这边有条小吃街，白天人流量大，可到了晚上，小吃店都关门了，这条街就格外冷清。

宿舍是十一点半的门禁。杨岁又看了一眼时间，加快脚步朝校门走去。

这时，斜对面走过来几个男人，穿得邋里邋遢，嘴里还叼着烟，不像是学校里的人。他们上下打量着杨岁，对视一眼，表情渐渐变得猥琐起来。

杨岁察觉到不对劲，她强迫自己冷静下来，走得更快了。

"那女的腿可真长。"

"长得也够正啊。"

"玩起来那不得爽死！"

那几个男人轻浮的对话在身后响起。

杨岁没有搭理。

他们突然提高了声音朝她喊："同学，这么晚才回学校呀？别回去了，跟哥哥们去玩啊！"接着，他们跟了上来。

杨岁的心一下子提到了嗓子眼儿，再也装不了淡定，拔腿就跑。

"哎，跑什么呀？哥哥带你去玩啊。"

杨岁的大脑一片空白，只知道跑，可是跑起来时腿不仅打战，还发软。

这一片有许多巷子，巷子里光线昏暗，杨岁心里特别慌。

如果他们追了上来，随便把她拖进哪条巷子里，根本不会有人发现……

杨岁屏住了呼吸，加快速度，想跑出这条巷子，她一边跑一边去摸手机。

路过一个拐角处时，走出一道高大的身影，杨岁根本来不及闪躲，径直冲进了对方的怀里。

坚硬的胸膛撞得她眼冒金星，熟悉的清冽香气萦绕在鼻尖，杨岁下意识抬头，看到了柏寒知。

杨岁几乎是一瞬间红了眼眶，下意识地攥紧了他的衣角。

柏寒知明显也被突然撞进怀里的杨岁吓了一跳，可是看到她惊恐的眼神和不远处那几个男人后，他立马了然。

他抬眼冷冷地看过去，随后当着那几个男人的面揽住了她的肩膀："没事，跟我走。"

柏寒知揽着杨岁的肩膀，带着她从那几个流里流气的男人面前走过。

"看什么？"

他实在太高，微微侧过头垂眸睨着他们时侧颜线条凌厉，黑眸沉沉，仿佛结了冰，很有压迫感。

那几个男人面面相觑，表情仍有点儿不服气，可也没再出言不逊，一言不发地离开了。

杨岁依旧没办法冷静下来。

此时她的心跳比刚才拼命奔跑时还要快，快得几乎要跳出嗓子眼了。

最开始的惊慌和恐惧全然消散，心中只有紧张和如同涌泉般的甜蜜。

因为，柏寒知搂着她。

杨岁小心翼翼地侧过头，看着搂住她肩膀的那只手。他的手很好看，修长白皙，指甲修剪得很干净，小手指的尾戒上那颗很小的钻在微微闪着光。

而且他非常绅士，很有分寸，看上去好似亲昵地揽着她，实际上他的手只是虚虚地搭着她的肩膀边缘，就连胳膊都没有碰到她半分。

她曾经无数次幻想被他拥进怀中，即便这是做戏，杨岁还是沦陷了，一时分不清是梦境还是现实。如果是梦，她想沉浸在梦中不要醒来。

她正盯着他的手走神，柏寒知突然松开了她，将她强拉回了现实。

杨岁略显局促地收回了目光，抿起唇，下意识地握紧了手。布料在手心里摩擦，杨岁这才意识到她还攥着他的衣角。

她慌忙松开手。被她抓过的那一块地方有些发皱。她摩挲着手掌心，轻声说："谢谢你。"

注意到柏寒知手上提了一个透明的塑料袋，里面装了几罐熟悉的黑罐能量饮料，杨岁主动找话题道："你这么晚还去逛超市呀？"

柏寒知漫不经心地"嗯"了一声，然后从袋子里拿了一罐能量饮料，递给杨岁："喝吗？"

杨岁没有犹豫就点头了，随后又意识到自己表现得太急不可耐了，于是她深吸了一口气，压制住迫切的心情，"嗯"了一声，接过饮料："谢谢。"

这是柏寒知真正意义上送给她的饮料，杨岁开心得快要抑制不住上扬的嘴角了。

她双手捧着饮料，手指有意无意地在易拉罐上轻轻敲着。这种满足感，就好比曾经她偷偷给他送水，他收下了一样。

高中的时候，杨岁就知道柏寒知喜欢打篮球。篮球场上只要有他在，就少不了送水的小女生。

柏寒知从来不会要女生的水，更不会给女生任何错觉，他和每个喜欢他的女生都保持着安全而礼貌的界限。

杨岁自然不像别的女生那样勇敢——明知道会被拒绝，也还是大大方方地表露自己的心意。

杨岁胆怯自卑，她生怕有人发现她的小秘密，但她也会情不自禁地做出和其他女生一样的、表达爱慕的举动。

只是，其他女生在篮球场堵着他给他送水，她只敢偷偷地将他喜欢喝的饮料放在他的课桌上，底下压一张字条，克制隐忍写着她难以启齿的心愿："很抱歉打扰了你，今天是我的生日，如果你收下，我真的会很开心。"

柏寒知回到教室后，看到了桌子上的能量饮料和字条。

杨岁坐得笔直，身体发僵，她不敢回头看，只能竖起耳朵留意身后的动静。

她听见拉易拉罐拉环的声音，仿佛还隐隐听到液体滑过他的喉咙时发出的声响。

在他看不到的角度，她几乎要喜极而泣，就好像全世界的幸运都降临到了她身上。

那天是她的生日，她得到了梦寐以求的生日礼物。

"怎么这么晚还在外面？"

柏寒知的声音将杨岁飘远的思绪拉了回来。

杨岁回过神来，低头回答："去上舞蹈课了。"

柏寒知拉开易拉罐，喝了一口饮料："每次下课都这么晚？"

杨岁摩挲着冰凉的易拉罐，轻声道："也有白天的时段，可我白天要上课，就改成了晚上。好在每周只有三次课。"

顿了顿，她又开口，语气非常真诚："今晚这种情况……是第一次遇到。幸好遇见你，谢谢你。"

　　柏寒知忽然笑了一声，笑声短促又低沉，仿佛胸腔也在轻微地震动。

　　杨岁仰起头不明所以地看向他。

　　柏寒知是真的很高，即便她的个子在女生中已经算是高的了，可与他并肩站在一起时，她也才堪堪到他的下巴。

　　柏寒知收敛了笑容，漆黑的眸子里晕染着浅浅的笑意，他戏谑道："从见面到现在，你数没数过你说了多少次谢谢？"

　　听他一说，杨岁还真就回忆了一下，好像真的说了很多次了。

　　杨岁被他调侃得耳根一热，尴尬地干咳了一声。

　　柏寒知无意间扫了一眼她的穿着。

　　其实她穿得中规中矩，算得上保守，但不得不承认，杨岁的身材很好。

　　宽大的卫衣外套长度堪堪遮住了臀部。她并不是那种骨感羸弱的消瘦身材，可能因为长期运动，她的身材练得很紧致，偏欧美范儿。腿形也很好看，笔直纤长，穿着黑色的紧身打底裤，线条紧绷而匀称。即便没有任何暴露的地方，这样一双腿也难免会让人产生非分之想。

　　柏寒知只看了一眼便收回了视线，喉咙莫名发痒。他又喝了几口饮料，压下心底那股躁意。

　　他将易拉罐从嘴边拿下来，舔了舔嘴角，随意问道："你学的什么舞种？"

　　杨岁说："爵士。"

　　柏寒知漫不经心地点了一下头。

　　很快，一罐饮料喝得见了底，正巧路过垃圾桶，他顺势将空罐子扔了进去，脑子里不由自主地浮现出入学军训那天，杨岁在人圈中央跳舞的画面。

"你跳得挺不错的。"柏寒知的语气很平淡，仿佛只是寻常的一句客套话，却像一颗深水炸弹扔进了杨岁的心湖，粉红色的泡泡从湖底吱吱往上冒。

这就说明，柏寒知看到她跳舞了？

其实，入学军训那天当众跳舞并不是杨岁的主意。班上的一个同学也会跳舞，原地休息的时候便有人起哄让她表演才艺，她一个人不好意思跳，她知道杨岁也会跳，于是就拉着杨岁加入。

杨岁一开始特别不好意思，想拒绝，可她看见不远处柏寒知起身去拿水了，便不再犹豫，鼓起勇气答应了。

她想让他注意到，她想让他看见她。

他真的注意到她了，也看见她了。

杨岁觉得特别开心，也特别满足。

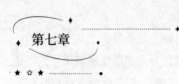

第七章

二人并肩而行，从南门走进了校园。

时间已经很晚了，路上只有他们两个人，走到岔路口时，她指了指女生宿舍的方向："那我先走这边了，你也快回宿舍吧。"

女生宿舍和男生宿舍在相反的方向，即便杨岁非常不舍，可是现在已经快到门禁的时间了，她怕耽误了柏寒知回宿舍。

柏寒知说："我送你。"

这会儿路上除了他们，半个人影儿都没见着。即便现在是在校内，可也不代表没有任何安全隐患存在，尤其一个女孩子夜晚独行，更别说是一个颜值和身材都在线的女孩子了。

杨岁实在是受宠若惊，第一反应就是很懂事地拒绝："不用的，我很快就到了。男生宿舍远一点儿，万一……"

"我不住学校。"杨岁还没说完，柏寒知就打断了她的话。

他迈开步伐，往女生宿舍的方向走，懒懒散散地催促："赶紧的，一会儿把你锁在外边就进不去了。"

既然他都这样说了，杨岁也就不再拒绝，更何况她其实一点儿都不想拒绝。

她小跑着跟上，这一次，不是跟在他身后，而是走在他身边。

曾经无数次幻想能跟他并肩而行，没想到如今真的实现了，杨岁整个人都晕乎乎的。

跟喜欢了很久的男生走在一起，除了兴奋，就是紧张，还超级无敌怕冷场。

因为没话说，气氛就会很尴尬。

于是杨岁开始绞尽脑汁地找话题，想了半天，脑子跟打结了似的，脱口而出一句："你住在哪儿呀？"

话一出口，杨岁就恨不得给自己两个大嘴巴子。

这是什么破问题？！

人家住在哪儿关她什么事！这种问题就像是在打探隐私，更何况他们现在还不熟，那点儿小心思也太明显了。

"学校附近的公寓。"柏寒知抬起胳膊指了一个方向，随后侧眸意味深长地看着她，像是怕她多想，特意说明，"我一个人住。"

杨岁面红耳赤，有一种被他看穿了心思的窘迫感。

又冷场了……

这个话题是不能继续了，她得重新换一个。

这一次一定要谨慎，再谨慎。

思索了片刻，杨岁忽然想起最近传得沸沸扬扬的，她拒绝加柏寒知微信的事，她正好可以趁此机会解释一下。

"我那次……其实是真的没带手机。"杨岁说。

柏寒知没有多大反应："嗯。"

杨岁欲言又止，最后还是放弃了。

她本来想再补一句"那次真的不是拒绝你"，可是这句话怎么说怎么不对劲，就好像她特别迫切地想要加他的微信一样。虽然的确是非常想加，可这么一说，那就不就全暴露了吗？

所以杨岁乖乖闭上了嘴。

没一会儿，二人走到了宿舍楼下。

这一次是真的要分开了，杨岁压下心中的失落和不舍，扬起微笑，温声细语道："虽然说过很多次了，但还是要跟你说一声谢谢。你回去路上小心。"

杨岁一边往后退，一边朝他摆了摆手："晚安。"

她转过身，强忍住回头看的冲动。

谁知道下一秒，身后传来了他低低沉沉的声音："杨岁。"

杨岁几乎是一瞬间就转过了身，看向他："啊？"

少年双手揣进衣兜，站在昏黄的路灯下，晚风吹乱了他的头发，他微微抬了抬下巴，笑："今天带手机了吗？"

杨岁眨眨眼，又点点头："带了。"

柏寒知从衣兜里摸出手机，对着她晃了两下："那……加个微信？"

加上柏寒知的微信，杨岁上楼时腿都在打战，软得使不上劲。

今晚发生的一切都像是在做梦，太不真实了。

为了确认这不是梦，她还非常幼稚地掐了一下自己的大腿。这一下可不含糊，使了很大的力气，疼是真的疼，可杨岁很开心。

不是梦！不是梦！

她开心得想要尖叫，想要呐喊。可现在是在宿舍，不允许她任性妄为。

这个状态回宿舍肯定会被室友看出来的，于是她躲在了楼道里。这会儿楼道里只有她一个人，她坐在台阶上，捂住了脸。

脸烫得厉害。

杨岁深吸了一口气，稍微冷静下来之后，她打开手机，点开了柏寒知的朋友圈，发现他朋友圈里什么都没有，并不是常见的三天可见，动态栏只有一条冷冰冰的线。

就连背景都没换，一片灰。

他没有发过任何动态。

要不是确定这是刚加上的微信，她都怀疑柏寒知是不是把她给删了。

杨岁想，或许他不喜欢发动态吧。

高二那年，柏寒知刚转来玉衡中学时，班主任将他拉进了班级 QQ 群里。老师会在班级群里布置任务和作业，柏寒知从来没有出来说过话，杨岁也不敢去加他，只能一次又一次地点开他的资料看。他的资料也简单，里面什么都没有。

后来，柏寒知离开了玉衡中学，退了群。

杨岁记得他的 QQ 号，几乎每天都会搜，一天不知道要搜多少次，就为了去看他的资料。

高三失去他的消息后，她不知道他到底是不是出国了，鼓起勇气添加了他的好友，想要问问他还在不在江城，还会不会去江大。可那条添加好友的验证消息，至今都没有通过。

她正在走神，手机突然响了一声，是微信消息的提示音。

杨岁一愣。

微信有一点特别好，从跟别人的聊天框进入朋友圈，不论是自己的朋友圈还是对方的朋友圈，只要对方发了消息过来，提示音就会变得不同，类似嗡的一声。

杨岁的心跳漏了一拍——柏寒知主动发消息给她了。

她下意识地屏住呼吸，连忙退出柏寒知的朋友圈，回到了聊天框。

柏寒知果然发消息给她了。

没有字，只有一个月亮的表情。

意思是晚安吗？

杨岁死死地捂住嘴，闭上眼睛，在台阶上兴奋地踢了几下，脸红扑扑的，像一颗熟透了的樱桃。

她抿着唇，回复了柏寒知的消息："晚安。"

"晚安"后面也加了一个一模一样的月亮表情。

时间飞逝，又到了周末。

周六，柏振兴出差结束，回江城了，叫柏寒知回家吃饭。

柏寒知从上大学起就搬出来住了。这样一算，上次跟柏振兴见面，已经是两个月之前的事了。

前段时间，柏振兴有好几次让他回家吃饭，他都拒绝了，说自己忙，有事，临时有课，各种敷衍的理由都用上了。其实他哪里有什么事？就是窝在公寓里睡觉、打游戏罢了。

就他们父子之间这般虚伪的、貌合神离的亲情，其实没必要嘘寒问暖。

可这次，柏振兴威胁他说，如果他不回去，自己就来学校找他，看看他到底有多忙。

无奈，柏寒知只能回家。

回到家时，柏振兴正坐在客厅里看股市，管家静姨给他泡了杯茶递过去。

看到柏寒知回来了，静姨立马露出笑颜："寒知回来了？你要喝什么茶？我给你泡一杯。"

柏寒知笑了笑："不用，谢谢静姨。"

柏振兴扭头看了过来。

他没有像平日里那样穿着刻板的西装，而是穿着深色的家居服，可就算是这样，从骨子里透出来的严肃和威严感也没有丝毫弱化。那张脸上没一丝笑意，光是看一眼，都让人望而生畏。

柏寒知早就习惯了柏振兴的黑脸，表情没变，淡淡地叫了一声："爸。"

"嗯。"柏振兴从鼻子里哼出来一声。

被自家儿子晾了两个月，即便只"嗯"了一声，也无法掩饰他的不悦和不满。

柏寒知装作若无其事的样子，径直朝楼梯走去。

刚走了几步，就听见柏振兴冷冷地说："马上吃饭了，上楼干什么去？"顿了顿，他又用命令的口吻说道，"坐这儿，跟我看会儿股市，多了解一些情况。"

柏寒知虽不情愿，但也没说什么，转身走过去，坐到了柏振兴对面的沙发上，懒懒散散地靠着沙发靠背，横搭着腿，胳膊抵在沙发扶手上，支着下巴。

昨晚睡得太晚，他眯着眼睛困倦地打了个哈欠，眼皮耷拉着，昏昏欲睡。

柏振兴看见柏寒知这副样子便气不打一处来，呵斥道："坐没坐相，站没站相！你看看你那吊儿郎当的样儿！给我坐好了！你的头发是怎么回事？！"

柏寒知不耐烦地"啧"了一声，一肚子火，但再怎么说，柏振兴也是长辈，他只能将火气往下压。

他什么都没说，将腿放了下来，坐直了一点儿。

他没有看股市。本来就困，要是再看枯燥乏味的股市，他能在这儿直接睡过去，到时候柏振兴又得一通念叨。

为了醒神，柏寒知摸出手机，百无聊赖地翻着朋友圈。

翻着翻着，他手指一顿。

他看到了杨岁半个小时前发的动态。

她录了一个小男生在跳街舞的视频，文案是："耍帅日常。"定位是在市中心的一个舞蹈工作室。

这应该是她弟弟吧，柏寒知想。

视频是在舞蹈教室外隔着一层透明的玻璃拍的，隐隐约约能看到映在玻璃上的杨岁的身影。

她举着手机在录视频，看不到脸，但是能看到她的丸子头。

柏寒知不动声色地扯了一下嘴角，给杨岁的朋友圈点了个赞。

"让你看股市，你玩什么手机？你在学校上课是不是也是这种态度？"柏振兴没好气地数落道。

柏寒知闭了闭眼，舌头顶着腮帮。他深吸了一口气，强压住烦躁，还是一句话没说。

他将手机锁屏，往旁边的桌上一扔，发出砰的一声，宣泄着不爽的情绪。

柏振兴也看出了柏寒知的不耐烦。当父亲的，最见不得儿子在自己面前甩脸子，更何况他习惯了呼风唤雨，居高临下。自家儿子竟然不把自己放眼里，这让柏振兴怎么受得了？

"你每天都在忙什么？说来我听听。"柏振兴阴阳怪气地问。

柏寒知扭过头，看似盯着电视，可是目光涣散，没有聚焦。他面不改色，故意呛柏振兴："瞎忙。"

"我看你每天就忙着玩，忙着打游戏！每天没个正形，正事不干，游手好闲，吊儿郎当！你是不是觉得你考了个理科状元就了不起了？

"你是不是觉得上了大学就没人能拿你怎么样了？是不是觉得搬到外边去住就可以为所欲为，没人管你了？

"马上给我搬回家来！让人知道我柏振兴的儿子住在一个破公寓里，我这张老脸还要不要了！

"叫你一次不回，两次不回，一而再，再而三，你眼里还有没有我这个爸！你还跟我摆起老爷架子了是吧？

"住在外面没人管你，就不知道学好，站没站相，坐没坐相，头发染成什么流氓地痞样儿了！吃喝嫖赌是不是都让你学完了？"

柏振兴的呵斥，一句接着一句，一声比一声响，刺激着柏寒知的耳膜。

从进门开始，柏寒知就一直在克制，一次又一次地压制心中的火气，可现在，他已经压不住了。

柏寒知的太阳穴猛跳了几下，随后他慢吞吞地抬起眼皮，犀利的目光看向柏振兴，语气却出奇地平静，他冷嘲道："吃喝嫖赌还用得着跟别人学？您不是都以身作则了吗？"

偌大的别墅，除了用人，只有柏振兴一个人住。可柏寒知从来不觉得这别墅空旷冷寂，因为柏振兴总会带不同的女人回来。

他父母离婚快十年了，但柏振兴一直都没有再娶，是自由身，想怎么玩就怎么玩，柏寒知管不着，也不想管。

他之所以搬出去住，就是因为柏振兴病态的控制欲让他喘不上气。

从小到大，他一直受柏振兴的掌控，要做什么，该做什么，该怎么做，都得听他的，活得像个机器人。

他早就受够了。

即便他再优秀，再努力，在柏振兴眼里也远远不够。就好像他永远都达不到柏振兴满意的标准，他好似一文不值、一无是处的废物。

"我不会搬回来。"柏寒知抓起桌上的手机，站起身往外走，"反正在您眼里，我只是个垃圾，您就别再管我了，趁早让您外边的女人再给您生一颗听话的棋子吧。"

明明知道会不欢而散，他真不该回来给自己找不痛快。

静姨从厨房跑出来："寒知，饭都做好了，你上哪儿去？"

"有事先走了，不吃了，抱歉。"即便胸腔里燃烧着滔天的怒火，面对静姨时，他还是保持着谦逊有礼的态度，没把火发在无辜的人身上。

他走出了别墅，身后是茶杯碎裂的声音，还有柏振兴的怒吼声："柏寒知，你翅膀硬了你！"

柏寒知充耳不闻，没有停步。

车停在前院，柏寒知上了车，驱车离开了宅子。

他跟柏振兴的父子关系，不知道从什么时候开始变得这般糟糕。

也许是从柏振兴跟他母亲离婚，为了争他的抚养权闹得鱼死网破开始。

也许是从柏振兴不顾他的感受，让他一次又一次地转学开始。

也许是从他母亲病重，柏振兴怕他会脱离掌控，不让他去探望开始。

第八章

　　杨岁学了跳舞后，杨溢也吵着闹着要去学跳舞，于是家里也给他报了舞蹈班。

　　这天正好是周六，上午有课，杨岁带着杨溢去了舞蹈工作室。他们在同一个舞蹈工作室上课，同样是一次课三个小时。

　　杨溢在里面上课，杨岁就在外面等，闲来无聊就录起了视频。

　　她想发一条朋友圈动态来引起柏寒知的注意。一般来说，她应该发关于自己的动态，比如照片之类的。可是杨岁很少自拍，发的自拍少得可怜，朋友圈的照片都是出去旅游时拍的。现在突然发自拍的话，意图就非常明显。所以，她就发了杨溢跳舞的视频。

　　她点开和柏寒知的聊天框看了看。

　　他们的聊天记录还停留在上周的"晚安"。这一周都没有聊过天，她真的很想找柏寒知聊天，可不知道该聊什么。

　　如果找他闲聊，说一些无关痛痒的废话，又怕柏寒知觉得她无聊。

　　杨岁盯着那两句聊天记录发了好一会儿呆，然后退出了聊天框。

朋友圈动态那里显示出一个红色的"15"，杨岁不以为意地点开，只道都是别人的点赞。

翻了翻，她的手指猛然一僵——她看到了柏寒知的头像。他给她点赞了！！

一个点赞而已，杨岁就高兴得找不着北了。

她兴冲冲地点进和柏寒知的聊天框，在屏幕上打字："你在干什么……"

不行、不行，这个问题好像太无聊了一点儿。

删掉。

"吃饭了吗……"

不行、不行，这种问题也太没营养了吧！

删掉、删掉。

杨岁一时半会儿真想不出该发怎样的开场白才不多余、不无聊。

就在她冥思苦想时，她突然发现，聊天框上方显示"对方正在输入"。

杨岁震惊了。她睁大眼睛又看了一遍，生怕自己看错了。

紧接着，柏寒知的消息弹了出来："还在舞蹈工作室？"

杨岁立马回复："是。"

她的手抖得打字都困难。

聊天框上方再次显示"对方正在输入"。

她屏住呼吸，耳边是自己疯狂的心跳声。

随后，柏寒知发来消息："我来找你，可以吗？"

可以！可以！可以！一百个可以！一千个、一万个可以！

不过，即便已经激动得浑身血液仿佛都在倒流，她还是保持着一丝理智，颤抖着手，故作淡定地回复："可以啊。"

顿了顿，她又补了一句："不过……离我弟下课还有一会儿。"

还是要跟柏寒知说明一下的，万一柏寒知下午有什么事儿，别耽误他的时间。

　　消息发出去后，杨岁又开始忐忑了。该不会这么一说，柏寒知就不来了吧？

　　正当她胡思乱想时，柏寒知的消息弹了出来。杨岁定睛一看，居然是一条语音消息！

　　杨岁立马点开，将手机贴在耳边听。

　　听筒里传来柏寒知的声音，他说："没事，我有一个下午的时间，我们一起等。"

　　他的声音低沉中略带一丝沙哑，漫不经心地拖长了尾音。

　　手机贴在耳边，声音灌入耳朵，就像是他站在她面前，在她耳边低声呢喃。

　　那种浑身过电的感觉再一次席卷而来，杨岁有点儿受不了，下意识地将手机拿远了一点儿。

　　谁知道，下一秒，他又发了一条语音消息过来。

　　杨岁摸了摸发烫的脸，做了一番心理建设之后才点开听。

　　他说："我先开车了。"

　　杨岁立即回复："好的，路上注意安全。"

　　柏寒知没有再发消息给她了。

　　杨岁坐在沙发上，稍微平复了一下心情，然后又挨个儿点开他的语音消息听。她听了一遍又一遍，一边听一边克制地咬着手背。

　　紧接着，杨岁忽然反应过来，柏寒知说的是，他有一个下午的时间。

　　那么，他的意思就是……他一个下午都会跟她待在一起吗？

　　还有那一句"我们一起等"。

　　我们……

他说的是，我们。

我们！

杨岁猛地往沙发上一倒，捂住了自己的脸，激动得双腿乱踢。

"姐。"

正当杨岁沉浸在狂喜之中时，杨溢的声音猝不及防地在耳边响起，还带着点儿疑惑："你得羊角风了？"

杨岁瞬间惊醒，猛然弹坐起来，因为动作太剧烈，头上的丸子都晃了几下。

杨溢就站在她面前，用一种看白痴的眼神看她。他刚跳完舞，累得满头大汗，一边用纸巾擦汗，一边看了一眼旁边来来往往的同学，不满地瞪了杨岁一眼，一脸嫌弃地抱怨："姐，这么多人看着呢，你能不能正常点儿！我也要面子的好吗！"

杨岁也知道自己刚才的举动属实有点儿莫名其妙。杨溢这种快进入青春期的小孩子，正如他所说的，很好面子，还非常自恋，最喜欢在女生面前嘚瑟了。

其他人陆陆续续从舞蹈教室走出来，有几个男生结伴而行，从他们面前路过时，探究又好奇的目光不停往杨岁身上瞟。

既然杨溢的同学在，杨岁决定不跟他一般见识，暂且给他留几分薄面。

那几个穿着打扮很时尚的小男生直勾勾地盯着杨岁看，出于礼貌，杨岁扬起微笑，朝他们挥挥手，打了个招呼。

谁知道那几个小男生就跟被爱的电波击中了似的，浑身一僵，脸瞬间爆红，手足无措地跑开了。

杨溢将外套团了团，放进了书包里，然后背上书包。

他像是看透了那几个男生的小心思，烦躁地皱了皱眉："他们几个上课的时候就老盯着你看，一群小屁孩儿！"

“你不也是小屁孩儿？”杨岁瞥了他一眼，觉得有点儿好笑。

“我是男人！”杨溢双臂交叠在胸前，傲娇地冷哼道，“你可别把我跟那些乳臭未干的小屁孩儿混为一谈！”

杨岁翻了个白眼：“好吧。”

二人一起下楼，杨岁看了一眼时间，距离柏寒知说要来找她已经过去十多分钟了，他应该快到了吧？

想到这儿，杨岁越来越紧张。

“姐，我们中午在外边吃吧，我不想回去吃了。”

下了楼，两人站在舞蹈工作室门口。太阳很大，杨溢从书包里拿出一把太阳伞撑开，往杨岁脑袋上一罩，随后迈开步子。

杨岁并没有跟着往外走，而是一把揪住了杨溢的衣领，将他给拽了回来。

“我跟你说件事。”杨岁干咳了一声，“就是那天去店里买早餐的高中男同学，他要来找我们，我们在这儿等他。”

杨溢立马摸了摸下巴，学着柯南的经典表情，用一种意味深长的眼神看着她：“你们俩……有奸情？”

杨岁一惊，立马揪住他的脸警告道：“等会儿他来了，你不准乱说话，不然我回家就把你那些汽车模型给摔烂！”

杨溢因为看了《速度与激情》系列的电影，从此迷上了车，平日里省吃俭用，把零花钱和过年的压岁钱都拿来买了汽车模型。那些模型简直就是他的命根子，杨岁每次拿这事威胁他，一捏一个准。

“好好好，我错了，错了。”

杨岁“哼”了一声，松开他。

杨溢白净的脸上登时留下了一道浅浅的掐痕，他敢怒不敢言，噘了噘嘴道：“他来找我们干吗？”

这问题倒是问到了点子上。

柏寒知突然说来找她，她光顾着高兴了，也没想过原因。

可能是有什么事情吧。

反正……不可能是因为有什么奸情。

她倒是想呢。

又等了一会儿，杨岁看了一眼时间，才过去几分钟而已。

她心里非常矛盾，一方面非常期盼柏寒知快点儿到来，另一方面又莫名生出那么一点儿胆怯的情绪。

杨岁怕自己站的地方不够显眼，等会儿柏寒知看不到她，于是又拉着杨溢走到了最显眼的路边站着。

虽然太阳有些大，但好在三月份的阳光还不灼人，暖洋洋的，很舒服。杨溢倒娇气得很，一出来就把伞给撑开了，罩着两人。

不远处就有一个公交车站，等公交车的正是杨溢口中那几个"乳臭未干"的小男生。他们看到杨岁先是交头接耳，又相互推搡了一番后，几个小男生扭扭捏捏地往这边走了两步，对杨溢招了招手。

杨溢一脸的莫名其妙，走了过去："干吗？"

"我们能不能加一下你姐的微信？"其中一个小男生笑得非常羞赧，小声说道。

其他几个男生纷纷附和，点头如捣蒜，眼睛里冒着期待的小星星。

杨溢先是皱了一下眉，紧接着露出一副"果然是这样，就知道你们对我姐有非分之想"的表情，故意说道："我姐有男朋友了哟！我姐夫又高又帅！"

杨溢没有刻意压低声音，是以杨岁也听见了。她的脸猛然一红，正打算开口把杨溢给叫回来，这时，短促的喇叭声从不远处传了过来。

杨岁循声望去，马路对面停着一辆银黑色的超跑，极其扎眼。

杨溢这个爱车狂魔一看到这么酷的车，眼睛都直了。

紧接着，车窗降下来，柏寒知的脸露了出来。他微微侧过头，一头金发格外引人注目。他将胳膊伸出窗外，懒洋洋地朝杨岁挥了挥。

杨岁呼吸一滞，定在了原地。

杨溢一眼就认出了柏寒知，他已经看呆了，惊叹道："我的天！他居然开 Lamborghini（兰博基尼）！！！"

柏寒知将车开到前方的路口掉了头，朝杨岁驶过来。

杨溢简直比杨岁还要激动，他指着柏寒知的车，兴奋不已地朝几个小男生说："看到没？那是我姐夫的车！我姐夫不仅又高又帅，还超有钱！"

眼看柏寒知的车就要开到面前了，杨溢还在兴高采烈地吆喝，吓得杨岁赶紧过去将他一把拖过来，小声提醒："你想死吗？不准乱说了！"

柏寒知的车很快开到了他们面前，他打了双闪，临时停靠在路边，下了车朝杨岁走来，眉眼间透着一丝漫不经心的浅笑，带着张扬的帅气。

他每靠近一步，杨岁的心跳就加重一下。

她的指尖微微发颤，试图握拳保持冷静。

"抱歉，路上有点儿堵。"柏寒知走到她面前，垂眸看着她，"等久了吧？"

杨岁立马摇头，头都摇成了拨浪鼓："没有、没有，我弟他刚下课。"

那几个小男生见到了杨溢口中又高又帅又有钱的"姐夫"后，纷纷叹息一声，眼里亮闪闪的星星瞬间暗淡了，自愧不如，默默地离开了。

这下换成杨溢两眼冒星星了。他满脸崇拜地仰望着柏寒知，十分热情地上前握住了柏寒知的双手："哥哥好，我是我姐的弟弟，我叫杨溢。那天你来我家店里买早饭，我们见过，你还记得吗？我当时还让我妈不要扒拉你了。"

　　我是我姐的弟弟，这话……听起来好像没有什么问题，可就是怪怪的。

　　还有，杨溢这么自来熟，杨岁真的觉得超级尴尬。

　　杨岁偷偷扯了一下杨溢的书包，提醒他稍微克制一下自己。

　　然而，杨岁刚提醒完，杨溢更加热情了，哪里克制得住？

　　"哥，你的 Lamborghini 真的好酷哇！像你一样酷！我能坐上你的副驾吗？"

　　他扯英文就扯英文吧，用的竟是中式发音，还非常浮夸地学别人卷舌。

　　果然，装的属性到哪儿都改不了。

　　"哦，不对，副驾该给我姐坐……"

　　"杨溢，你能不能正常点儿！"

　　杨溢的话音还未落，就被杨岁打断了。她的声音有些大，有些急，语气还有点儿凶巴巴的。

　　等说完后，她才发现自己刚才失态了。她尴尬又心虚地看了一眼柏寒知，却发现柏寒知正盯着她看，还饶有兴致地挑了挑眉，一脸似笑非笑的神情。

　　像是被洞察到了心事，杨岁的脸瞬间红到了脖子。她有些无地自容，目光闪躲，不敢看他，只局促地摸了摸脖子。

　　柏寒知没想到，杨岁还有这么……凶的一面。其实，也谈不上凶，她的声调偏软，即便是大声讲话，也听不出一丝攻击性。

　　有一个词叫"奶凶"，形容她刚才的样子好像还挺贴切的。

　　嗯，有点儿可爱。

"你好。"柏寒知朝杨溢略一颔首，"我叫柏寒知。"

随后他抬起手腕看了一眼手表，继而重新看向杨岁，淡淡地说道："走吧，去吃饭。想吃什么？"

"我……"

杨岁刚说了一个字，一旁的杨溢就又开始一惊一乍了，他像是想起了什么，瞬间睁大了眼睛："你就是柏寒知？！"

杨溢的目光在柏寒知和杨岁之间来回打量，一副看穿一切的表情。

杨溢记得，很早很早之前，那时候杨岁高考完还没有上大学，他有一道数学题不会做，于是跑去杨岁的房间请教她。杨岁拿出了她的草稿本随便翻了几页，上面密密麻麻全是字，而且还是一个人的名字。

她的草稿本上写的正是"柏寒知"三个字。

杨溢那时候还问杨岁，柏寒知是谁，是不是她喜欢的人。杨岁先是沉默了一会儿，也没否认，"嗯"了一声："我喜欢的人，很喜欢。"

杨溢单纯地觉得杨岁那时候可能是暗恋未果，现在上了大学了，肯定早把那个柏寒知忘到脑后了，没想到今天竟见到了柏寒知本人！！

杨溢整理了一下线索，觉得自己吃到了一个超大的瓜，脸上露出了"姨父笑"。

还说没有奸情！

柏寒知自然不明白杨溢这句话是什么意思，挑了挑眉："嗯？"

杨岁一时半会儿也摸不透杨溢为什么反应这么大，可是她知道，杨溢肯定是察觉到了什么。她心虚得要命，连忙先发制人，拍了一下杨溢的脑袋："杨溢，不准这么没礼貌！"

杨溢意识到自己又说错话了，极为尴尬地干咳了一声，立马态度诚恳地向柏寒知道歉："对不起，柏哥。我没别的意思，就是我妈特别喜欢你。"

无语到极致就成了绝望。

杨岁觉得杨溢迟早会把她暴露出来。

柏寒知却被他的话逗乐了，笑声冷不丁从喉间滚出来，笑得肩膀都在微微地抖动。

他低沉的嗓音夹杂了笑声，显得清透了些："好，我知道了。"顿了顿，他又问，"中午吃什么？"

幸好那句话没让柏寒知产生怀疑，杨岁狠狠松了一口气。

杨溢非常厚颜无耻，笑眯眯地问："柏哥，你请客吗？"

柏寒知笑道："嗯，我请。"

杨岁立马摆手："不用、不用……"

杨溢的动作也非常迅猛，举起手道："那我要吃法国大餐。"

他学着港台剧的腔调，把"法"字念成了第四声，fà。

杨岁简直无颜见人，杨溢真的把她的脸都丢尽了！

她忍无可忍，手握成拳伸到了杨溢面前："那你吃不吃中国拳头！"

◆ 第九章

在杨岁的强烈反对下，法国大餐自然是没有吃成的。最后，柏寒知带他们去了一条商业街。

车子停在商场的地下停车场，三人乘电梯上楼。

这时，一男一女迎面走来。男人完全没有意识到这是公共场所，不能抽烟，嘴里叼着根烟。从杨岁身边经过时，那人正巧吐出一口浓浓的烟雾。

杨岁不由得皱起眉，捂了一下鼻子。

柏寒知留意到她这个细微的举动，问："很讨厌烟味？"

烟雾已经散去，杨岁松开手，摇了摇头："也不是。我爸也抽烟。只是我不太喜欢在公共场所抽烟的人，不顾及别人的感受。"

柏寒知若有所思地点了一下头，进电梯时，他不动声色地捏起自己的衣领闻了一下。

衣领上残留着淡淡的烟草味，他微微蹙了一下眉。

商场五楼全是各种各样的餐厅。杨溢嚷嚷着要吃烤鱼，于是他们决定去吃烤鱼。

走进餐厅，点了餐之后，柏寒知突然站起身道："我出去一下。"

杨岁没有问他去哪里，乖巧地点头："好。"

杨岁看着柏寒知走出餐厅，直到看不见他的身影，这才回过头来。

过了近二十分钟，柏寒知还没有回来，给他发微信消息，他也没有回复，杨岁不由得有点儿担心。

又过了几分钟，杨岁终究放心不下，她走出餐厅，在整个五楼找了一圈，都没找到柏寒知。她从手扶电梯下到四楼，正打算在四楼找一找时，忽然在手扶电梯口看到了正在三楼的柏寒知。

他手上拿着一件衬衫外套和一件T恤，正是他刚才穿着的那两件。他身上已经换了衣服，换成了一件藏蓝色的卫衣。

他拿着衬衫外套和T恤走到垃圾桶前，作势要扔，杨岁连忙下了电梯，跑过去问："你干吗扔衣服呀？"

与此同时，杨岁清楚地看见了衬衫外套上的"LV"两个字母。她下意识地接过了衣服。

杨岁的出现让柏寒知诧异了一秒，随后他便恢复如常，耸了耸肩："我抽过烟，身上有味道，怕熏到你。"

二十分钟前。

柏寒知前脚刚走，杨溢就往杨岁身边一凑，又学起了名侦探柯南的经典动作，手摸着下巴，一针见血地说道："姐，你喜欢的人就是这个柏寒知吧？"

不待杨岁质问他是怎么知道的，杨溢就坦白了："我可是在你的草稿本上看到过他的名字。你放在书架上的那封情书也是写给他的吧？没送出去吗？"

他提到这件事，简直是猝不及防地在杨岁的陈年旧伤上又扎了一刀。

杨岁瞪了杨溢一眼，想教训他几句，张了张嘴，却又一句话都说不出来，不知道该说什么。

之前她还觉得写信是古老桥段，如今她也是过来人了。

高三那年，她突然听说柏寒知要转学，有人来学校接他。感谢信是早就写好的，只是一直都没有送出去，她想留到高考结束后再正式送给他，可他转学的消息将她所有的计划都打乱了。她知道，柏寒知一转学，他们可能就不会再见面了。

她内心的胆怯和懦弱，被永远不会再见的恐惧打败，她终于鼓起勇气，打算向他表明心迹，只为了不留遗憾。

然而那天，她追到校门口时，正好看到了 Alice 扑进柏寒知怀里的那一幕。

感谢信在那种情况下自然是送不出的。

一想到那个金发碧眼的美丽女孩儿，杨岁的心情就有点儿低落。如果说他们曾经在一起过，后来分手了，那柏寒知为什么会为了送她礼物而染头发呢？他对一个女孩子如此宠溺和纵容，却说他没有女朋友？

所以，他和 Alice 到底是什么关系呢？

杨岁摇了一下头，让自己不要胡思乱想。

他们是什么关系，她没有资格管，更没有立场过问。

现在能和柏寒知像朋友一样相处，她真的已经知足了。

就算他不记得曾经的她也没关系，只要能记住现在的她就够了。

"你是不是偷看了？"

杨岁收回思绪，指着杨溢质问道。

"我可没有！"杨溢斩钉截铁道，一副正气凛然的模样，"我才不是那种随随便便侵犯别人隐私的人！我只是去你的书架找书的时候看到过，粉色的信封，上面还画了个爱心，傻子都能看出来是情书。信封上还写了什么'遗憾'之类的，这不就是没送出去的情书吗？"

"那是感谢信！不是情书！"杨岁差点儿一口老血喷出来。

"没事，现在机会不是又来了吗？姐，你不要气馁，你现在可是个大美女好吗！"杨溢拍了一下杨岁的肩膀，"这个姐夫我认定了，你放心吧，我会帮你的！！"

杨岁和柏寒知回到餐厅时，菜已经上齐了。

杨溢没有先动筷子，而是一边玩手机一边等他们回来。

察觉到他们入座之后，杨溢的目光从手机上抬起来。他想问问他们干吗去了，他甚至怀疑他们俩是不是背着他偷偷约会去了。然而一看到柏寒知，杨溢立马就发现柏寒知换了衣服。

"柏哥，你刚去买衣服了吗？"杨溢好奇地问。

柏寒知抬了抬下巴："嗯。"

杨溢仔细看了看，又问："那你之前的衣服呢？"

他没看到装衣服的袋子。

柏寒知挑了挑眉："你姐姐捐到外面的衣物捐赠箱了。"

一说到这件事，杨岁就不好意思看柏寒知了，她的耳根子到现在都还是滚烫的。

柏寒知刚才说了原因——他身上有烟味，怕熏到她。

喜欢一个人时，总会因为对方很小很小的一个举动就产生幻想，猜测他说这句话的用意，幻想他是不是也对自己有感觉。

可能也不是吧。毕竟，柏寒知一直都是这么温柔又绅士的人，他的教养是刻进骨子里的。他可能只是单纯地出于礼貌，怕身上的烟味会让她介意，所以才去买了衣服。

即便心里门儿清，可是她还是克制不住地浮想联翩。

吃到一半时，柏寒知的电话响了。

柏寒知拿出电话，看了一眼来电显示后，目光不由得冷下来。

他点了拒接之后，将手机放在了一旁。

然而刚放下，电话又打过来了。

杨岁无意间瞥了一眼来电显示，只有一个字——爸。

柏寒知还是没有接，连看都没看一眼就挂了。

柏振兴却颇有一种柏寒知不接，他就一直打，打到他接听才罢休的架势。

挂了三四次之后，柏振兴还在打，柏寒知的耐心终于耗尽，他阴沉着脸，脸上是掩饰不住的烦躁。不过，他仍旧压着火气，低声对杨岁说："我去接个电话。"

杨岁点头："好。"

柏寒知拿着手机走到餐厅外。

他们坐的位子在窗边，杨岁回过头正好能看见站在餐厅门口的柏寒知，他将手机贴在耳边，似乎紧蹙着眉，神情有点儿凌厉。

他的下颌线紧绷着，简短地说了一两句话之后便冷漠地挂断了电话，走进了餐厅。

杨岁立马转过身，若无其事地继续吃饭。

柏寒知坐下之后，即便他什么都没有说，杨岁也能察觉到他情绪的变化。他浑身上下都写着两个字——不爽。

杨岁想问问他是不是出了什么事，可终究没有问出口，只心事重重地低头吃饭。

吃完饭，三人离开了餐厅。时间还早，不知道该怎么消磨，反正下午也没什么事可做，于是三人临时决定去看电影。

电影院在商场的顶层。三人乘手扶电梯到达顶层之后，距离影院还有些远，要绕一大圈。

柏寒知的情绪一直不佳，但他没有表现出来，面色如常，可杨岁还是能感受到他的不高兴。

这一路上她也不知道该说些什么，倒是杨溢一直都在追着柏寒知问关于车的问题，柏寒知一一耐心回答，还细心地给杨溢讲他改装过的车。

这种话题，杨岁是插不上话的，她沉默地跟在他们身边。

三人路过一家手工陶艺馆，玻璃展柜里摆了一排各式各样的陶艺作品，色彩缤纷，造型也很独特。里面人还挺多的，有几个家长带着小孩儿在玩，也有几对情侣。

有一对情侣手捧着泥坯做造型时翻车了，泥巴甩了旁边的小朋友一脸。

杨岁忍不住笑了一下。

柏寒知注意到杨岁的动静，侧眸看了她一眼，随后又顺着她的视线朝手工陶艺馆看了过去。

他忽然停下脚步。

杨岁回过神来，也停了下来，茫然地眨了眨眼睛："怎么了？"

柏寒知抬起下巴，指了指手工陶艺馆："想玩？"

杨岁没想到柏寒知这么细心，她只是多看了一眼而已。她笑着摇了一下头："就是觉得挺有意思的。"

闻言，柏寒知立即就朝手工陶艺馆走："那就去玩。"

"哎……"

杨溢明显也被吸引了，连忙跟上了柏寒知，声音兴奋得很："我也要玩！"

无奈之下，杨岁只好跟了过去。

陶艺馆里很热闹，他们运气好，正好还剩下三个制陶转盘。

有专门的老师讲解和手把手教学，杨溢已经先玩上了。一开始，他自信满满，觉得不过就是转个杯子出来，容易得很。结果一上手，泥巴就是不听使唤，做得一塌糊涂，只能手足无措地找老师帮忙。

杨岁和柏寒知坐在一起。一个年轻的女老师捏好一块专门用来练习的泥坯，递给了柏寒知。

　　此时店里总共有四个老师，其中两个在负责教别的客人，还有一个在帮杨溢，只剩下这一个女老师负责教杨岁和柏寒知。她率先为柏寒知捏好泥坯之后，就给他讲解并示范了一遍，还没来得及给杨岁准备泥坯。

　　柏寒知将袖子撸到了手肘处，露出一截手臂。他的手臂虽然瘦，但充满了力量感，且皮肤白净细腻。

　　杨岁盯着他的手发起了呆。无论看多少遍，她都觉得他的手好好看。

　　别说杨岁了，连女老师都目不转睛地盯着看。

　　"你的戒指要不要摘下来？"杨岁提醒道，"会弄脏的。"

　　这枚戒指对他来说一定有什么特殊含义，她从高中起就看见他戴着这枚戒指，一直戴到了现在。

　　柏寒知抬手看了一眼小指上的戒指，"嗯"了一声，随后毫不犹豫地将戒指摘了下来，视如珍宝般揣进了裤兜里。

　　柏寒知接过泥坯，放上了转盘，按照步骤，双手沾上水。

　　紧接着，女老师打开了转盘的开关，转盘转动起来，柏寒知的双手覆上泥坯。

　　做杯子最简单，男孩子没那样心灵手巧，柏寒知也没想做个什么独特的造型，像个杯子就好了。

　　女老师在一旁指导，提醒他可以开始捏形状了。

　　柏寒知刚一上手就出了错，女老师伸手过去，试图手把手教他："我来帮你吧，应该这样……"

　　手把手指导其实是再正常不过的事情，然而女老师的手还没碰到柏寒知的手，他就立马抬起胳膊，身体也往后退了一点儿，避开了女老师的靠近，拉开彼此的距离。

“不用。”柏寒知的声音没什么起伏，“谢谢。”

他的拒绝让女老师很是尴尬，表情差点儿没收住。

杨岁自然目睹了这一切，她不动声色地看了一眼女老师，发现女老师面红耳赤，却又极力保持着淡定，像是什么都没发生过的样子。

杨岁抿起唇，垂下眼睫掩饰情绪。

明知道柏寒知不论走到哪儿都很受欢迎，看到有别的女生靠近他，她还是会吃醋。

果然，没有身份的醋，最酸。

有一个女老师此时正好有空闲，就给杨岁准备了一块练习泥坯。

杨岁刚才已经学了一遍了，她将泥坯放上转盘，手沾上水，正打算开始做，这时柏寒知突然叫了她一声：“杨岁。”

杨岁看过去：“怎么了？”

柏寒知的手沾满了灰色的泥巴，可还是那样好看，那样赏心悦目。

他下巴一抬，朝面前的泥坯示意了一下，慢悠悠地说：“过来帮我。”

杨岁一愣：“啊？”

柏寒知笑了一声，挑了挑眉：“跟我一起做。”

他的语气有点儿霸道，却也带着点儿求助的意味。

杨岁只觉得受宠若惊，大脑一片空白，稀里糊涂便坐了过去。

转盘再次运转，柏寒知的双手覆上泥坯，杨岁却迟迟没有动静。

柏寒知掀起眼皮催促道：“赶紧呀，愣着干吗？”

杨岁慢吞吞地“哦”了一声，随后缓缓伸手过去。仔细看的话，她的手指都在抖。

她小心翼翼地靠近，不由得联想到刚才那个女老师说要帮他，手都还没碰到他，他就忙不迭躲开的画面。

有了前车之鉴，她自然不敢碰到他。

可转盘就这么点儿大，泥坯就这么点儿大，两个人一起做，就算杨岁小心避让，肢体触碰也在所难免。

好死不死，她的手指蹭到了他的手背。

杨岁像触电了一般，立马闪开。

柏寒知看见她那惊慌闪躲的样子，无奈地笑了一下，戏谑道："我的手是有病毒吗？"

一旁的女老师一脸无语，腹诽道：碰都还没碰到你就躲，我的手是有病毒吗？！

杨岁被他调侃得脸一红，慌忙低下头："不是……就是我也不太会……"

"没事，你的拇指按在中间。"

柏寒知握住了她的手腕带过来，杨岁就像个被操控的机器人，伸出拇指，戳进了泥坯的正中央。

一团泥坯随着转盘的转动，渐渐地变成了一个杯子的雏形。

二人的手紧挨在一起，杨岁能清晰地感受到他的体温。头一次与他有这么亲密的接触，她全部的心思都跑到柏寒知身上去了，哪里还有心思做陶艺呀？

这么近的距离，她能瞥见他高挺的鼻梁和下垂的睫毛，他的睫毛十分浓密，如同鸦羽。

杨岁的呼吸都不顺畅了，登时觉得整个屋子的温度陡然升高了。

她紧抿着唇，克制着情绪。她意识到不能再这样了，得做点儿什么转移注意力，于是开始绞尽脑汁地想话题，冷不丁想到了柏寒知接电话的事。

憋了这么久，她终究还是没忍住，问了出来："你今天是不是心情不好？"

今天他肯定是遇到了什么不开心的事情吧？或许跟他父亲吵架了，所以才会来找她。

柏寒知的目光移到了她的脸上。

四目相对，她的眼睛黑白分明，清澈明亮，写满了关心。

柏寒知的嘴角微微翘起，透着几分散漫，挑眉道："本来心情是挺不好的，现在……还不错。"

柏寒知也不知道自己为什么要来找杨岁。

跟柏振兴大吵一架离家后，他的心情的确很糟糕，应该说糟糕透顶。如果换作往常，他多半回公寓待着，打打游戏，睡睡觉，第二天照样生活。

他早就习惯这样自我排解了。

可是，那时他突然想到了杨岁，然后就不想回家待着了。

事实证明，跟杨岁待在一起，心情确实能变好。

她身上就像有一种……神奇的力量。

第十章

听柏寒知说心情好转了，杨岁原本低落的情绪也明朗了起来，堵在胸口的那块石头也瞬间消失得无影无踪，整个人都轻松了不少。

"这就对了嘛。"杨岁笑了起来，眼睛弯成了月牙儿状，"一定要开心才行啊。"

杨岁虽然是单眼皮，可她的眼睛很好看，细细长长的，眼角微微上翘，类似于瑞凤眼。她不笑时，清冷而柔和；笑起来时，却又灿若桃花，甜美温暖，眼里仿佛有光，有着极强的感染力。

柏寒知被她灿烂而又纯粹的笑容吸引，幽深的目光定格在她脸上，几乎挪不开眼，嘴角情不自禁地上扬。

柏寒知问："你这么关心我心情怎么样？"

他的话一问出口，杨岁脸上的笑容瞬间一僵。她尴尬地张了张嘴巴，一时想不到要说什么："啊……"

她脸上显示出被他看穿的慌乱与窘迫："我就是……关心一下朋友嘛。"

杨岁干咳了一声，目光闪烁，不敢看他的眼睛。

柏寒知的表情变得越发耐人寻味，他饶有兴致地挑起眉，要笑不笑地反问："朋友？"

　　明明他的语气一直都平平淡淡的，杨岁却有种骑虎难下的感觉，像是有一团火对着脸在烤，脸烧得厉害。

　　她觉得自己的小秘密已经暴露了，无处遁形。

　　杨岁的头埋得很低，底气不足地换了个说法："同……同学。"

　　紧接着，她听见了柏寒知的笑声。

　　轻轻的一声，短促，低沉，很好听。

　　杨岁莫名觉得羞臊，还颇有几分无地自容。

　　刚才简直就是"此地无银三百两"。

　　柏寒知的声音还带着一丝笑意，他拖腔带调地"啊"了一声，又问："比如，什么同学？"

　　杨岁脑子一木，被他这句话扰乱了思绪，又开始胡思乱想。

　　他是什么意思？

　　他这句话到底是什么意思？

　　比如什么同学？

　　当然，她很清楚，他们除了是大学同学，还是高中同学。

　　可是他突然这么问，是不是代表他记起她来了？

　　这么一想，杨岁的心跳猛然一滞，心头涌起无法形容的情绪，亢奋、紧张、忐忑交织在一起。

　　她下意识地抬起头，对上他的眼睛。

　　他黑沉沉的眼底并不是毫无波澜，似乎漾开了浅浅的涟漪。他的目光狡黠犀利，又有些扑朔迷离，带着蛊惑意味，像是在引她上钩。

　　杨岁果然上钩。

　　这句话勾起了她的希冀和幻想，她蠢蠢欲动，打算试探一番，刚动了动唇，手就冷不丁被泥坯拍了一下。她低头一看，发现原本已经成型的杯子，这会儿突然散了，又变成了一团一塌糊涂的泥坯。

她酝酿出来的勇气也被尽数打散。

"坏了。"杨岁提醒道。

老师将转盘关掉，重新开始。

刚才那一个插曲，谁也没有再提起。

杨岁帮柏寒知做好了一个杯子后，便动手做自己的。

另一边，杨溢失败了好多次之后，终于成功了，但造型实在不太好看，杯子不像杯子，碗不像碗。他已经放弃了努力，干了之后就拿去上色，画得那叫一个五颜六色，不堪入目，他自己还喜欢得不得了。

柏寒知的杯子很简单，简单得连个把儿都没有，就一个杯身，他也懒得搞那些花里胡哨的图案和颜色，就用黑色随便涂了几笔。

杨岁不一样，玩得不亦乐乎，在杯子上画云、画蝴蝶，还在网上搜了一些可爱的图案，统统画了上去。

画完了之后，杨岁小心翼翼地看了一眼坐在对面的柏寒知，他耷拉着眼皮，百无聊赖地在杯身上时不时涂一笔，神色倦怠，像是下一秒就要睡过去了似的。

杨岁见他没有注意她这边，就将杯子翻过去，用绿色的画笔在杯底画了一棵小小的柏树，然后在柏树下写了几个很小很小的字——岁寒知松柏。

上色之后要进行烧制，大概一个礼拜之后就可以来店里拿成品。

陶艺看着简单，实际上做起来很费时间，等做完了陶艺，时间已经不早了，柏寒知送杨岁和杨溢回了家。

临下车前，杨溢突然将他的手机摸了出来，凑到驾驶座，嘿嘿笑道："柏哥，能不能加一下你的微信啊？方便以后联系。"

杨岁有些无语，谁跟你以后联系？！

杨溢今天的"狗腿"行为，杨岁已经无力吐槽了。

不过，柏寒知并没有拒绝，他拿出了手机，点开自己的微信二维码。

杨溢喜滋滋地扫了二维码。添加了柏寒知的微信之后，他就两眼放光地盯着柏寒知，一副非要他当面通过的架势。

柏寒知无奈地笑了笑，通过了杨溢的好友请求。

"好嘞。"杨溢兴奋地拍了一下驾驶座的椅背，"柏哥，我先走了，希望下回能有机会坐坐你其他的车，嘿嘿。"

由于是超跑，即便是四座，也只有两道门，杨溢坐在后座，需要拉开前排的座椅才能下去，杨岁先下了车，拉开副驾驶的座椅，让杨溢下了车。

她正打算向柏寒知道别，跟杨溢一起回家，结果杨溢暗搓搓地推了她一下，直把她往车上推。

他又弯下腰，朝柏寒知摆了摆手："柏哥，我先走了，你跟我姐慢慢聊。"

杨岁尴尬极了。

这小子难道不知道他的意图真的很明显吗？

杨溢捧着手机跑进了胡同。杨岁虽然很不舍，可她既然已经下车了，肯定是不会再上去的。都已经到家门口了，她还上车干吗？难不成还真打算跟他再唠上半个小时吗？她倒是巴不得呢，可不能耽误柏寒知回家呀。

"那我也走了，你开车小心。"杨岁收起了不舍，笑着对柏寒知摆了摆手，然后慢吞吞地转过身往胡同走。

人都是贪心不足的，以前只希望能离他近一点儿就好，可跟他相处了一整个下午后，她又奢望能一直和他在一起。明知道周一就能在学校见到他，可一分开，不舍与眷恋就将她拉扯成了两半。

她如此贪心不足，得寸进尺，老天爷会不会惩罚她呀？

她正这么想着，身后突然传来一道急促而清脆的喇叭声。紧接着，柏寒知叫她："杨岁。"

杨岁回过头。

只要他叫她一声，她便会立马走向他，毫不犹豫，义无反顾。

杨岁快步折回，走到车窗边，克制住情绪，轻声问："怎么了？"

柏寒知漫不经心地摩挲了两下方向盘，撩起眼皮看她。由于正对着夕阳，他被阳光照得眯了一下眼睛："没什么，就想跟你说一声，成品出来了，我们一起去拿。"

我们……

杨岁真的好喜欢听他说"我们"这两个字。

这种若有若无的亲密联系，即便完全是她单方面的臆想，还是会让她觉得很甜蜜。

杨岁笑着点头："好。"

柏寒知抬了抬下巴，没再说话。

又冷场了。这下，不想走也得走了。

杨岁再次道别："嗯……那我走了。"

她其实很知足了，又跟他多说了两句话。

可是这会儿不知道怎么了，先前消失得无影无踪的勇气，突然间又破土而出，野蛮生长起来。

她再一次折回去，走到柏寒知面前，看着他，一鼓作气地说："其实我们……不只是大学同学，也是高中同学。我是坐在你前桌的杨岁。"

她突如其来的坦白，让柏寒知始料不及。

怔了几秒后，柏寒知的表情恢复如初，一如既往地平静。他"嗯"了一声："我知道。"

闻言，杨岁的脑子嗡地一响。

上一次柏寒知来店里买早餐，听闻杨溢的事后描述，杨岁确信柏寒知早就忘了她这号人。即便今天柏寒知模棱两可的话让她有了猜疑，她还是不确定。她甚至已经准备提醒他高中时他们那些微不足道的交集与接触，试图勾起他的回忆。结果让她做梦都想不到的是，他居然说他知道。

杨岁的脸上满是惊喜："你都记得？"

柏寒知拉开车门下了车，站在她面前。由于两人身高悬殊，她不得不仰视他。

他垂下眼，喉间溢出一声笑，透着些玩味，反问："你为什么会认为我不记得？"

顿了顿，他又说："只要是有意义的事情，我都会记得。"

杨岁回到店里。

店门还开着，门口摆着蒸笼，杨万强正站在蒸笼前给几个工人装馒头，装了满满一口袋。

"爸，我回来了。"杨岁从旁边的小门跑进来，路过杨万强身边时，激动地拍了一下杨万强的肩膀，声音洪亮得宛如装了大喇叭，街对面都能听见。

杨万强冷不丁被吓了一跳，手猛地一抖，差点儿没把手里的馒头掉在地上。

"女孩子家家的，就不能斯文点儿？"

杨万强嘴上嫌弃地说着，脸上却掩不住宠溺的笑容。

杨岁非但没有收敛，反而蹦蹦跳跳地上了楼，还在楼梯间就扯着嗓子喊："妈！我回来了！"声音大得整栋楼仿佛都震了震。

"您家闺女性格真活泼。"

买馒头的工人看上去五六十岁的样子，鬓角泛白，满脸沧桑，看到杨岁之后，似乎是想到了自家的孩子，笑得很慈爱。

杨万强客套地笑了笑，假装嫌弃地说道："我闺女平常也不这样，今天也不知道什么事让她高兴成这样，疯疯癫癫的。让你看笑话了。"

杨岁上了楼，朱玲娟正在厨房里做晚饭。虽然是老房子，但两年前重新装修过，把厨房做成了半开放式。杨岁跑上楼往房间里冲，路过厨房时，正在颠锅的朱玲娟瞥了一眼杨岁："咋咋呼呼的，喊什么呀？我的耳朵没聋。"

杨岁这会儿可谓是喜上眉梢，满面春风。

"你中彩票了？乐成那样！"朱玲娟好奇地问。

杨岁没说话，像一阵风似的迅速钻回了房间，关上房门，往床上一扑。

她裹着被子在床上打滚儿，克制不住地尖叫起来。

柏寒知居然记得她！

他说，只要是有意义的事情，他都会记得！

这是不是代表着，她对他来说，也是有意义的存在？

啊啊啊！！！

这可比中彩票还要让她高兴！她恨不得放鞭炮庆祝三天三夜。床都快要被她给扑腾塌了，咯吱咯吱地响。

这时，门砰的一声被人撞开了。

杨岁正巧滚到床边，吓了一跳，顺势掉下了床。

即便地上有地毯，可摔下去还是实打实地疼。

"姐，你化身尖叫鸡了吗？"

杨溢走了进来。

要换作往常，杨溢敢不敲门就进她的房间，她绝对按头暴打一顿。

但就算刚才摔得龇牙咧嘴，她都没有生气。她神采奕奕地爬了起来，朝杨溢扑了过去，捧着杨溢的脑瓜子，对着他的额头猛亲了一口。

"弟弟，我怎么觉得你今天这么可爱呢！看这草莓鼻，多乖巧俏皮！"

杨溢一脸蒙。

"我跟你讲，他记得我！他记得我！他记得我！他居然记得我！"杨岁双手攥住杨溢的耳朵，疯狂地摇晃他的脑袋。

杨溢被晃得眼冒金星，头晕目眩。

他回来之后刚喝了一瓶牛奶，现在牛奶在胃里翻滚，不停地往上泛。

杨溢猛地推开已经失去理智的杨岁，双臂撑在门框上，呕了一声。

"滚出去吐。"

杨岁立马变脸，无情地推了杨溢一下。

杨溢干呕了好几下，最后什么都没吐出来。

"好恶毒的婆娘。"杨溢吞了吞唾沫，感觉嘴里一股牛奶味。

杨岁懒得搭理杨溢，她的心情好得无法言喻，心里头的小鹿简直快撞昏过去了。

她背着手一蹦一跳跑到书桌前，撕了一张粉色的便笺纸，娴熟地折了一只蝴蝶，随后靠着椅背，双腿伸直，坐在转椅上转了一圈，手上拿着粉色的纸蝴蝶摆弄来，摆弄去。

杨溢觉得她现在都快变成那只蝴蝶了，恨不得马上飞到柏寒知身边去。

杨溢拿着手机走到杨岁面前："姐，姐夫是不是拿僵尸号敷衍我？这里面怎么啥也没有？我那秃了顶的班主任至少还知道给朋友圈换个背景。"

杨岁瞥了一眼，手机屏幕上正是柏寒知朴素得可以用"简陋"

二字来形容的朋友圈界面。

"我也是这个呀。"杨岁白他一眼，郑重其事地提醒道，"你别姐夫姐夫的，让他知道了，丢脸的是我！"

杨溢像是没听到她说的话似的，失望地叹息了一声，自言自语道："还以为加上微信就能看到姐夫的豪车盛宴呢。"

"你就不能加把劲儿，让我快点儿叫上姐夫吗？"杨溢愤愤地拍着桌子道。

杨岁瞪了他一眼。紧接着，杨溢被杨岁踹了出去。

杨岁坐回椅子上愣了一会儿神，随后从书架上拿出一个粉色的信封。

当年那封没送出去的感谢信，一直被她藏在书架的角落，从不敢翻出来看，就连拿书时都小心翼翼。直到现在，杨岁都没有勇气拆开这封信，去看当时自己写下的那难以启齿的少女心事。

时间过去太久，信封都已经有些泛黄，上面写着一句话——你是遥不可及，也是终生遗憾。

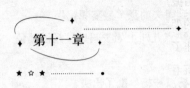

第十一章

吃完晚饭，杨岁回到房间，准备学习两个小时，然后就开始运动。

运动不能断。

说好的学习，结果她写几个字就要看一下手机。

她吃饭那会儿发了一条朋友圈，配图就是刚折好的纸蝴蝶，文案是："今天超开心！"

发了之后，她不断地刷新，就想看看柏寒知给她点赞了没有。

从吃饭到现在，她不知道看了多少遍手机。直到第n次刷新时，她才终于在动态栏里看到了柏寒知的头像。

杨岁的心跳猛然漏了一拍——柏寒知给她点赞了。

杨岁心里又开始蠢蠢欲动了，她想找一个话题跟他聊聊天，哪怕只聊两句也行。

就在她绞尽脑汁地想话题时，杨溢又跑进了她的房间。

"姐，我想用你的电脑玩游戏。"杨溢两眼亮晶晶的，扒拉着杨岁道。

杨岁眼都没抬："做梦！"

"姐！姐！"杨溢摇晃着杨岁的胳膊央求她，无意间看了杨岁的手机屏幕一眼，发现屏幕上正是与柏寒知的聊天界面。

"你是不是想找姐夫聊天？"杨溢这个人精，瞬间就看穿了杨岁的那点儿小心思。为了能玩游戏，他立马摸出自己的手机，"我帮你呀。"

杨岁都还没来得及说话，杨溢就非常迅猛地给柏寒知发了条消息过去。

杨岁心中一惊，生怕杨溢会乱说话，一把夺过他的手机。

溢心溢意："柏哥，在干吗呀？"

其实这种聊天内容真的很寻常，简简单单一句话而已，为什么她就是发不出去呢？

很轻松的一件事，为什么她就是做不到呢？

柏寒知过了几分钟才回了简短的三个字——打游戏，连标点符号都没有。

杨溢一看"游戏"两个字，眼睛立马亮起来："什么游戏呀？"

又过了两三分钟，柏寒知发了张图片过来。

巨大的曲面电脑显示屏上是《英雄联盟》的界面，炸裂的水晶上显示着大大的"胜利"两个字。电竞桌上稍微有点儿乱，摆着几罐能量饮料，键盘边上还有一个外卖盒子，已经吃了一半。

杨溢厚着脸皮抱大腿，回复："我也在玩这个游戏，柏哥，能带我一起玩吗？"后面还跟了一个小猫舔爪子的可爱表情。

杨岁眼角猛抽："你能不能不去丢人？就你那点儿三脚猫的功夫，能不能不要拿出来秀？"

杨溢是不是忘了他还是个小学生？打个手游都能被人吐槽死，还敢去端游丢人？而且还是跟柏寒知一起玩。

本以为柏寒知会婉拒，让杨岁大跌眼镜的是，柏寒知居然回了杨溢一句："可以。"

杨溢高兴得原地转圈圈："你看吧，现在电脑要借给我玩了吧！"

他兴冲冲地坐到桌子前开了电脑，登录了《英雄联盟》，并且加上了柏寒知的游戏好友。

加上之后，他先去看了一眼柏寒知的主页。

"天哪，超凡大师！"杨溢震惊得下巴都要掉了，"这么多皮肤，这么多连胜！认真的吗？！"

杨溢放假玩得倒是开心，却连个段位都没有，只能打打匹配，过过干瘾。

他邀请了柏寒知打匹配。

柏寒知一进房间，杨溢就开了麦，一上来就是一堆彩虹屁："柏哥、柏哥，你好牛哇！你是职业选手吗？"

见杨溢和柏寒知连了麦，杨岁悄无声息地走近了一点儿，站在杨溢的身后，目不转睛地盯着游戏界面。

"不是。"柏寒知的声音从电脑音响里传出来，音量开得有点儿大，带着点儿电流的吱吱声，他的声音越发显得低沉，有一种麻酥酥的沙哑感。

柏寒知似乎轻笑了一声，笑声低低沉沉，随着电波传入耳朵，杨岁像是触电一般轻颤了一下。

游戏开了，先选英雄。

杨溢问："柏哥，你玩什么呀？"

柏寒知："射手。"

杨溢嘻嘻一笑，自告奋勇道："那我给你辅助吧。"

柏寒知："嗯。"

杨岁见杨溢那"狗腿"样儿，无语地摇摇头。

要不说杨溢是上赶着丢人呢。

正当她腹诽时，音响里又传出了柏寒知的声音，他状似不经意地问道："你姐呢？"

杨岁紧张得浑身一僵，心瞬间提到了嗓子眼儿。

杨溢正在专心致志地挑英雄，心不在焉地说："哦，我姐就在我旁边呢。"接下来说出的话也没过脑子，"柏哥，你都不知道，她今天回来之后简直疯了，抱着我亲，还说……嗯……"

杨溢的话还没说完，杨岁就立马身手敏捷地捂住了他的嘴，凶神恶煞地瞪着他，一副下一秒就要杀人灭口的架势。

杨溢被杨岁的气势唬住了，举起双手做出投降状。

得亏杨岁及时阻止，才没让杨溢把最关键的那句话说出来。

可是柏寒知好像并不太在意杨溢没说出口的话，只听到了杨溢前面说的"抱着亲"的话。

他轻轻地笑了一声，戏谑道："那你艳福不浅。"

杨岁的耳根莫名一热。

杨溢顺杆儿爬："那当然了，羡慕了吧？"

这么暧昧又尴尬的问题，听得杨岁面红耳赤。杨岁举起拳头往杨溢脑袋上捶了一下。

然而就在这时，柏寒知拖腔带调地说了一句："是挺让人羡慕的。"他的话里带着漫不经心的笑意，像是在开玩笑一般。

明知道他完全是在配合杨溢的话，也没有明确表示到底是谁羡慕，但这样一句没有主语的话，给人留足了浮想联翩的余地。

杨岁耳根子处的那点儿热蔓延到了全身。

明明他不在面前，可她还是捂着发烫的脸，羞臊得低下了头。

杨溢用一种意味深长的吃瓜眼神看向她，朝她挤眉弄眼，还对她竖起了大拇指。

游戏正式开始。

杨岁站在一旁看得津津有味，盯着小地图上柏寒知玩的英雄的身影，比上课还专心。

杨溢是真的很菜，玩的英雄明明是堂堂一个猛男大汉，却被人塔下强杀。明明是来辅助柏寒知的，到头来还需要柏寒知保护他。柏寒知说得最多的一句话就是——躲我后面。

杨溢也非常听话，说躲就躲。

然而，即便他这么菜，柏寒知还是带着他这个拖油瓶，成功打爆了对方的水晶，取得游戏的胜利。

杨溢像是赢得了世界冠军，拍着桌子跳了起来，大声欢呼："啊，我赢了！"

杨岁一个白眼险些翻上天，她挖苦道："你也不看看是谁带的你？还你赢了。"

杨溢不满地"哼"了一声："你说我菜？至少我比你强，你连跟柏哥并肩作战的资格都没有，你是一点儿都不会！"

游戏结束，回到组队的房间。

柏寒知的麦还开着，听到了他们俩的斗嘴声，他十分愉悦地笑了一声。

一听到柏寒知的笑声，杨岁就脸红心跳。

她想着柏寒知正听着呢，她一定要淑女一点儿，不能庅毛，于是干咳了一声，默默在心里记下一笔。

"杨岁。"

柏寒知突然叫她。

杨岁呼吸一紧："啊？"

"你什么时候上舞蹈课？"柏寒知的语气十分随意。

这个话题跳转得太突兀，杨岁一下子没反应过来，下意识地回道："周一。"

"哦。"柏寒知像是并不在意，话锋一转，又问杨溢，"还玩吗？"

杨溢点头如捣蒜："玩玩玩！"

随后，二人又开始了新的一局。

柏寒知玩游戏的时候好像跟平常的他不太一样。

虽然她见过柏寒知暴躁又不耐烦的一面，但他平时其实非常平和，对待任何事都是淡然处之，一副漫不经心的样子，有点儿佛系，有点儿散漫。

不过，他玩起游戏来，整个人像是变得鲜活了起来，话也变多了。

杨岁很羡慕杨溢能和柏寒知一起玩游戏。她决定学会玩这个游戏。

这样就能离他更近一点儿，能和他有共同话题。

杨岁周一没能去上舞蹈课。

因为校庆文艺晚会快到了，每个系都在报校庆节目，一个系必须出三个节目。

化学系已经出了两个节目了，一个是古筝演奏，一个是歌唱表演，还缺了一个节目。

正好化学系大二的学长是舞蹈社的社长，他准备了双人舞节目。大家都知道杨岁会跳舞，于是他就邀请杨岁一起了。

杨岁实在是盛情难却，再加上又是学校的集体活动，系里就差这一个节目了，她要是拒绝，就有点儿说不过去了。

下午下了课，杨岁没有去舞蹈工作室，她跟学长约好了一起去舞蹈社团的排练室练舞。

周二下午正巧没课，她又跟学长约好了在教学楼碰面，一同前往排练室。二人走在路上，一边走一边探讨舞蹈动作。

昨晚舞蹈社的成员都在，他们一起开了个小会，一番商量后，决定挑战前段时间网上很火的一首韩语歌"Trouble Maker"（《麻烦制造者》）改编的舞蹈。舞蹈动作稍微有些亲密暧昧，因为这首歌本身就是比较火辣性感的类型。

在舞蹈工作室，有时候跳双人舞也会有这种情况，杨岁习以为常了，正常的合作而已。

只是，要当众跳双人舞，尤其是……那天，说不准柏寒知也会看到，她光是想想，就觉得很不自在。但当时选歌时，大伙儿都同意了，杨岁也不好意思否决。但是改一下动作之类的应该还是可以的吧？于是她在路上就主动向学长提出，要稍微改一下动作。

"你想怎么改？说来听听。"学长很尊重杨岁的意见。

杨岁抿唇，下意识地抬起胳膊简单比画了一下舞蹈动作，跟学长说了一下自己的想法。

学长若有所思地点头："到了排练室咱们可以试试。"

杨岁笑了笑："好。"

就在这时，前方不远处出现了一个骑着黑色山地车的身影。

是柏寒知。

看到他之后，杨岁脸上的笑容瞬间收敛，心里不由自主地紧张起来。

他戴着一项黑色的鸭舌帽，帽檐压得有些低，面上没有一丝表情，脸部线条显得越发凌厉。他骑着车逐渐靠近，目不斜视。

杨岁下意识地攥紧了手，纠结着要不要主动打招呼。

可是现在有外人在，还是不要了吧？万一别人误会他们的关系，万一他并不想让别人知道他们认识……

杨岁垂下头，也选择了视而不见。

然而，就在两人即将擦肩而过时，山地车忽地刹了车，刹得有些急，声音有些刺耳。

车停在了她身旁不到一米的地方。

柏寒知一只脚踩着踏板，一只脚踩在地上，侧过头叫了一声她的名字："杨岁。"

杨岁一愣，停下脚步看向他："啊？"

柏寒知的目光泛着寒意，他不动声色地瞥了一眼她身旁的男生，随后又看向她，黑眸一凝，像是质问："你昨晚怎么回事？为什么没去上舞蹈课？"

杨岁有点儿蒙，慢了半拍才反应过来："啊……对，我昨晚跟学长……"

杨岁的话还没说完，柏寒知的脸又绷紧了几分："昨晚我在公交车站等了你很久。"

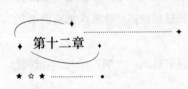

第十二章

　　杨岁说她周一会去上舞蹈课。她下课很晚，柏寒知怕她会遇到像上次那样的情况，于是特意去公交车站等她。结果他从晚上九点等到十二点，都没见到她的人影，给她打微信电话，也没人接，联系不到人。后来得知她昨晚并没有去上舞蹈课，柏寒知这才放下心来。

　　其实柏寒知从来都不是那种将付出挂在嘴边的人，也不擅长表达。

　　既然最初的目的是保护她的人身安全，确定她安全后，也就没什么必要去表关怀，说他等了多久，又做了什么，没意义。

　　只是，昨晚失联了一晚上的人，回去了也不知道回一下他的消息。

　　这就算了。谁能想到，她此刻正跟一个男生并肩走在一起谈笑风生。她笑得很甜，像是融化了的奶油，甜得发腻。

　　她看到了他。

　　但是看到他之后，她立马目光闪躲，一副视若无睹的模样，像是压根儿不认识他似的。

这让他不爽。

其实也怪他。他应该提前告知她一声，说自己会去公交车站等她。

但柏寒知就是很不爽，非常不爽，不爽到在即将与她擦肩而过时，竟然鬼使神差地刹了车。

那些他原本不屑的邀功行为，这会儿自己倒是做了个遍。鬼知道他是不是脑子不太正常。

"啊？"杨岁明显是被他这话搞蒙了，她茫然地眨了眨眼睛，"等我？为什么等我啊？"

杨岁很迷惑，她好像并没有跟柏寒知约好要在公交车站见面吧？

柏寒知微微弓着腰，双手握着车把手，卫衣袖子撸到了手肘处，露出的一截手臂在阳光下越发显得白皙。他握着把手的力度加重了几分，手背的青筋凸了起来。

他的帽檐压得很低，杨岁看不到他的神情。

他用舌头顶了一下腮帮，不以为意地哼笑了一声："因为我脑子不正常。"

他的语气一如既往地淡漠，但又透着说不上来的阴阳怪气以及……幽怨。

随后，他收回视线，不再看她，一踩踏板，山地车扬长而去，只留下一个孤傲清冷的背影。

杨岁的目光紧紧地跟随着他："哎……"

柏寒知一走，她感觉自己的心一下子就空了。

而且她能明显感觉到，柏寒知在生气。

虽然不知道他为什么生气，但她很确定，他是在生她的气。

可是为什么呢？

杨岁想破脑袋都没想明白，忍不住怀疑起来，自己难不成真的跟他约好要在公交车站见面了？不应该呀。只要是跟柏寒知的约定，她就算是失忆了也不可能忘的。

"你们认识呀？"这位叫徐淮扬的学长似乎也感受到了他们二人之间的微妙气氛，略有点儿尴尬地问，"他是不是误会我们了？"

"我们不是那种关系。"杨岁勉强地扯出一抹笑，解释道。

她自己倒是无所谓，但是不能让人误会柏寒知，要是被传了出去，给柏寒知造成困扰和影响，就不好了。

徐淮扬若有所思地点了点头，也没多问。

"那我们走吧？"他说。

杨岁现在哪里还有心思练舞，她只想追上去问问柏寒知为什么生气。可是这个节骨眼儿上，她又不可能丢下徐淮扬，毕竟都约好了。

她"嗯"了一声。二人并肩而行，继续朝排练室走。

只是这时的杨岁一点儿探讨舞蹈动作的心情都没有了，一路都保持着沉默，一副忧心忡忡的样子。

徐淮扬说柏寒知会不会是误会了。

怎么可能呢？

杨岁纠结了好一会儿，摸出手机给柏寒知发了一条微信消息："你怎么了？"

消息发送出去之后，她将手机一直捏在手里，直到抵达排练室，才将手机放下。

心里装了事情，杨岁练舞都练得心不在焉。

徐淮扬也看出来她不在状态，正好他下午还有课，便早早结束了这天的排练。

杨岁独自离开排练室，拿出手机看了一眼，柏寒知还是没有回复她。她心急如焚，又不敢一直给柏寒知发消息，怕惹他烦。于是她打算去商学院碰碰运气，看能不能遇见柏寒知。

然而，她在商学院晃悠了三四圈，从下午三点晃到了五点，又去篮球场晃了几圈，连柏寒知的影子都没见着。

杨岁只能失望而归，她的心情低落到了谷底。

本来还好好的，现在怎么突然变成这样了？

杨岁连晚饭都没心情吃，直接回了宿舍。室友们都出去吃饭了，杨岁刚打算换了衣服去跑步，手机就响了。

杨岁心下一喜，连忙跑过去拿起手机。

看到是杨溢打过来的微信电话后，失望简直要将她淹没了。

她还以为是柏寒知打来的电话呢。

杨岁没精打采地接听："干吗？"

"姐，吃了吗您？"杨溢嘴里吧嗒着，应该是在吃饭，故意学着京腔讲话。

"你别来恶心我。"杨岁现在心情不好，懒得跟杨溢废话，"我现在正烦着呢。"

杨岁都怀疑杨溢是不是有点儿"恋姐癖"了，晚上放学一拿到手机，屁大点儿事都会跟她说一通。

"我要跟你说关于柏哥的事。"杨溢硬气得很，"既然你不想听，那就算了。再见！"

杨岁凶巴巴地威胁："你敢挂！我马上跑回去捶爆你的头！"

"好吧，好吧，你这个婆娘果然够恶毒。"杨溢无奈地叹了一口气，"就是昨晚，他给我打电话说你微信电话没人接，问我要你的手机号，不过，你的手机好像关机了，然后他又问我你昨晚去上舞蹈课没……"

昨天晚上，柏寒知在公交车站迟迟没有等到杨岁，于是就给杨岁打微信电话，可没人接。他只好向杨溢求助，问他要杨岁的电话号码，结果打过去后提示杨岁的手机关机了。

无奈之下，柏寒知只能让杨溢打电话给舞蹈工作室，问杨岁有没有去上舞蹈课。

杨溢打电话过去，舞蹈老师说杨岁昨晚请假了，没去上课。

"姐，柏哥问你上没上舞蹈课干吗？"杨溢好奇地问。

杨岁听杨溢讲了来龙去脉后，心中所有的谜团都解开了。

柏寒知给她打微信电话了？

她昨晚去了舞蹈社团，先是跟他们讨论表演的舞曲，敲定了之后，又开始简单地排练。

她的手机早就没电自动关机了，她是在门禁前十分钟回到宿舍的，一回宿舍就充上了电，但是她并没有看到任何未接来电，不论是微信还是电话。

听了杨溢的话后，她重新打开微信，点进了与柏寒知的聊天框，来回翻了好几遍，确定没有来自他的未接来电。

iPhone 手机有时候确实会出现这种令人尴尬的 bug（故障）。

难怪柏寒知会那么生气。他会不会以为她是故意不理他？

"你怎么不早说？！"杨岁的声音都在抖。

"这……"杨溢有些底气不足，"对不起嘛，昨晚在打游戏，忘记了……"

杨岁气得牙痒痒。

全怪杨溢，关键时刻掉链子！

"杨溢，我回去就把电脑密码改了，你别想玩了！"

"哎，对不起，对不起嘛，姐姐，我错了……"

杨溢做作地道歉，话还没说完，杨岁就无情地挂了电话。

她给柏寒知打了通微信电话过去，没有人接。

但这一回她没有胆怯退缩，又给柏寒知发了一条消息："我在公交车站等你。"

打字的时候，她手都在发抖。

发了消息后，她就风风火火地跑出了宿舍，一路狂奔到了南门的公交车站，中间几乎没有停歇。

太阳已经下山，天边最后一抹红火的晚霞渐渐淡去，直至被浓浓的夜色吞没。

接近四月，温度宜人，晚风清爽拂面，丝毫不觉寒凉。

杨岁跑了一路，抵达公交车站时，才敢大口喘气。

她弯着腰，双手撑在膝盖上急促地喘息，额头挂满了细细密密的汗珠。

公交车站的人不算多，长椅还有空位，杨岁走过去坐下，胸口还在不断起伏。

她打开手机看了一眼，柏寒知还是没有回复。

但这一回，杨岁并不觉得失落。

她坐在长椅上，伸长了腿，手中捧着黑罐饮料。这是她刚刚路过超市时买的。

她的思绪总算清晰了，想起了那天看杨溢打游戏时，柏寒知问她什么时候上舞蹈课，她说周一。

原来他昨晚在公交车站等她，是想送她回学校。

他是在担心她吧？担心她再遇到坏人。

柏寒知担心她。

这个认知让杨岁心花怒放，她低下头，止不住地笑。

昨晚他等了她那么久，那今晚就换她来等他吧。

就算柏寒知不来，她也不会难过。

可是她有一种直觉，他会来的。

不知道是不是产生了幻觉，她仿佛听到了一阵急促的脚步声。

她下意识地侧头看过去。

隔着璀璨的灯火，隔着熙攘的人群，她一眼便看到了朝她跑来的柏寒知。

目光对上的那一刻，柏寒知的脚步顿了一下，随后他放缓了脚步，不紧不慢地朝她走过来。

少年身形挺拔颀长，金发辉映着昏黄的灯光，他穿着简单而干净的白T恤黑裤，在人群中，他永远都是耀眼的存在，周遭的一切黯然失色。

杨岁立马站起身。

他一出现，她就手足无措。

她捏着饮料，紧张又期待地走向他，直到走到他面前，停下。

"对不起，因为校庆，我被临时安排了节目，所以昨晚没去上舞蹈课，在排练室练舞。"杨岁低着头不敢看他，像做了错事主动认错的乖宝宝，"我也是刚才听杨溢说了才知道，你昨晚在公交车站等我。昨晚我手机没电，关机了。我开机之后没有看到来自你的未接来电，真的！"

为了证明自己的话不假，她点开手机给他看，不经意间抬眼，视线扫过他的脸颊。

他应该是刚洗过澡，头发还有些湿润，松软地垂在额前。一辆公交车驶过，带起一阵风，将他身上清爽的沐浴露香味送到了她的鼻尖。风撩起了他轻薄的衣角与碎发，他一言不发地凝视着她。

杨岁的脸没来由地燥热起来。

她将他最喜欢喝的饮料递过去："对不起，你不要生气了。"

顿了一两秒，他伸手接过了饮料。

她来不及松一口气，便听到他低声叫她的名字："杨岁。"

杨岁背脊挺得笔直，重重地点头："在！"

柏寒知似乎被她这模样逗乐了，偏过头笑了一声。

他将饮料握在手里，随即往她额头上轻轻一点，傲慢地哼了一声："我可没这么好哄。"

杨岁："啊……"

柏寒知直直地看着她，不由自主地想起了白天看到她和别的男生交谈的那一幕，若有所思了一会儿，随后挑眉道："笑一下，对我。"

　　正当杨岁绞尽脑汁思索着该怎么道歉才显得更有诚意时，柏寒知突然要求她对他笑一下。

　　杨岁始料不及，根本没反应过来，下意识地朝他眨了眨眼睛，然后弯起嘴角，扯出一抹笑，是非常标准的笑容，露出了八颗洁白的牙齿。

　　这笑容灿烂是灿烂，甜是甜，但总有股说不上来的别扭劲儿，很僵硬，宛若一个 AI 机器人，让柏寒知冷不丁想到了前段时间网上大火的"假笑男孩"。

　　但杨岁的表情很无辜，像一只不谙世事的小白兔，呆呆的，有点儿傻，也有点儿可爱。

　　"得。"柏寒知别开视线，懒懒地扯了扯嘴角，"你别笑了。"

　　有点儿无奈又嫌弃的意味。

　　杨岁还以为柏寒知又要生气了，心里生出强烈的表现欲和求生欲。

　　她往前走了一步，拍了拍僵硬的面部肌肉，急切得就像幼儿园抢着答题的小朋友："我能笑，我能笑，再给我一次机会！"

紧接着，杨岁真的站在他面前，仰着头直勾勾地看着他，脸上又扬起了灿烂的笑容。

她笑得很卖力，笑的时候眼睛还无意识地眨个不停。

更傻了！

柏寒知眼皮一跳："打住。"

杨岁瞪大了眼睛，圆溜溜的眼睛里满是疑惑："还是不行吗？"

然后她又歪着脑袋笑了起来，又做作又刻意，一边笑还一边说："现在这样呢？"

柏寒知的嘴角不自觉地抽搐了一下，他抿起唇，偏过头看向别处，似乎在努力克制着什么。几秒钟过后，唇边倏地溢出一丝笑声，很轻，是微微的气音。

他这一笑，像是戳到了笑穴，不由自主地低声笑起来，越发不可收拾，笑得肩膀都在抖动。

似乎是意识到自己笑得太肆无忌惮，他抬起手，骨节分明的手指虚掩在唇边，似乎想稍微收敛一下。可是目光一扫到面前的杨岁，便立马破了功。

他看到杨岁就想笑，根本控制不了。

杨岁刚刚还在思索着要怎样笑才能哄他开心，结果下一秒，柏寒知突然就笑了。

他的眉眼舒展开来，像是一点儿都不生气了。

杨岁彻底松了一口气，他开心，她也就跟着开心。

"你不生气啦？"

柏寒知扭过头来看向她，二人目光对上，两秒后，不约而同地笑了起来。

杨岁其实压根儿不知道柏寒知在笑什么，但他一笑，她也忍不住扑哧一声笑了起来，停也停不下来。

意识到自己笑得一点儿都不淑女，杨岁立马半捂住脸，眼睛还是弯弯的，小月牙儿一样。

周围是川流不息的车辆，来来往往的行人，十分喧嚣。路过的人都被他们的笑声吸引了，纷纷看了过来。

少女亭亭玉立，少年玉树临风，二人相视一笑，眼神纯粹而清澈。

风里融入了他们的青春气息，是不自知的暧昧拉扯，也是不自知的真情流露。

柏寒知暗自吸了一口气，稍稍缓过来之后，他垂下眼睫盯着她。

此刻杨岁脸上的笑容才是最真实的，没有任何的伪装和刻意，眼睛很亮，两颊透着浅浅的红晕。

那种甜得发腻的感觉又回来了。

柏寒知无意识地舔了舔嘴角，喉咙有点儿发紧，发出的声音略带着沙哑感："这样不就挺好看的？"

明明听上去像是在吐槽她刚刚的假笑行为，一句"挺好看的"，却让杨岁羞红了脸。她慌乱地垂下头，手指头不自觉地绞在了一起。

自从她瘦下来后，经常会有人夸她好看，开心肯定是会开心，可心里总有一种空落落的感觉。得到柏寒知的认可后，她心里空缺的那一块才算被彻底填满了。

只有她最清楚，她减肥的决心是因谁而起。

当然是柏寒知呀。

她心知肚明，她和柏寒知从来都不是一条起跑线上的人。

他是名副其实的天之骄子，宛如天上的月，遥不可及，她都够不着，也得不到。

可那时候，她心里总抱着一丝不切实际的幻想，每天都向上天祈祷，希望能再见到他。如果真的能在江大见到他，那么她一定要以全新的面貌和姿态来面对他。

她下定决心要提升自己，改变自己。

减肥初期，真的很苦，很累。控制饮食加高强度的锻炼，身体痛得仿佛支离破碎，痛得她在无数个夜里蒙着被子哭。

但事实证明，这样的坚持是值得的。

柏寒知看到了她的改变。他的一句"挺好看的"，让她体会到了前所未有的满足感。

她激动得差点儿就热泪盈眶。

她很庆幸，能在自认为最好的状态下和他再次相遇。

公交车站的人渐渐多了起来。本就是在校门口，等公交车的人大多数都是同校的学生。柏寒知是学校的风云人物，杨岁也在开学军训上一舞成名，二人站在一起相谈甚欢，一时间引得众人议论纷纷。

杨岁察觉到了别人异样的目光，只觉得浑身不自在。

正当她准备跟柏寒知道别时，柏寒知却先她一步开了口："我送你回学校？"

她的第一反应就是怕麻烦他，想要懂事地拒绝，可又实在舍不得放弃任何一个跟他相处的机会。

"好。"她轻轻回答道，咬住下唇，掩饰住窃喜。

二人离开了公交车站，并肩朝南门走去。

这个时间点，正是南门人流量最大的时候，长长的小吃街灯火通明，人声鼎沸。

南门不是学校的正门，校门相对来说小了很多，只开了一扇不大的铁门。

校园道路两边的路灯都亮着，灯光下飞着密密麻麻的小虫子。

快要到海棠花的花期了，粉红的花苞渐渐鼓胀起来，零星绽放开来，露出娇嫩的花蕊。

来来往往的人很多，见到柏寒知和杨岁走在一起，无不惊讶，一时间议论声四起。

杨岁心里有点儿局促不安。可能是高中时的经历给她留下了太深的阴影，跟柏寒知走在一起，被人注目和议论，令她十分慌乱，又害怕给柏寒知带来困扰。上次要联系方式那件事就已经让别人误会柏寒知了。

她下意识地往旁边挪了两步，与柏寒知拉开了一点儿距离，随后瞟了一眼，发现距离还是有点儿近，于是又不动声色地往旁边挪了挪。

她的眼睛就像是一把尺子，丈量着彼此的距离，总是觉得太近，所以不停地往一旁挪。

直到二人之间远得能再站下两个人，她这才稍稍觉得安心。

现在应该不会让人多想了吧？

就在这时，一辆车驶过来，杨岁心事重重，完全没注意到车子离她越来越近，她甚至还在往路边挪。

"嘀——"鸣笛声骤响。

杨岁猛然回神，车子的大灯朝她闪了两下，杨岁抬手挡了一下刺眼的强光，刚准备避让，手腕就被强势包裹住。紧接着，她的身体被一股力量拽了回去。

猝不及防，始料不及。

她的身体轻盈得像掉落的花瓣，随着风飘到了他身边。

他的力度有些大，紧紧握着她的手腕拽过来，她不受控地撞进了他的怀中。

她的手掌按上了他的胸膛，哪怕隔着布料，她还是能感受到他的体温，也能清晰地感受到布料下的那具成熟的男性躯体，肌肉坚硬。

掌心下是他沉稳而有力的心跳，他的胸膛随着呼吸一起一伏，鼻息间满是他身上清爽的沐浴露香味。

杨岁抬起头，看见他的眼眸深邃漆黑，下颌线条硬朗流畅。

两人相距这样近，她能看清他薄唇上浅浅的纹路。她看见他的嘴角一点点儿往下压。

他的手很烫，烫得她的手腕好似连骨头都要化了。

杨岁一个激灵，回过神来，惊慌失措地往后退。她的头偏向一侧，想要掩饰自己极其不自然的神色。

然而，还不等她将手腕从柏寒知手中抽出来，柏寒知的手再一次用力，又将她往自己面前拉了一下。随后，他顺势走到了左侧。

这一次，她并没有扑进他怀里，而是和他调换了位置，他走到了外侧。

"离那么远，装不认识？"

柏寒知松开了她的手腕，眼睫微垂，居高临下地睨了她一眼。

"没……没有。"

被柏寒知一针见血地戳破小心思，杨岁心虚地低下头，嘴上却还在狡辩。

杨岁走在里侧，左边是柏寒知，右边是花坛，这下她就算想保持距离，也无处可退了。总不能走在他后面吧？那也太刻意了。

柏寒知的目光落在她的脸上，沉默几秒后，又问："跟我走在一起，很丢人？"

杨岁立即将头摇成了拨浪鼓："不是的！"

犹豫了几秒钟后，她坦诚地说："别人在看我们，万一……

被别人误会……"

"我不怕别人误会。"柏寒知巧妙地将问题抛了回去，"你怕？"

轻描淡写的一句"我不怕别人误会"，彻底将杨岁的心跳打乱，她的脑子仿佛一瞬间打了结："我是怕……"

"对你有影响"几个字还没说完，柏寒知就"啧"了一声，晒笑着说："得，这么怕，那你走快点儿吧。"

这话听不出喜怒，但杨岁就是惊恐不已，生怕柏寒知误会她的意思，连头带手都在摇，急切地解释道："不是！我没这个意思！你别多想！"

她一着急，脸都涨红了。

柏寒知其实知道她刻意跟他保持距离是什么用意，他就是存心逗逗她。

他发现她着急起来的样子还挺有意思的。

"那我给你腾腾地方。"

柏寒知玩心大起，故意往旁边挪了几大步，瞬间将他们之间的距离拉开了一大截。

杨岁更着急了，也顾不得别人会不会误会，反正她不能让柏寒知误会她。

她连忙加快脚步，跑到他身旁："我真没那个意思，你别生气呀。"

柏寒知没忍住，忽地笑了。

他发现，跟杨岁待在一起,不仅心情会变好,还会变得很幼稚,尤其是会情不自禁产生想要逗弄她的"恶劣"心思。

"跟你走在一起，还挺有成就感的。"柏寒知突然说了一句。

杨岁难以置信道："啊？"

她以为是自己的耳朵出了毛病。

柏寒知一边转着小指上的戒指，一边垂眸看她，眸子里透着一丝丝玩味的笑意，半真半假地说："毕竟……在别人眼里，你是连我都得不到的女人。"

第十四章

原来论坛上传得沸沸扬扬的事情，他也知道。

杨岁尴尬地捂了一下脸，脸烫得都能煎鸡蛋了，连耳朵都发烫了。

这话她根本就没法儿接，只能老老实实地保持沉默。

一路上还是会有很多人盯着他们看。

柏寒知许是早就习惯了别人的注视，一直都是漫不经心的样子，毫不理会别人的议论。

正如他所说，他好像一点儿都不怕别人误会他和杨岁的关系。

杨岁心里滋生出一股窃喜，像是一罐糖浆水被打翻了，灌满了整个心窝。

她本以为他会介意的。

可冷了场，杨岁又不由得紧张了起来。

得找些话题来讲。但她想了半天都没想到什么合适的话题。

柏寒知喜欢打游戏，可是她又不了解游戏，没话找话真的很让人尴尬。

思来想去，她忽然生出了想要试探他的心思。

她小心翼翼地看了他一眼，将那困扰了她许久的问题问出了口："高三那年，我听说你转学后去了国外，是真的吗？"

她本来想问，那天扑进他怀里的外国女孩儿是谁。可是她有自知之明，她没有任何身份和立场问这个问题，所以只能迂回地试探，不露声色，合乎情理。

闻言，柏寒知的神色黯然了几分，他的声音很淡："我没有转学，是休学。"

他的回答出乎杨岁的意料。她惊讶地问："为什么休学？"

柏寒知垂下眼睫，掩住眸底翻涌的情绪。他沉默了一会儿，终是开了口："当时我妈病得很重，我去英国陪她最后一段时间。"

他九岁的时候，父母离婚，母亲改嫁去了英国。

父母离婚之后，柏振兴最初是不让母亲见他的，也不准他和母亲联系，后来母亲放弃了争夺抚养权，柏振兴这才松了口，允许柏寒知寒暑假去英国见母亲。

柏振兴是个控制欲很强的人，从小便对柏寒知严加管教，寄予厚望，柏寒知的一举一动都必须在他的掌控之中。

柏振兴的事业越做越大，在各个城市和国家都有分公司。小的时候，柏寒知经常转学，就是因为要配合柏振兴的工作调动。柏振兴即便只是去出差几个月，都要给他办理转学，转到自己出差的城市，不让柏寒知一个人在家，怕他学坏，怕他脱离掌控，更怕他偷偷与母亲联系，跑去英国投奔母亲。

到了高二，柏振兴将总公司迁移到了江城，柏寒知也转学到了玉衡中学。

本以为就这么稳定下来了，可没想到的是，突如其来的一个噩耗打破了平静——母亲癌症晚期，时日不多了。

柏寒知一意孤行地买了机票，去了英国。

许是见他母亲命不久矣，柏振兴难得地没有阻止，给他办了休学，任由柏寒知待在英国，陪母亲度过她人生中最后一段时光。

在英国待了三个月左右，母亲去世了。参加完葬礼之后，柏寒知回到了江城。但他并没有回学校上课，而是荒废时日，每天窝在房间里打游戏，不见天日，任由自己陷进深渊、泥潭。

就是从那时开始，他学会了抽烟、喝酒。

直到高考前一个月，他才稍微调整好状态，从颓丧中抽离出来，沉下心居家学习。

当初他真的想就那么烂下去，做一摊扶不上墙的烂泥，这便是对柏振兴最好的报复和反抗。

可转念一想，这对他自己有什么好处呢？

烂了就真的烂了，除了会让柏振兴失望之外，连他自己都会瞧不起自己。

他该做的，是摆脱束缚，而不是自甘堕落。

"对不起……"杨岁没想到会是这个原因，无意间戳到了柏寒知心里的伤疤，杨岁愧疚不已，"真的对不起，我不该问……"

柏寒知见她内疚得快要哭了，无奈地笑了一声，心中涌上来一股不知名的情绪。

有点儿暖，有点儿痒，像是有一根细小的羽毛，在他的心尖儿上若有若无地轻扫。

不知不觉，二人走到了宿舍楼下。

他们停下脚步，站在路边的梧桐树下。茂密的枝叶挡住了路灯光，投下来一片浓稠的阴影。他们正巧站在这片阴影之下。

女生宿舍楼下，每到晚上，总会有一对又一对的情侣相拥相吻，难舍难分。

柏寒知心猿意马，莫名生出一股别样的情绪，快得无法捕捉。

　　他的舌尖舔过齿槽，抿了一下唇，一本正经地说："杨岁，道歉没什么用。"

　　杨岁更愧疚了，她非常真诚地看着他："那要怎么做，你才能好受一点儿呢？"

　　昏暗的树影下，柏寒知那双深邃的眼睛闪动着狡黠的光，他邪里邪气地弯起嘴角，慢悠悠地说："要抱一下才能好，怎么办呢？"

　　柏寒知把玩着她送的饮料，俯下身子，身高差顷刻消失，杨岁望进了他深潭一般的黑眸中。他的眼眸仿佛有种致命的魔力，杨岁觉得自己下一刻就要被吞噬进去了。

　　抱一下……

　　这三个字在杨岁耳边无限循环，她的心口像是被什么东西狠狠撞了一下，心跳声渐渐加快。

　　她愣在原地，一时之间连害羞都忘记了，只呆呆地看着柏寒知。

　　这是真的吗？她没听错吧？柏寒知让她抱他？这真的不是梦吗？

　　她悄悄地掐了掐自己的大腿，想要验证这不是自己的幻觉。

　　清晰的疼痛感证明，这是真的。

　　杨岁的心底宛如打开了一瓶被摇晃过的气泡水，成千上万的气泡在往上翻涌。

　　她深吸了一口气，咬着嘴唇，努力克制着内心的狂喜，正要抬起胳膊时，却冷不丁听见柏寒知低声笑着说："逗你的。"

　　云淡风轻的一句话，瞬间将她所有的期待都敲碎。

　　如同一桶冷水兜头浇下来，她还没来得及抬起来的双臂此刻像是灌了铅一样，沉甸甸的，再没有力气和勇气抬起来半分。

果然，这是一场梦，一场她痴心妄想的梦。

"逗你一下就傻了？"柏寒知懒洋洋地站直了身体，抬起下巴示意了一下宿舍楼，"回去吧。"

他低沉的嗓音中还残留着未散去的笑意，浑不吝的，很不正经。

想起刚才杨岁那手足无措的呆愣表情，他就想笑。

"好。"

杨岁的指尖无意识地收紧，指甲戳着手心，她逼着自己冷静下来。

有什么可失落的！明明是她自己浮想联翩。

"我回去了，拜拜。"

杨岁强扯出一抹笑容，强忍着回头的冲动，加快脚步往前走，就像是在和他做什么较量一般。

然而走进宿舍楼之后，她还是认了输，躲在门框旁偷偷地回头看了一眼。

让她意想不到的是，柏寒知居然还没走。他仍旧站在梧桐树下，影影绰绰的灯光将他挺拔的身躯拉得更为颀长，他侧着头漫不经心地朝宿舍楼望了过来。

杨岁的心猛地一跳，下意识地往后一躲，靠上了冰凉的墙壁。

她捂着胸口缓了好一会儿，才又小心翼翼地探出头。

然而这一次，那棵梧桐树下已没有了柏寒知的身影。

杨岁像霜打了的茄子，垂头丧气地上了楼。

柏寒知回到家之后，电脑还开着，是游戏界面，屏幕上显示着大大的"失败"两个字。

收到杨岁的消息时，他正在打游戏，手机就搁在手边，正要团战时，手机突然亮了一下。

要换作往常，他看都不会看一眼，可当时也不知道是怎么回事，好像有一股莫名的力量牵引着他，在手机亮起的那一刻，他竟然鬼使神差地瞟了一眼。

就是那一眼，他看到了杨岁打来的未接微信语音电话。

她给他打电话时，他去洗澡了，回来之后也没有看手机。此时冷不丁一看，就看到了杨岁发来的消息，说她在公交车站等他。

白天杨岁发消息给他，问他怎么了，他看到了，却没有回。那时候是真不打算回，也压根儿不知道回什么，总不能告诉她："我看到你和别的男人有说有笑，所以我很不爽。"

她跟谁有说有笑，跟他有什么关系？他又管不着人家。

可看见杨岁发消息说在公交车站等他时，他立即丢开了手中的鼠标，将正在进行的排位赛抛在了脑后，毫不犹豫地跑去了公交车站。

这会儿想想，他自己都觉得不可思议。

柏寒知走到电脑桌前坐下，准备再玩几局就去书房学习一会儿。

正当他要重新开一局时，手机响了一下，他下意识地拿起手机看了一眼。

的确是微信消息，然而并不是杨岁发来的，而是她弟弟杨溢发的。

溢心溢意："柏哥、柏哥、柏哥，在忙吗？"

柏寒知单手打字："说。"

溢心溢意："play games（打游戏）啊。"

柏寒知无奈地扯了扯嘴角。

他就知道杨溢找他肯定是打游戏。自从上次一起打了游戏之后，杨溢常会找他玩几局。

柏寒知："嗯。"

溢心溢意："今天我不能玩端游了，我姐有点儿生气，不让我碰她的电脑了。而且我妈也说我最近天天玩电脑，她说要是再看到我玩，就打死我。"

柏寒知挑眉，问："你姐生你什么气？"

溢心溢意："因为……我昨晚忘记告诉她你找她的事情了。"

难怪杨岁今天晚上突然找他，原来是真的被弟弟给坑了。

柏寒知："那确实该生气。"

溢心溢意："我已经知道错了，柏哥，你能不能帮我求求情，让我姐不要生我的气了？她说要换电脑密码。"

柏寒知好像能想象到杨岁当时火冒三丈的样子。

应该跟出去玩那天一样吧。被杨溢的语出惊人气得跳脚时，会捏着拳头，涨红着脸，用自认为很凶的语气训斥他。

柏寒知翘起嘴角无声地笑了一下，撩起眼皮看向放在一旁的，杨岁送的那罐饮料。

他单手拉开易拉罐，仰头喝了一口，随后懒懒散散地窝进电竞椅里。

电竞桌下空间很大，他的一双长腿可以随意地伸长，他微微侧着头，一只手握着易拉罐，一只手拿着手机，拇指在屏幕上打字，慢条斯理地回复："我说了不算。"

溢心溢意："算！谁说了都不算，就你说了算！我姐绝对听你的！"

杨溢的口吻那样笃定，柏寒知饶有兴致地挑了挑眉。

他若有所思了一会儿，正打算问问杨溢怎么这么肯定时，杨溢就给他发了一张《王者荣耀》游戏界面的截图。

溢心溢意："电脑不能玩了，但是还能玩手机，嘻嘻。柏哥，你玩这个吗？能不能带带我？"

柏寒知其实不怎么玩《王者荣耀》，就高中那会儿下课闲着无聊才玩几把消磨时间。后来就没玩了，早就卸载了。

但是杨溢求他玩，他也不可能拒绝，大不了再下载回来。反正一局也挺快的，陪小孩儿玩几局也不耽误事情。

柏寒知点开应用商城，下载了《王者荣耀》。

溢心溢意："QQ 区，我不玩微信区，我要悄悄上王者，惊艳所有人。"

于是柏寒知又下载了 QQ。

他也是上高中那会儿才用 QQ，高三休学了之后他就把 QQ 卸载了。母亲去世后的那段时间，他过度消沉，将所有的社交软件都卸载了，想要切断与外界所有的联系。

下载好 QQ 后，点开登录。时间隔得太久，他连自己的账号和密码都忘记了，好在可以用手机号码登录。

因为是时隔几年再次上 QQ，一登上去，聊天界面就跳出无数条消息，咚咚咚响个不停。

有很多连备注都没有的同学过节时群发的祝福，有每天早午安的问候，还有一些群发的小广告，也有来自两年前的一些不痛不痒的关心，问他是否安好。

联系人的那一栏，有接近一百条请求添加好友的消息。消息实在太多，直接把手机都给弄卡顿了，点了半天都不动弹，他想要退出 QQ 界面都退不出去。

柏寒知有些烦躁地皱起了眉。

他刚准备将手机关机重启一下，结果也不知道是无意间点到了好友验证的那一栏，还是手机反应迟钝，卡顿了几秒后，界面突然跳到了好友验证的列表。

这些请求添加好友的消息全来自两年前，早就已经过期了。

柏寒知随手一滑，手机还是有点儿卡，连滑动屏幕都有些迟缓。

　　他百无聊赖地耷拉着眼皮快速扫视，指尖倏地一顿，目光瞬间变得犀利起来，紧盯着其中一条已过期的好友申请。

　　对方的验证消息写的是："我是杨岁，我可以问一个问题吗？你还会去江大吗？"

第十五章

杨岁回到宿舍，破天荒的，宿舍里居然一个人都没有，里面一片漆黑。杨岁开灯走了进去。

晚上没吃饭，这会儿肚子饿得咕咕叫，她又不想出去买饭，幸好柜子里还剩下一桶泡面，她去接了开水，把泡面泡上。

等泡面的工夫，她就坐在椅子上盯着放在存钱罐旁的饮料发呆。过了一会儿，她将饮料拿过来，在手心中摩挲着。

虽然今晚没有成功地拥抱柏寒知，但其实也是有进展的。

今晚是她第一次见到柏寒知笑得那么毫无顾忌，那么肆意。

印象中的他，虽然散漫不羁，却是个情绪很淡的人，对什么事都漠不关心，仿佛没有什么事能影响到他。他也并不是不苟言笑，只要不触犯他的底线，不惹他动怒，他对待任何人都是谦逊有礼的。

但同时，他总给人一种距离感和神秘感，让人没办法看透他的内心，更读不懂他的心事。

他才转来玉衡中学时总是独来独往，好似懒得跟其他人交流。

她被男生嘲讽的那一次，好像是他第一次跟班里的同学进行正面的接触和交流，还是那般剑拔弩张，锋芒毕露，浑身的刺儿藏都藏不住。

后来时间长了，他终于渐渐融入集体，身上的距离感却没有减少半分。

虽然上课总是在睡觉，可每回考试，排在榜首的总是他。下了课他偶尔会去打球，或靠着墙打游戏，或转着笔走神儿。有时候和他关系不错的一两个男生会围在他的课桌前，嘴里聊着不着调的话题，他也从来不搭腔，只漫不经心地笑一声。

每一次他笑时，脸上都仿佛蒙了一层薄膜，让人不确定那是发自内心的，还是仅礼貌回应。

可今晚，杨岁见到了他最真实的笑容，张扬，放肆，且洒脱。

他笑起来真好看，好看得这世间所有的景色都黯然失色。

那层不真实的薄膜，消失了。

想到这里，杨岁原本平稳的心跳又渐渐快了起来。

这时，宿舍门突然被人打开，将杨岁的思绪猛地拽了回来。

意识到走神了许久，面都要泡坨了，她连忙将饮料放在一旁，将泡面盖子打开，用塑料叉子搅了搅。

杨岁朝门口看了一眼，只有周语珊一个人，她有点儿惊讶："你这么早就回来了？"

周语珊是宿舍里唯一一个在谈恋爱的，每天都跟男朋友腻歪在一起，不到门禁时间是不会回来的，今晚竟然回来这么早。

"不想跟他待在一起，烦得很。"周语珊垮着脸，明显心情不好。

看来两人又吵架了。

周语珊和她男朋友感情很好，但也经常小吵小闹一下，一般不超过两个小时就又和好了。

杨岁早就习以为常了。

"她们俩呢？"杨岁吃了一口泡面问道。

"她们俩好像出去逛街了吧，不知道啥时候回来。"周语珊走过来看了一眼，"你晚上就吃这个？"

杨岁点头："随便应付一口。"

周语珊拉开转椅坐下，滑到了杨岁的面前，一双眼睛里写着"八卦"两个字，她挤眉弄眼道："你跟柏寒知在谈恋爱？"

杨岁被这句话吓了一跳，本来就是吃的辣味泡面，油汤呛进了嗓子眼儿，她侧过头弯下腰，剧烈地咳嗽起来。

"你也不至于这么激动吧？"周语珊一愣，连忙伸手去拿桌上的饮料，"来，喝水。"

她的手刚碰上拉环，杨岁就惊慌失措地抢了过去，一边咳一边摇头："不……不喝这个……"

她将饮料放回桌上，转而去拿水杯，里面有大半杯水，她咕嘟咕嘟一口气喝光了，这才好受一点儿。

"你那罐魔爪放了好久了吧？买了又不喝，搁在那儿生灰吗？"周语珊很不解。

杨岁将水杯放下，捂着嘴又轻咳了两声，没有接这个话茬儿。

因为咳了一通，她的脸绯红一片，眼角还挂着泪花儿。

"你不要乱说，没有的事。"杨岁拍了拍胸脯顺气，声明道，"我没有跟他谈恋爱。"

"真的？"周语珊一脸奸笑，"论坛上都传开了，今晚柏寒知送你回宿舍，你俩在路上拉拉扯扯，打情骂俏。"

杨岁咋舌。

论坛还真的是个神奇的存在，这才多久，就传遍全校了？

拉拉扯扯，打情骂俏……

哪有的事！

然而她脑海中不由自主地浮现出当时的那一幕：他握住她的

手腕把她拉进怀里，她撞上他坚硬的胸膛……这么一想，被他握过的那一块地方好像又发起了烫。

"不是……真不是你们想的那样……"杨岁轻声说，"当时有车路过，我没看到，他就拉了我一下。"

"没谈恋爱。"周语珊一副恍然大悟的样子，"那就是柏寒知在追你了？"

杨岁差点儿又被口水呛到："没有！真没有！"

柏寒知追她？她简直想都不敢想。

"现在论坛上都在传，柏寒知被你拒绝了，受了打击，势必要把你追到手才行。"周语珊将论坛上的瓜原封不动地搬给杨岁。

要说这些人，真的就是脑洞清奇，传得有鼻子有眼，听上去还真像那么回事。

然而，杨岁心知肚明，根本就不可能。

"我那次是真的没带手机，这不是借口。"杨岁无奈地叹了一口气，话没过脑子就说出来了。

周语珊反应很快，意味深长地"哦"了一声："所以你带了手机的话，就真的给他联系方式了吧？"

被一针见血地戳穿了心事，杨岁目光闪躲，低着头，用塑料叉子搅动着面，在脑子里快速组织语言，想着该怎么把话圆过去。

"我跟他其实是高中同学，早就认识了。"思索了一番，她佯装淡定道，试图用这件事蒙混过关。

"高中同学？你跟柏寒知？！"周语珊惊愕不已，"还有这等好事？怎么从来没听你说过？"

杨岁张了张嘴刚准备说话，下一秒，周语珊凑近了一点儿，直勾勾地看着她，话锋一转："岁，你那个校园采访的视频火了，你知道吗？"

杨岁摇头："不知道呀。"

周语珊一针见血道："视频里，你说你有一个很喜欢的男生，是柏寒知吧？"

周语珊的逻辑思维非常强，听了杨岁刚才说的话，她迅速将两件事联系到了一起。

高中同学，早就认识，大学重逢……而且杨岁在视频里说她有一个很喜欢的男生。

认识杨岁这么久，她身边基本上就没有出现过男生的身影，不论是谁跟她表白，她都毫不犹豫地拒绝。

上次在篮球场外，杨岁实际上是在看柏寒知打球吧？

这次选修课程，杨岁选了金融，凑巧的是，柏寒知是金融系的。

"对吧？"理清楚了线索之后，周语珊猛地一拍桌子，十分笃定道，"你喜欢的人是柏寒知！"

破了案，周语珊很激动，声音都拔高了几分。宿舍本来就不太隔音，杨岁吓了个半死，她的第一反应就是扑过去捂住周语珊的嘴巴，惊魂未定地睁大了双眼："你小声一点儿。"

周语珊点头如捣蒜，举起手对杨岁比了一个"OK"的手势。

杨岁这才松开了手。

她的过激反应坐实了周语珊的推断。

"原来你喜欢的人是柏寒知呀。"周语珊兴奋得很，"难怪那么多人追你，你看都不看一眼。跟柏寒知比起来，他们简直就不值一提好吧！"

"有句话怎么说来着？爱过雄鹰的女人，怎么看得上乌鸦！"周语珊语气夸张道。

杨岁尴尬地捂了捂脸，特别不好意思，甚至产生了一种说不出的羞耻感："珊珊，你不要告诉别人。"

"你放心吧，我不会说的。"周语珊仗义地拍了拍胸脯。

这是别人的隐私，周语珊纯属好奇，顶多八卦两句而已，绝不会到处宣扬他人隐私，这是道德底线。

"谢谢。"杨岁说。

"你喜欢他很久了吧？从高中就喜欢了？"周语珊继续八卦。

杨岁犹豫了一秒，终是点了点头："嗯。"

对于这种事，周语珊深有体会。毕竟她跟她男朋友也是从暗恋到表白再到正式恋爱，这样一路走过来的，其中的心酸，她再清楚不过。

"岁，你这么喜欢的话，那就表白呀，还在等什么呢？"周语珊鼓励她道，"你不说，他是不会知道的。像柏寒知那样的人，有颜，有钱，有才华，简直是无可挑剔，根本不缺女生追，多的是人惦记。你们是高中同学，知根知底，其实你已经赢在起跑线了。"

表白……

偷偷喜欢柏寒知近三年，这还是她头一次这么坦诚地谈论喜欢柏寒知这件事。

装满秘密的罐子被人猝不及防地打开，惊慌，紧张，不安，焦虑，躁动，所有的情绪交织在一起，让她手足无措。

正当周语珊还想再传授一点儿经验时，她的手机突然响了。她拿起来一看，先是臭着脸冷哼了一声，然后嘟囔道："有种别打电话来呀。"

嘴上说着气话，手却诚实地接听了电话。她冷冰冰地说："有事说，没事滚。"

不知道她男朋友说了什么，她更来劲了，阴阳怪气道："不是嫌我烦吗？来找我干吗？那你就在下面等着吧。"

说罢，她就挂了电话。

她嘴上那么冷酷无情，挂了电话之后却迅速站起了身，脸色明显缓和了许多。她拍拍杨岁的肩膀："听我的，趁早表白，勇敢点儿。我先出去一趟啊。"

周语珊匆匆走出了宿舍，还顺带关上了门。

此刻，宿舍里又只剩下杨岁一人，寂静无声。

杨岁呆滞地盯着已经坨了的泡面，无意识地搅动了两下。

"叮咚。"手机突然响了一声，打破了沉寂。

杨岁听出来，这是 QQ 的消息提示音。

她没当回事，没精打采地将手机抓过来瞟了一眼。

下一秒，她猛地坐直了身体，由于动作过猛，膝盖砰的一声撞上了桌子。

她顾不上疼痛，惊愕地瞪大眼睛，直勾勾地看着手机屏幕上的那条 QQ 好友申请："柏寒知请求添加你为好友。"

柏寒知的 QQ 昵称是他的名字。

他的资料，她曾经点开过无数次，能倒背如流。

她的手抖得厉害，点了两次才点开了那条好友申请。她仔仔细细地看了几遍，反复确认，心跳如擂鼓。

柏寒知加她了……

真的是柏寒知……

他怎么会突然加她的 QQ？

那就说明，他肯定是看到了她两年前的好友申请，也看到了好友验证信息里的留言。

杨岁怎么都不会想到，两年前那条石沉大海的好友申请，有朝一日会得到回应。

她捏紧了手机。

"这么喜欢的话，那就表白呀。"

此时此刻，周语珊的话在她耳边不断循环，像是催眠，像是蛊惑，将她那一点点儿蠢蠢欲动的小心思不断放大。

　　表白……

　　真的要跟他表白吗……

第十六章

下午有课，柏寒知中午随便点了个外卖，吃了饭之后去书房把教授留的作业给做了，然后定了个闹钟，睡了接近半个小时的午觉。

闹钟一响，他醒过来，慢吞吞地关掉闹钟，躺在床上没动，胳膊搭在额头上，闭着眼假寐。他微微皱着眉，唇线紧抿。

他的起床气挺重的，这是从小就有的毛病。不管是睡到自然醒，还是被强制性吵醒，醒来之后总会生出一种极其不爽的情绪，看谁都不顺眼。

但他不会让这种负面情绪影响他太久，很快就会自我调节过来。

静静地躺了一两分钟后，柏寒知坐起身。

一睁开眼，戾气就消失得无影无踪，脸上恢复了往常的淡然和平静。

他下了床，穿着拖鞋去浴室冲了个澡，洗完澡后随便换了身衣服，又去书房拿了笔记本电脑，揣进双肩包里，之后慢条斯理地骑着山地车去了学校。

这天是上大课。

柏寒知到阶梯教室的时候，还有二十多分钟才上课，教室里人倒不少。

顾帆比他到得还早，提前占了位子。看到他之后，顾帆立马朝他招了招手："这儿呢。"

还是坐在靠中间的位子，不前不后，正好合适。

柏寒知不紧不慢地走了过去。

从他出现的那一刻起，原本安静的教室立刻就响起了交头接耳的议论声，所有人都有意无意地往他这边瞟。

许是早就习惯了别人的注视，他面色平静，若无其事地走到座位上坐好，从双肩包里拿出笔记本电脑、书和笔摆上桌，然后将双肩包随手搁到一旁。

顾帆凑了过去："哥们儿，你知不知道，你火了！"

顾帆说完之后，觉得这个说法不太准确，于是纠正道："不对，你一直都火，现在更火了。"

柏寒知将电脑开机，从双肩包里摸出一副无框眼镜戴上，神色未变，声音淡漠，略带着点儿不耐烦："说重点。"

"你先跟兄弟我说句实话。"顾帆卖了个关子，对柏寒知进行灵魂拷问，"你是不是在追杨岁？"

柏寒知修长白皙的手指在电脑感应区轻滑，他面无表情，并没有打算回答这个问题。

顾帆是个急性子，根本就沉不住气，见柏寒知这爱搭不理的态度，更着急了："到底是不是呀？你昨晚送她回宿舍的事情已经传开了！都说你在追她呢！"

柏寒知仍旧无动于衷，不置可否。

顾帆自顾自叹了一口气，用一副忍痛割爱的口吻道："算了，算了，虽然是我先看上杨岁的，但咱们毕竟是铁哥们儿，我让给你了！你就追吧，我支持你。"

闻言，柏寒知放在电脑感应区的手指顿住了，他慢吞吞地掀起眼皮看向顾帆，一字一顿地说："你让给我？"

他明明什么情绪都没表现出来，这几个字却让顾帆莫名感到无地自容。他极为尴尬地挠了挠头，认输道："得，我远不如你，追也追不过你，这下行了吧！"

虽然知道这是事实，可是顾帆还是好气愤。怎么会有人长着这样好看的一张脸呢？他再一次埋怨女娲捏人的时候偏心得不是一星半点儿。

柏寒知收回视线，将目光再次投到电脑上。

顾帆就是个话匣子，一个话题只要展开了，他一时半会儿是停不下来的。他突然间想起了什么，打开手机："你还记得前段时间的那个校园采访吗？就是追着要采访你，然后被你拒绝了的那个！"

柏寒知面无表情地"嗯"了一声，一副不以为意的懒散样儿。

"原来他们在找你之前，已经采访过杨岁了。那个视频播放量已经快破千万了，一下就火了，火的原因，除了她的颜值高，更少不了你的入镜！"顾帆越说越激动，"因为采访到后面，你突然出现了，镜头就全给你了。太夸张了吧！就一个背影而已，那群观众简直都要疯了。"

顾帆的声音实在太聒噪，吵得柏寒知耳根子难受。他烦躁地闭了一下眼，正准备让他闭嘴，顾帆又说了一句："不过，我得告诉你一个坏消息，采访里，杨岁可说了，她有一个很喜欢的男生。"

顾帆想起了上次柏寒知要联系方式遭拒绝的事情，拍了拍柏寒知的肩膀感叹道："现在都在传你是爱而不得。杨岁喜欢的那男生得长啥样啊？连你都拒绝。这下你可有得追了。"

这话不知道怎么就引起了柏寒知的注意，他总算有了点儿反应，侧过头去淡淡地问道："视频在哪儿？我看看。"

顾帆找出视频，将手机递过去。

视频里，杨岁穿着一身运动服，扎着高高的马尾，粉黛未施，一张脸素净透亮。许是刚跑过步，她的脸颊泛着浅浅的红晕，气色很好。

面对镜头时，她明显有些不自在，有好几次都捂住了下半张脸，尴尬而不失礼貌地笑着。

当主持人问到她有没有喜欢过谁时，她的两颊越发红了，还垂下了眼睛，不知道到底是害羞还是夹杂着些别的情绪。她说："有，我有一个很喜欢的男生。"

之后主持人又问："喜欢了多久？是暗恋吗？"

镜头对准了杨岁的脸。她听到这个问题后，目光不自然地闪躲了一下。沉默了几秒钟，她张了张嘴正要回答，旁边有人忽然叫了一声"柏寒知"。紧接着，镜头移开，视频里出现了柏寒知的身影，他骑着山地车很快驶过去。视频里还能听到那些小"迷妹"和采访团队的惊艳声，随后视频结束。

从进教室开始，柏寒知的表情都没有变过，然而看到杨岁说她有一个很喜欢的男生时，他原本平静无波的眼底微微泛起了涟漪，又稍纵即逝。他的眼神一点点儿地变得幽深起来。

看完视频，柏寒知抬起手将顾帆的手机推开。

"你说她喜欢的人会是谁呢？是咱们学校的吗？我觉得应该不是吧？"顾帆又把视频放了一遍，"哎，你该不会是真喜欢上她了吧？还是说，就像别人说的，只是为了争口气，挽回面子？"

柏寒知已然恢复了一贯的漫不经心，靠着椅背，手指有一下没一下地在电脑键盘上轻敲，对顾帆的问话充耳不闻。

快到上课时间了，陆陆续续有学生走进阶梯教室。

"哎，杨岁来了。"顾帆的声音在耳边响起，他刻意放低了音量，小声提醒。

柏寒知下意识地抬眼看过去，果然看到了刚走进教室的杨岁。

她扎着丸子头，穿着干净简单的卫衣配牛仔裤，怀中抱着书。

他看过去时，刚巧与她的目光对上，对视一秒之后，杨岁便迅速侧了一下头，似乎是没料到柏寒知会突然看她，有些不知所措。

她暗自深吸了一口气，快速调整了一下面部表情，故作镇定地朝柏寒知看去。这么多人在，她不好意思明目张胆地和他打招呼，只弯了弯嘴角对他笑了一下，然后便逼自己收回目光，装出若无其事的样子，抱着书往后排走。

路过柏寒知身边时，她心跳的频率陡然加快了。

"杨岁。"

就在她要从他身边走过时，柏寒知突然开口叫了一声她的名字。

杨岁条件反射性地停下脚步，一脸狐疑地看向他。

柏寒知还是懒懒散散地靠着椅背，他将放在桌上的双肩包拿开，抬了抬下巴，示意了一下他身旁的位子："坐这儿。"

杨岁微微睁大了双眼，以为自己出现了幻听："啊？"

柏寒知保持着耐心，又强调了一遍："坐在我旁边。"

柏寒知居然在众目睽睽之下邀请杨岁同坐！

不对，说邀请不准确，他的口吻明明是霸道且强势的。

他轻描淡写的两句话，威力可不亚于炸弹，一下子引爆了所有人的八卦之心，同时也让在座的其他女生的倾慕之心碎了一地。

柏寒知在追杨岁，"实锤"了！！

说好的不近女色呢？是谁前段时间说不打算交女朋友来着！

杨岁明显也蒙了，站在那儿迟迟没动。柏寒知屈起手指敲了一下桌面，挑眉笑道："不愿意？"

　　杨岁猛地回过神来，小心翼翼地望了望四周。

　　果不其然，所有人都在盯着他们看。

　　杨岁这时候才信了柏寒知昨晚的话，他一点儿都不怕别人误会他们的关系。

　　这个认知让杨岁莫名窃喜，一丝丝甜蜜的感觉涌上心头。

　　"不是。"杨岁摇头。

　　既然他都不介意别人的猜想和异样的目光，那杨岁肯定是不会放过和他接触的大好机会的。

　　她顶着各式各样的目光，在柏寒知身边坐下，感受到他的气息，她紧张得连小腿都在抖。

　　这一次是坐在他身旁，而不是坐在他后面遥望，更不是坐在他前面连头都不敢回。

　　顾帆坐在柏寒知的左侧，见柏寒知如此高调，脸上的崇拜藏都藏不住。他朝柏寒知竖起了大拇指，用口型说了一句："牛！"

　　柏寒知没搭理他，侧头朝杨岁靠近了一点儿，压低声音问："你怎么不通过我的好友申请？"

　　这个问题杀了杨岁一个措手不及。

　　她本来就很紧张，他这么一问，杨岁差点儿没被吓得从椅子上摔下去。

　　"我……"她的舌头像是打结了一样，低下头不敢看他，结结巴巴道，"我没……没看见……"

　　杨岁昨晚并没有通过柏寒知的 QQ 好友申请。

　　表白的念头当时叫嚣得很厉害，可也只是一闪而过。

　　她不敢，一点儿也不敢。

　　高三那年，她追到校门口想要将感谢信送给他，那是她最勇敢的一次，因为她害怕再也见不到柏寒知。

那时，她是孤注一掷的。

现如今，时过境迁，她很难再像当初那样勇敢了。而且她清晰地记得，上一次柏寒知拒绝别人的追求时，明确表示他目前没有谈恋爱的想法。

至少他们现在还能像老同学，像朋友一样相处。如果表白，柏寒知拒绝了她，她跟柏寒知的关系就会断裂，连朋友都没得做。

她没有任何的退路，所以不敢轻易冒险。

在那条好友申请的验证消息里，她问柏寒知还会不会去江大，柏寒知肯定看到了。这是毋庸置疑的。

如果柏寒知问她为什么问这个问题，她该怎么回答？

其实杨岁一直都很矛盾，既不希望他对她的暗恋毫不知情，又害怕他看穿她的暗恋。

这个话题十分羞耻，也难以启齿。

她不知道该怎么处理他的好友申请，只能选择逃避。

杨岁也意识到自己刚才的演技有多拙劣，于是她逼迫自己冷静下来，快速组织了一下语言，准备把那蹩脚的借口圆一下。

她刚发出一个模糊的单音节，柏寒知又往她身边靠近了一点儿，薄唇在距离她耳朵几厘米的位置停下，声音压得更低，几乎用气音说道："所以，你是因为我两年前没通过你的好友申请，才跟我赌气不加我？"顿了顿，他的声音里染上了无奈的笑意，"别赌气了，通过一下。"

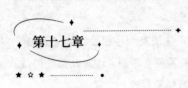

第十七章

　　在外人看来，他们此刻更像是在亲密无间地耳鬓厮磨，但其实柏寒知是个很有分寸的人，并没有碰到她。

　　他只是略微侧了一下头，在离她几厘米的地方停住。

　　他一靠近，连带着他身上的气息扑面而来。不是上次那样清爽的沐浴露味了，而是一股悠然清逸的青柏木质香调，但又不像是香水味，很淡很淡，淡得他不靠近，她便闻不出来。

　　他的声音压得很低，用只有他们二人才能听到的音量说出那句"别赌气了，通过一下"时，虽然是无奈的语调，却透着疑似撒娇和轻哄的意味。

　　杨岁感觉到好像有一股电流从脊梁骨攀爬而上，一阵痉挛。

　　"好。"

　　她像是被蛊惑了，大脑一片空白，本能地摸出手机，打开QQ，快速通过了柏寒知那条好友申请。

　　紧接着，耳边再次传来很轻的笑声。

　　杨岁瞬间反应过来，羞耻得无地自容。她的手指收紧，将手机反扣在桌面上，埋下了头。

"我不是故意不加你。"柏寒知拿起桌上的一支笔，一边漫不经心地转着，一边低声解释道，"我很久不用这个了，昨晚重新下载回来才看到的。"

杨岁悄悄地侧眸，余光落在柏寒知的手上。

一支普通的黑色中性笔在他骨节分明的指间转动，尾戒上的钻石很亮。

这一幕让杨岁有些恍惚，她的脑海中不由得浮现出高二时曾经无数次出现过的画面。为了能光明正大地看他一眼，课间她会装作去厕所，出了教室后又很快折回来，朝座位走去时，故意将脚步放得很慢，小心翼翼地朝他的座位看过去。

他侧头靠着墙壁，一只手玩手机，一只手有一下没一下地转笔。侧头的姿势将他的脖子拉伸出修长的线条，喉结也就更明显了。夏天的 T 恤领口略大，能隐约看到精致的锁骨朝着肩膀两端延伸而去。

喜欢一个人时，会羡慕能和他亲近的任何事物，包括他手中的那支笔。

"吧嗒。"他手中的笔无意间掉落在桌面上，发出清脆的一声响，将杨岁飘远的思绪瞬间拉了回来。

杨岁将目光从他手上收回来，从帆布包里拿出书搁在桌面上。

"我没有赌气。"她轻声说，上扬的声调昭示着她就快要掩藏不住她的欣喜与雀跃了。

因为柏寒知说他不是故意不加她的。

两年前她加他时，是辗转反侧了好几个夜晚才下的决心，然而鼓起勇气发了好友申请过去，却如石沉大海。她自我安慰，或许他很忙，没看见，最后还是不得不接受他不在乎她这个事实。

她为此萎靡不振了很久，也劝过自己放弃，没结果的坚持没意义。

现在，杨岁却万分庆幸她坚持下来了，她的坚持是有意义的。

柏寒知"嗯"了一声，淡淡地说："没有就好。"

即便心底在偷着乐，杨岁还是很害怕柏寒知会问她，为什么在验证信息里问他还会不会来江大，于是她立马转移了话题："你为什么会突然下载回来？"

她确实也很好奇。

柏寒知说："你弟找我玩手游。"

杨岁的眼角抽了一下，不知道该不该感谢杨溢那个蠢蛋弟弟，一会儿坏她事，一会儿又帮她忙的。

坐在一旁的顾帆看见柏寒知和杨岁在咬耳朵说悄悄话，一边对柏寒知抢他女神的行为愤愤不平，一边又特好奇他们俩在说什么。

他们该不会在打情骂俏吧？

他偷偷摸摸地凑了过去，竖起耳朵想偷听，结果身体重心不稳，一个不小心，撞到了柏寒知的背。柏寒知本就与杨岁靠得很近，被他那么一撞，猝不及防地朝杨岁扑了过去。

"砰——"

只听到一声很轻的碰撞声，二人的额头相抵，气息交缠。

杨岁惊愕得瞪大了眼睛，下意识地屏住了呼吸，靠在椅背上一动也不敢动。

柏寒知的脸就在眼前，距离近到她能看清他眼睛里的自己。他的睫毛浓黑如鸦羽，皮肤细腻得连毛孔都看不见。

从旁人的角度来看，这俨然是一对情侣接吻的画面。

霎时间，教室里响起一阵起哄声。

顾帆也被惊到了。

杨岁心慌意乱，本能地往一边退，结果柏寒知先她一步退开了。他高挺的鼻梁上，眼镜都被撞歪了一点儿。他抬手扶正眼镜，手虚握成拳，抵在唇边轻咳了一声，问她："头有没有事？"

　　杨岁紧张的时候会习惯性地眨眼睛，她这会儿根本就不好意思看柏寒知，只得尴尬又局促地低下头，不停地眨着眼睛。她摸了摸额头，瓮声瓮气地嘟囔："没……没事。"

　　刚才撞的那一下，其实力度一点儿都不大，后劲却十足，让杨岁怎么都冷静不下来。

　　顾帆凑过去，在柏寒知耳边激动地说："亲上了？真亲上了？"

　　顾帆两眼放着光，就好像他本人跟杨岁亲上了一样。

　　柏寒知一记带着杀气的眼刀狠狠飞过去，薄唇微启，无声地说了一个字："滚。"

　　顾帆被他这眼神怵到，只觉得脖子一凉。他悻悻地撇了一下嘴，老老实实地坐了回去。

　　上课时间到了，一个中年教授手里端着一个保温杯，拿着书走进了教室。

　　原本嘈杂喧闹的教室登时鸦雀无声。

　　教授开始点名，点了名之后，打开了投影仪。

　　杨岁一直都埋着头，动都不敢动一下。想到刚才那一幕，她就止不住地脸红心跳。

　　就在紧张不已的时候，她余光瞥见柏寒知的身影再一次朝她靠近，他身上的青柏木质香传过来，好似将她团团围住了。

　　杨岁呼吸一紧，下意识地抿紧了唇瓣侧头朝他看过去。

　　这一次，柏寒知没有靠得太近，他目光幽深，直勾勾地看着她，低声说："有什么不懂的，可以问我。"

　　顿了顿，他又慢条斯理地补了一句："随时都可以。"

他好像已经捏准了她的命门，偏要惹得她心慌意乱。

"好……"

杨岁埋下头，胳膊支在桌面上，手半捂着脸，嘴角止不住地往上扬。

柏寒知将笔记本电脑合上，随手翻开了书。

他此刻神色自若，目光平静，好像什么事都没有发生过，但如果仔细看的话，会发现他的耳郭红得厉害。

下了课，杨岁就去排练室练舞了，徐淮扬已经在那儿等她了。

练了一个小时左右，徐淮扬点了外卖，连杨岁的那份也点了，还给杨岁点了一杯奶茶。

杨岁提出将外卖钱和奶茶钱给他，可徐淮扬不要。

杨岁不喜欢占别人的便宜，尤其对方还是一个男生。也有很多男生送过她礼物，可她从来都没有接受过。

她跟徐淮扬虽然是搭档，而且还是合作暧昧的情侣双人舞，可她终归和他不熟，这就让她更不好意思了。正好她的包里有几十块的零钱，便坚持要把钱给他。

徐淮扬看杨岁态度坚决，只能接受，但他没有要现金，说现金揣在身上太碍事。

杨岁说扫付款码给他，结果他提出加杨岁的微信。

"加了微信以后也方便联系，回头有视频也好分享给你。"徐淮扬说。

说来也奇怪，他们明明已经一起练了好几次舞，杨岁都没有要加他微信的打算，都是直接打电话联系。

因为她不太喜欢加异性，就连微信的搜索设置都屏蔽了手机号搜索。

她微信里的好友，异性肯定也有，但除了亲戚和家人，要么就是老师，要么就是学生干部，都是一些无法避免接触的异性。

徐淮扬提出要加微信时，杨岁明显犹豫了一下，但徐淮扬都这么说了，她要是拒绝，就显得太刻意了，搞得好像人家对她有什么非分之想一样。

"好。"思来想去，杨岁还是同意了，摸出自己的手机，扫了徐淮扬的微信二维码，添加好友。

加上好友之后，杨岁将钱转了过去。

徐淮扬并没有急着收款，而是将手机放到了一旁："来，咱们继续吧，练完好早点儿收工。"

杨岁没多想，点了一下头。

音乐声再次响起，她匆忙将手机扔进了包里，跑到了场地中间，随着节奏舞动。

练舞练到了八点，累得气喘吁吁，这才停下。

回到宿舍，杨岁做的第一件事就是去冲个澡。

周语珊同往常一样，仍在跟男朋友腻歪，还没回来。乔晓雯和张可芯也不在，最近这段时间她们俩总是早出晚归的，下了课也不回宿舍。往常这时候，她们早就在宿舍里躺着了，不是看剧就是看直播带货。

杨岁前两天才知道，原来她们俩开始创业了。两人在网上进了一些小饰品，每天下了课就会出去摆地摊。

杨岁一个人待在宿舍，吹了头发，换上睡衣后，她想着学习一会儿，可是一打开电脑就想到了柏寒知玩游戏时的样子。

她也想跟柏寒知玩游戏，于是就下载了《英雄联盟》。

然而下载了半个小时，进度条才跑了不到三分之一。校园网实在是太慢了，她真怕这进度条得跑到明天早上。

她看了一眼时间，快九点了，还不算太晚，于是起身快速换了一身休闲装——她决定去学校门口的网咖先练练手，电脑则开着继续下载。

柏寒知晚上回到家，先是在健身房锻炼了近一个小时，从健身房出来就去洗了澡，洗完澡后，他没有打游戏，而是直接去了书房，因为有一个大课题要完成，结果刚做了一小半，家里忽然陷入了一片黑暗——停电了。

柏寒知打电话给物业，这才知道是整栋楼都停电了。电路出现了问题，正在进行抢修，大概需要一个小时。

书房的电脑是台式的，停电根本开不了机。刚巧白天用了笔记本电脑，已经快没电了，他忘了充电。

柏寒知不想白白浪费这一个小时的时间，有这等的工夫，课题早就做完了。

他从来不是坐以待毙的人，更不会让自己处于被动的局面，所以他抽出U盘，换了身衣服，出发去了学校门口的网咖。

网咖在北门，离他住的公寓有点儿距离，他骑了山地车过去，只用了十分钟的时间就到达了网咖。

网咖不论在哪儿都不缺客人，学校门口的更是如此。这个网咖很大，一共有三层楼，一楼和二楼已经座无虚席，柏寒知开了卡之后上了三楼。

三楼的位子也所剩无几。他想找个人少的角落，于是刻意搜寻了一圈，路过拐角时，他脚步一顿，朝正前方一个靠窗的角落看了过去。

只见杨岁头上戴着耳机，手指在键盘上敲得啪啪响，嘴里嚷嚷着"要死了，要死了，怎么办"，一副手足无措的样子。她身旁坐着一个男生。男生并没有玩游戏，而是在一边指导，说得激动时，甚至伸出手想去按她的键盘。

那个男生，正是她的舞伴，徐淮扬。

柏寒知渐渐眯起了眼睛，眼神暗了下去。

他摸出了手机，鬼使神差地给杨岁发了条消息："在做什么？"

第十八章

杨岁到网咖时，三楼剩下的空座还挺多的，她特意找了个靠角落的位置，那里人很少。

靠窗的角落只有两个位子，就在走道的尽头，最外侧的位子旁还摆了一盆很大的绿植。

杨岁在外侧的位子坐下，将电脑开了机。她一眼就看到了桌面上的《英雄联盟》，点开注册，然后登录上去。

杨岁是个典型的"手残党"，她压根儿就没有玩游戏的天分。小学的时候她最喜欢玩的游戏是《黄金矿工》，后来到了初中，同学们都在玩炫舞或者飞车之类的游戏，她也曾尝试过，最后当然是以失败告终。她觉得还是《黄金矿工》简单，适合她这样的"手残党"。

后来学习任务繁重，她连《黄金矿工》都不碰了。到了高中，又开始流行打手游，她下都没有下载过。杨溢玩的时候经常被人开麦狂喷他是坑货一个，说他小学生作业不够多，杨岁因此更是望而却步——别人肯定会喷她女大学生又菜又爱玩，把她喷成筛子。

最关键的是，她对游戏没什么兴趣。

可是柏寒知喜欢玩游戏，这便激发了她对玩游戏的向往。

为了跟柏寒知打游戏，连手游都没整明白，她就凭着一腔热血贸贸然开启了端游之路。

这条路毫无悬念地坎坷崎岖。

她一窍不通，根本不知道从哪里下手，于是专门上网去搜了一下教学攻略，还特意带了一个笔记本出来，认认真真做起了笔记。

她记了大半篇才进入了基础训练基地，跟着提示磕磕绊绊地前行，总算记住了技能按键，通过了训练，正式进入了游戏界面，又瞎点了好半天，才点进了人机模式，选了安妮这个英雄。

她戴上耳机，紧盯着电脑屏幕，使劲按着技能。打小兵打得正激烈时，一只手猝不及防闯进了视线，在她眼前晃了两下。

杨岁被吓了一跳，下意识地往后一靠，摘下了耳机，扭头看过去。

只见徐淮扬站在她身后，微微弯着腰，胳膊搭在旁边的座椅上。他瞟了一眼电脑屏幕，又瞟了一眼杨岁的笔记本。

"刚才还以为看错了，没想到真是你。"他笑了一声，调侃道，"这么认真啊？我还是头一回见玩游戏做笔记的。"

杨岁顿觉尴尬不已，连忙将笔记本合上。

"你怎么在这儿？"杨岁干笑了一声，有点儿不自在地问道。

"我也来打游戏呀。校园网太卡了，还是网吧网速快。"徐淮扬笑了笑，"你早说你也来网吧，咱俩练完舞就可以一块儿来了。"

徐淮扬的语气很自然，好像他们俩已经是老熟人了似的。

杨岁扯了扯嘴角，没说话。

"旁边有人吗？"徐淮扬指了一下旁边的空座，"介意我坐这儿吗？"

杨岁刚准备说话，徐淮扬已经拉开椅子坐下，将电脑开机了。

原来只是象征性地问一嘴。

"你刚开始玩吧？"徐淮扬也登录了《英雄联盟》，"这款游戏对新手来说还挺难的，虽然我技术也不咋样，可还是略懂一二的。我教你吧？"

说话时，他点开了自己的主页，里面有他的历史战绩和段位。

杨岁粗略地扫了一眼，胜利局居多，段位是铂金。

这看似无意实则刻意的耍帅行为，真是让人……无语。

"不用、不用，我太菜了。"杨岁连忙摆了摆手，委婉拒绝道，"我就不耽误你玩了。"

"没事，我玩不玩都无所谓。"徐淮扬将她的婉拒当成了害羞，往椅子上一靠，跷起二郎腿，用一副贴心又豪迈的口吻道，"得让你有愉快的游戏体验不是？"

杨岁面上保持着礼貌又得体的笑容，心里有多尴尬只有她自己清楚。

杨岁很少和男生接触，当然，除了跳舞时的男搭档，但实际上她只是把它当成一份工作来完成。

她长这么大，从来没有过男性朋友，更别提和男生坐在一起玩游戏了，对方还是一个她不怎么熟的男生。

杨岁简直从头到脚都不自在。

尤其是徐淮扬还真打算教她打游戏，刻意将椅子往她身边挪了挪，靠得更近了。

其实他们俩练舞时，因为一些舞蹈动作，难免会有肢体接触，比如搭一下肩膀或者揽一下腰的。

那时候靠得近点儿，杨岁不觉得别扭和抵触，完全是公事公办。

但这会儿两人距离这么近，他自来熟般的言语间莫名透着暧昧意味，这就让杨岁有点儿不舒服，甚至是反感了。她下意识地想要远离。

可是毕竟是舞伴，距校庆还有近半个月，他们还得合作。从大局考虑，她也不好表现得太过明显，否则只会让两个人都下不了台。

杨岁将抵触的心理强压下去，表面还是落落大方的模样，却悄无声息地往旁边挪了一点儿，拉开彼此的距离。

她没有说话，重新戴上了耳机，一手敲着键盘，一手按着鼠标。

徐淮扬在她旁边讲解和指导，但耳机的音量很大，她余光瞥见徐淮扬的嘴巴一张一合，实际上根本听不到他在说什么。

她自顾自地玩。

对面的机器人从草丛中钻了出来，出现在她面前，对她进行攻击，吓得她一个激灵。她一紧张就根本记不得技能该怎么使了，逮着键盘一通乱按，毫无战术可言。

然而，她把所有的技能都按了一遍，还是没把机器人的血条干下去一小半，自己反倒要耻辱地阵亡了。

"要死了，要死了，怎么办啊？"她惊慌地自言自语道。

"你把大招往他脸上砸呀。"徐淮扬跟她说了半天，见她根本没照做，一时心急，抬起手按上了键盘，"这样。"

他的手伸过去，擦过了她的手背。

杨岁的注意力瞬间从游戏中抽离，她忙不迭缩回了手，像躲瘟疫似的，避开了徐淮扬。

他突如其来的靠近和自作主张的举动，让杨岁感到被冒犯了。

她侧过头，几不可察地皱了一下眉。

"叮——"

放在键盘旁的手机响了一声，屏幕亮起来。

杨岁瞟了一眼，发现是一条微信消息。她也没多想，还以为是室友发来的消息。

只是将手机解锁后，原本心不在焉的她瞬间眼睛一亮，变得精神抖擞起来——是柏寒知发来的消息。

柏寒知："在做什么？"

杨岁抿唇笑了起来，心里像被撒了一层糖霜，甜滋滋的。

她迅速打着字，编辑着信息："在打游戏……"

编辑到一半，杨岁停下了，最终还是把那几个字全删掉了。

她现在打个人机都打不明白，这连半吊子都赶不上的烂技术，就别在柏寒知面前显摆了吧。

万一柏寒知问她玩什么游戏呢？

万一柏寒知说一起玩呢？

那不就丢人丢到姥姥家了吗？

她不想让柏寒知觉得她连游戏都打不好。

所以杨岁决定等她把技术练得可以见人了，再告诉柏寒知，到时候就不会太尴尬。

于是她隐瞒了实情，编了个瞎话回复过去："在练舞。"

很快，聊天框上显示"对方正在输入"，杨岁目不转睛地盯着屏幕，"对方正在输入"出现又消失，消失又出现，聊天框却迟迟没有弹出新的消息来。

杨岁咬住手指甲，心里既有些期待，又莫名有些紧张和不安。

他在编辑什么消息？为什么删了又打，打了又删？

过了半分钟，她终于收到了柏寒知的回复："现在？"

杨岁回："对，马上结束了。"

这句话发出去后，屏幕上方没有再显示"对方正在输入"，她也没有再收到柏寒知的消息。

杨岁又等了几分钟，柏寒知还是没有回复她，她内心忐忑又焦灼，忍不住找话题："你呢？在做什么？"

徐淮扬已经将键盘和鼠标拽了过去，替她把这局人机游戏打完了。徐淮扬问她："你还玩吗？"

杨岁捏着手机眼都没眨一下，紧皱着眉，眉眼间满是失落。

"杨岁？"徐淮扬叫了她一声。

杨岁回过神来，茫然地看了徐淮扬一眼，发现他正有意无意地往她手机上瞟，还好奇地问："看什么呢？一脸凝重。"

杨岁下意识地将手机锁了屏，摇头道："没什么。"

"你还玩吗？"徐淮扬问，"到了三级就能玩匹配了，到时候咱们就可以组队玩。"

杨岁忍不住腹诽：不好意思，我不想和你一起玩……

但即便如此，表面上她还是保持着微笑状似无意地看了一眼时间，十点多了。

"太晚了，我不玩了。"杨岁佯装着急，急匆匆地收拾桌上的笔记本和中性笔，放进包里。

她下了机之后，站起身："你玩吧，我室友叫我回去了。"

徐淮扬屁股都还没坐热，见她要走，脸上闪过一丝失望，随后也跟着站起身："我送你回去吧。"

杨岁一听这话，心中警铃大作，连连拒绝："不用、不用，我自己回就行，你快玩游戏吧。"

她一边说一边走，像受惊的兔子一样，一溜烟儿地跑下了楼，完全不给他追上来的机会。

离开了网咖之后，杨岁这才放缓了脚步朝校门走去。

她又将手机摸出来看了一眼。

柏寒知这么久都没有回她的消息，看来是不会回了。

杨岁叹了一口气，安慰自己，或许他去忙了吧。

今晚其实有收获了，至少他主动找她聊天，问她在干什么。

退出和柏寒知的聊天框，杨岁看到了和徐淮扬的聊天框，他们没有聊天，只有一条她发红包过去的记录。然而徐淮扬一直都没有收。

杨岁不想去提醒他收红包，这样就又得给他发消息。

思索了几秒钟，她点开外卖应用，给徐淮扬点了一份外卖和奶茶，跟徐淮扬给她点的一模一样。这也算是还给他了，两清了。

他也应该明白她是什么意思了吧？

翌日早上是金融专业的课程，杨岁不太确定会不会再次碰到柏寒知，但她还是满怀期待。

她很早就起床晨跑了，回宿舍后快速收拾一番，简单吃了几片面包，就匆匆忙忙赶去了商学院。

到了教室后，她走进去环视了一周，搜寻柏寒知的身影。

教室里人还不算多。早上的课，大家基本上都是踩点进，提前来教室的人也都哈欠连天，一点儿精神也没有。

杨岁一眼就看到了坐在中间的柏寒知。他似乎也刚到，将双肩包摘了下来，随手往桌上一放，拉开拉链，拿出书。

杨岁按捺住内心的雀跃，迫不及待朝那边走过去。

她走到柏寒知面前停下脚步，强装镇定，微笑着说道："早。"

柏寒知听到她的声音，慢吞吞地抬起眼睛。

他应该是没休息好，眼下略微泛青，神色困倦慵懒，眼神却十分犀利。

他只瞥了她一眼便收回目光不再看她，面无表情地"嗯"了一声。

"你昨晚没睡好吗？"杨岁关心道。

这回柏寒知连眼皮子都懒得抬一下，只从鼻腔中"嗯"了一声，有点儿冷淡和敷衍。

他这拒人千里的态度，让杨岁不敢再跟他搭话了。

她没再多问，抱着书继续往后排走，故意将脚步放得很慢，心里隐隐期盼着柏寒知会像昨天那样突然叫住她，对她说一句"坐我旁边"。

并没有。

柏寒知压根儿就没有拿正眼瞧她，就好像她是一个陌生人。

杨岁垂下头掩饰着内心的失落，跟他隔了两排位子坐下。

距离上课还有几分钟，柏寒知趴在桌子上假寐，头枕在臂弯里，一只胳膊还是习惯性地伸长，手搭在前面的座椅上，一头金发很蓬松，发根处是黑的。他只穿了一件单薄的卫衣，清瘦的肩胛骨形状十分好看。

杨岁是个心思敏感的人，她能察觉到柏寒知心情不好。

她忍不住猜测，或许他是有起床气，又或许是睡眠不足导致的。

柏寒知心情不好，杨岁也跟着心事重重。

好不容易熬到下课，杨岁鼓起勇气走上前去，打算问问他是不是发生了什么不开心的事情。

柏寒知拎起双肩包的肩带挂在一侧肩膀上，扬眉睨了一眼想要跟他搭话的杨岁，在她张嘴准备说话时转身离去，只留给她一个冷漠的背影。

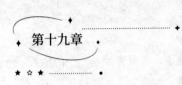

第十九章

对于柏寒知突然的冷漠态度，杨岁一开始并没有多想，单纯地以为柏寒知是遇到了什么不开心的事情，所以才不想说话。

到了晚上，她接到了陶艺馆打来的电话，通知她周日可以去拿成品了。

第二天下午，下了课，柏寒知走出教室后，杨岁追了上去，轻声叫他："柏寒知。"

柏寒知停下了脚步，双手插兜，漫不经心地微微侧过身子。挎包斜挎在背后，背带压在他胸膛的位置，衣服面料紧贴肌肤，隐隐显出流畅的肌肉线条。

他一脸淡漠地看向朝他走来的杨岁。

她披散着头发，走得有些急，几乎是小跑，乌黑柔顺的发丝随着风飘动，有几缕拂过她的脸颊，被她随手别到了耳后。

她跑到柏寒知面前，压下紧张，勾起唇道："我接到陶艺馆的电话了，周日就可以去拿成品了，我们……一起去吗？"

杨岁还是会情不自禁地期待。

因为柏寒知之前说过，成品出来了，他们一起去拿。

柏寒知微垂着眼睛，目光在她的脸上扫过，声线是冷的，但仍旧保持着一贯的礼貌，低声道："抱歉，我最近很忙。"

他的意思已经很明显了。

被拒绝了，杨岁心里原本如藤蔓一样滋生的期待，霎时间枯萎，凋零。

不过，杨岁并没有将失落表现出来，而是乖巧懂事地保持着微笑："没事，那我帮你拿回来吧。"

"不需要。我自己会去拿。"

如果刚才那算是婉拒，现在已经是直截了当的拒绝了。

他语气平淡，面上没有一丝表情，目光如同冰霜一般冷冽。他甚至没有正眼看她。

说话间，他已然转身，迈步离去。

杨岁傻站在原地，看着他的背影愣了很久的神，心脏宛如被锤子重重地敲击着，钝痛不已。

她这才后知后觉，原来柏寒知不是单纯心情不好。

是在生她的气吗？

杨岁失魂落魄地回到宿舍，往桌上一趴。

她不明白，为什么柏寒知对她的态度突然转变了？明明之前还好好的。

这还是那个对她温柔地承诺说，只要有什么不懂的地方就问他，并且随时都可以的柏寒知吗？

杨岁确定，柏寒知就是在生她的气。

因为今天他跟顾帆说话时，虽然情绪不算高，但顾帆说什么，他都会简单地回应一句，或者勾唇淡淡地笑一下。

然而一面对她，他就冷若冰霜，连看都不愿意看她一眼，很明显就是区别对待。

杨岁不知道为什么会这样。

柏寒知为什么会生她的气？她想破脑袋都想不出原因。

杨岁心里闷闷的，特别难受，就像是压了一块巨大的石头，压得她快要喘不过气来。

她沮丧得有点儿想哭。

如果换作以前，那时候和柏寒知还没有这么多的交集，她跟他说上一句话都能高兴好些天。可人总是贪心不足的，有了更进一步的接触之后，突然一下回归到原点，这种从天堂到地狱的落差感，她实在无法适应。

她摸出手机，点进和柏寒知的聊天框。

"在做什么？"

"在练舞。"

"现在？"

"对，马上结束了。"

这是他们最后一次聊天，自那之后，柏寒知就没再回复过她。

杨岁将脑袋枕在胳膊上，呆滞地盯着手机，绞尽脑汁地回忆前几天他们相处的每一个片段和细节。她不知道是哪一步出了问题，惹柏寒知生气了。

杨岁将脸埋在手臂上，哭丧着吸了吸鼻子，又发了一会儿呆，重新拿起手机，编辑了一条消息："你怎么了？是不是在生我的气……"

字还没打完就删了。

她不敢问。

本来柏寒知就不想搭理她，她再去追问，把他惹得更烦她了怎么办？

她又叹了一口气。

她的电脑已经下载好《英雄联盟》了，她之前登上去试了试，校园网实在太卡了，根本带不动。但游戏肯定还是要继续玩的，技术也得继续练。

她还抱有一丝幻想，万一过几天柏寒知消气了呢？等她偷偷把技术练上去了，就可以找他一起玩游戏了。

晚上徐淮扬说有事要去校外，这天不能练舞。正好，杨岁可以去网咖打游戏了。

她连晚饭都没吃，直接在网咖买了一桶泡面，还配了一根火腿肠。

她上了三楼，还是坐老位子。她坐的位子偏僻，那一片都没什么人。

泡了面，登上游戏。

上次从网咖回宿舍之后，她用自己的电脑玩了很久，虽然网络比较卡，但是打人机游戏还是可以的，她已经升到三级了，可以打匹配了。她去尝试了一把，结果输得很惨。

但杨岁并没有因此觉得沮丧，又去找了游戏攻略做笔记。

柏寒知到网咖的时候，又一次看到了坐在老位子的杨岁。

这一次只有她一个人独自坐在角落，头发随意绾成了一个丸子头，略微凌乱，有几缕都散了下来，垂在肩头。

她目不转睛地看着电脑，不自觉地皱着眉，神色认真又严肃，手里捏着笔，时不时埋头在笔记本上写字。她写字速度很快，一边写，一边嘟嘟囔囔地念着什么。

柏寒知还以为她是在学习，结果走近一点儿，瞟了一眼电脑屏幕，上面显示着《英雄联盟》的界面。

作为一个资深玩家，他远远看上一眼就能认出来，那是英雄的详细介绍界面，包括了技能讲解之类的。

杨岁在笔记本上写了一大段之后，抽空吃了几口泡面，许是烫到了舌头，她苦着脸"咝"了一声，吐了吐舌头，埋下头吹了吹泡面，又不慌不忙地吃两口。她嘴里咬着肠，像是赶时间似的，把泡面往边上推开一点儿，继续拿起笔做笔记。

她目不转睛地盯着电脑，认真得像在钻研什么科研项目，嘴边还残留着面汤的油渍。

不知道是因为看见今晚她身边没有男生，还是因为看见她憨憨的样子，他阴郁了两天的心情稍微转晴了一点点儿。

柏寒知昨晚也来了网咖，但没看见杨岁。她昨晚没来，估计是真和那男生练舞去了。于是他想着今晚再来碰碰运气，看能不能再碰见她。

鬼知道他是脑子抽风了，还是闲得没事干，来来回回地折腾。一边对她爱搭不理，摆脸色，一边又像个偷窥狂一样默默关注她，看她是不是跟那男生在一块儿暧昧地玩游戏。

柏寒知找了个位子坐下，就坐在她的斜后方，与她隔了两条过道，背对着她。

柏寒知窝进椅子里，开了电脑。

这时，杨岁那边有了动静。

她应该是做完笔记了，开了一局匹配，一边玩一边惆怅地叹气，手指在鼠标、键盘上点个不停。

"怎么就是打不过呢？明明是按攻略来的呀。

"0 比 15，这游戏真的好难。

"什么呀！大家都是一群菜鸟，怎么这些人还玩急眼了，骂上人了还！你比我能高贵到哪儿去呀？！"

杨岁一边手忙脚乱地操作，一边愤愤不平地自言自语。

柏寒知与她隔了不远不近的距离，但三楼的人不多，比较安静，所以他清晰地听见了她的碎碎念。他将胳膊搭在座椅扶手上，手指虚掩在唇边，被手指遮挡住的薄唇紧抿着，强行将唇边溢出来的笑意逼回去。

气肯定还是气，可……也不耽误他觉得她可爱。

然而下一秒，他又想起她欺骗了他，再一次生起了闷气。

柏寒知被这种矛盾的心理搞得无所适从，烦躁地抓了几把头发。

"不行，不能自己一个人瞎打。"

许是被队友喷得忍无可忍，杨岁开始病急乱投医。结束了一局后，她拿起手机打了个电话："你干吗呢？"

柏寒知听到她在跟人打电话，不动声色地往后靠了靠，略微侧了侧头，余光隐隐看见她耳边贴着手机。

"跟我一起打游戏，《英雄联盟》。快点儿，别让我等你。"

她的语气很不客气，带着命令的口吻。这是跟最熟悉、最亲近的人说话才会有的口吻和态度。因为亲近，所以肆无忌惮，有恃无恐。

她从来都没有用这种口吻跟柏寒知讲过话。

柏寒知忍不住猜测她在叫谁跟她打游戏。

他第一时间就联想到了她那个舞伴，毕竟上次他亲眼看见他们俩坐在一起嘻嘻哈哈地打游戏了。

看杨岁这状态，还这么认真地看攻略、做笔记，应该是初学者。

难不成，她是为了那男生才学打游戏的？

想到这一点，柏寒知的脸色骤然一沉，下意识地蹙起眉。那种十分烦闷、极其不爽的情绪再一次席卷了他的内心。

他的腿缩在桌子底下，那里空间逼仄，他一双长腿无处安放，憋屈得很。

柏寒知将不爽全发泄在了无辜的桌椅上，抬起脚踢了一下桌子脚，椅子顺势往后滑了一点儿，空间总算宽敞了些。他用力按着鼠标，宣泄着情绪。

"杨溢，你别跟我装啊！"杨岁的声音再一次传了过来，她凶巴巴地威胁，"以前不让你玩，你偏玩，现在让你玩，你还跟我摆架子了是吧？你信不信我回去真把我的电脑密码改了！"

闻言，柏寒知点着鼠标的手指顿住，眯起眼睛。

搞了半天，是杨溢。

"小屁孩儿，我还拿你没办法了是吧？"

杨岁挂了电话，将手机往旁边一放，得意扬扬地哼了一声，俨然一副胜利者的姿态。

柏寒知微抿起嘴唇沉吟片刻，从裤兜里摸出手机，给杨溢发了条微信消息："打游戏。"

杨溢很快回了消息："我正打着呢。"

柏寒知明知故问："跟谁？"

溢心溢意："我姐。想不到吧？"

鱼儿轻而易举就上钩了，柏寒知进一步试探道："你姐会玩这个？"

溢心溢意："不会，学着呢，不然也不会叫我跟她玩了。"

柏寒知："为什么突然要学？"

溢心溢意："上次看见我和你组队打游戏，羡慕了呗。"

杨岁跟杨溢组队打了两局。

杨溢虽然菜，但再怎么说也是有一定基础的，比杨岁好了不是一星半点儿。

他一下就硬气了不少，全程指挥着杨岁，一会儿让她掩护，一会儿让她去清兵。结果他指挥来，指挥去，嘴里说着一些耍帅的专业术语，到头来还是打两局，输两局。

杨岁简直是筋疲力尽，生无可恋。

她跟杨溢连着麦，最后连骂都不想骂他了，骂不动了。打了这么久，她手累，心更累。

看了一眼时间，快十点了，有点儿晚了。杨岁决定今天就先练到这儿。

她退出游戏，关了电脑，将笔记本和笔放进包里，拽着帆布包的带子站起了身。

刚从位子上走出来，她便定在了原地，目光锁在正背对她坐着的人身上。

那人穿着一身深灰色休闲服，顶着一头耀眼的金发，即便只是一个背影，她也能一眼认出那是柏寒知。

柏寒知怎么会突然出现在这里？

她意识到了什么，猛地捂住嘴。

她刚刚打游戏的时候，声音那么大，而且还气急败坏地骂了杨溢和队友。柏寒知该不会都听见了吧？会不会觉得她表面看上去文文静静的，私底下却有两副面孔，因此对她的印象一落千丈？

她转念一想，他戴着耳机，或许没听见。

她坐的位子很偏，不注意看的话，根本看不到。

或许柏寒知根本就没看见她？

杨岁心里矛盾得很，既担心形象破灭，又纠结着要不要过去主动打个招呼。

她轻轻地迈步，靠近。

柏寒知正在打游戏。

杨岁站在他身后，远远地看了看。

她玩起来无比艰难的游戏，到了他手里好像变得很简单。他漂亮的手指熟练地操控着鼠标和键盘，轻而易举就拿了三杀、四杀，轻而易举就推到了敌方的高地。

这时，他的手机响了一声，他没有理会，直到游戏胜利后才拿起手机瞟了一眼。应该是谁给他发消息了，他将手机解锁，耳机摘下来挂在脖子上，手机贴在耳边听对方的语音消息，另一只手单手拉开了易拉罐拉环，微仰着头慢条斯理地喝了一口饮料。

杨岁原本想上前打招呼的那点儿冲动瞬间被胆怯打败，她悄悄后退，转身，绕了一大圈，从后面离开。

估计柏寒知目前并不想见到她吧？她还是不要去影响他的心情了。

杨岁心中的苦涩与沮丧开始翻涌，她默默地下了楼。

路过一楼前台时，正巧撞见网管换班，是两个女生。

"又要走了，唉。"

"怎么？还不想下班啊？"

"对呀，柏寒知一来，我就不想走了，想守在楼上，做一块望夫石。"

"还望夫石呢，你看人家搭理你吗？"

"不知道他明晚还会不会来。真的不夸张，我这辈子就没见过这么帅的人。"

"应该会吧，这几天不是天天来吗？喜欢就追呀，冲！"

"拉倒吧，我饱饱眼福就行了。"

两个网管不是学校里的学生，有一搭没一搭地闲聊。

柏寒知很出名，这一点杨岁心知肚明。无意间听见她们俩的对话，她敏锐地捕捉到了关键词，脚步猛然一顿，迅速走到前台问道："柏寒知这几天都来这里了吗？前天他来了吗？"

她这样冷不丁凑过来问，两个网管有些茫然不解，点了一下头："来了呀。"

杨岁表情一变："前天几点？"

其中一个网管上下打量了她一番，自然而然就将她看成了柏寒知的小"迷妹"。不过，她倒也没隐瞒，回忆了一下，说："十点多吧，差不多就现在这个点。不过，他来了没几分钟就走了。"

杨岁呆了几秒，紧接着连忙将手机拿出来，打开微信，看了一眼与柏寒知的聊天记录。

　　最后一次聊天，正是前天。

　　那天晚上她在打游戏，柏寒知给她发消息问她在干什么的时间，正好是晚上十点。

　　杨岁头上仿佛劈下来一道闪电，将她劈成了两半。

　　她瞬间明白柏寒知为什么会生气了——她睁眼说瞎话的时候被他逮了个正着。

　　她几乎没有任何犹豫，转身朝楼上跑，跑到二楼转角处时，迎面撞见了正不紧不慢下楼的柏寒知。

　　四目相对，杨岁神色慌张又焦急。她微喘着气，几步走上前，真诚地道歉："对不起，我前天晚上骗了你。"

　　柏寒知迈下最后一级台阶，站在杨岁面前。

　　二人之间的身高差距有点儿大。她似乎是无地自容，心虚得不敢抬头看他，脑袋埋到胸前，像是做了错事的小孩子瑟瑟发抖地等待惩罚。

　　她突然跑回来认错的行为令柏寒知惊讶了一瞬，但他的神情很快便恢复如常，耷拉着眼皮，黑眸沉沉，盯着她凌乱的丸子头，接着注意到她紧张得攥紧了衣角。

　　她见他一直没反应，越发忐忑不安，愧疚得声音都哽咽起来："真的对不起，我不该骗你，你生气的话就骂我几句吧。"

　　片刻的沉默后，柏寒知低沉的嗓音从头顶上传来："跟你打游戏的那个人，你喜欢他？"

　　柏寒知的确在生她的气，很生气。

　　不只是气她撒谎，更是在气她喜欢的那个人，或许不是他。

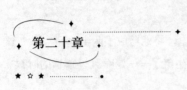

第二十章

　　"跟我打游戏的人，是我弟呀。"杨岁没有跟上他的思路，她懵懵懂懂地看着柏寒知，眨了眨眼，似乎在认真思考这个问题，"还好吧，有时候觉得他挺可爱的，有时候又觉得他挺烦人的，掐死他的心都有。"

　　她忽然想起了什么似的，碎碎念道："但是我高一的时候，有一次生理期到了，肚子痛得下不了床，爸妈都在忙，我弟就自己去厨房给我煮了红糖水。那会儿他还没有灶台高呢，搬个小凳子，踩在上面切姜。当时我感动了好久。"

　　回忆起有趣的往事，杨岁突然觉得现在这个嘴碎的弟弟要顺眼许多了："总的来说呢，对我弟的喜欢要比讨厌多一点儿。"

　　听了她这一番真情实感的发言，柏寒知竟然不知道该怎么回应了。

　　他的嘴角抽搐了一下，偏头看向别处，腮帮被舌头顶起一点儿，硬生生地忍着，没有表露出任何笑意。

　　他闭上眼睛，不动声色地吸了一口气，转过头来看着她，纠正道："我说的是前天晚上那个人，你的学长。"

他的语气平静，却又说不出地诡异，尤其是说"你的学长"四个字时，咬字格外重一些。

杨岁闻言回忆了一下，这才记起来前天晚上徐淮扬好像是在场。细细品味了一番柏寒知刚才的问题，杨岁大惊失色，头和手拼命地摆动，浑身上下写满了抗拒和否认："不是！我不喜欢他！"

她生怕柏寒知误会，焦急地解释道："前天练完舞之后，是我先去网吧的。他来了就说跟我坐在一起，当时我在打游戏，他说他也玩这个游戏，可以教我，但是我拒绝了！我跟他不熟，真的！"

她郑重地强调："我真的不喜欢他！"

柏寒知能看出来杨岁真的很着急，也真的很怕他误会，态度摆得端端正正，解释得清清楚楚。

他从小到大都是一个很受欢迎的人，会有很多女生给他送礼物，向他表白，追求他，他对此已经麻木了。

他虽然没有恋爱经验，但不代表他一无所知，更不代表他看不出一个人想藏却又藏不住的小心思。

杨岁可能藏得很好，但她控制不了每次见到他就低头的习惯。

她害怕和他对视，会紧张，会脸红。

许是见过太多面对他会有这种反应的女孩儿，一眼看穿便不足为奇了。

那些人到底是真心还是假意，他统统不在乎，也觉得无所谓。

可这一次，是她。

因为是她，所以他才会从他们相处时的细节去寻找她喜欢他的蛛丝马迹。

校园采访的视频里，从他出现的那一刻起，就没有了她的镜头。但是他知道，那一刻，她看向了他。他甚至很自恋地猜测，或许，她选修金融，是为了他。

何况杨溢一次次地旁敲侧击，有意或无意地暗示。小孩儿说她会听他的话，说她为了他学打游戏。

在校园采访的视频里，她说她有一个喜欢了很久的人。他想起两年前，她发来的好友申请里那一条验证消息——我是杨岁，我可以问一个问题吗？你还会去江大吗？他才有底气认为她喜欢的人是他。

前天晚上，看到杨岁和徐淮扬坐在一起，行为举止间隐隐透着暧昧，他也不知道为什么，竟鬼使神差地给杨岁发了一条"在做什么"的消息。

谁知道她撒谎了，骗他说在练舞。

他很生气，想上前去问问她：这就是你所谓的练舞？

但他还是忍住了。

他没有任何立场。他又不是她的谁，她跟别人玩游戏，她撒没撒谎，他又管不着。

柏寒知从来不觉得杨岁会是那种吃着碗里，看着锅里，左右逢源，四处留情的女生。

但那一刻，他有些不确定。

不确定杨岁喜欢的人是他。

或许她曾经喜欢过他，但后来渐渐喜欢上了徐淮扬。毕竟他们每天都在一起练舞，杨岁跟徐淮扬相处的时间比跟他要长。更何况跳舞是他们共同的爱好，日久生情也说不准。

所以那天晚上，他没有再回复杨岁的消息，也没有在网吧多待一分钟。

他辗转难眠，气她骗他，更气她没准儿变了心，不喜欢他了。不然，她为什么要撒谎？

与其说他在生气，不如说是心慌。

那种没由来的心慌看不见，抓不着，却又时时缠着他。所以他才会一次又一次地来网吧，想看看她是不是又跟徐淮扬在一起。

说来也奇怪——看见他们俩在一起打游戏，他会生气；没看见他们俩来网吧，但想到他们俩在一起跳舞，他还是会生气。他真的觉得自己有病。

然而刚才杨岁突然惊慌失措地跑回来，满眼真诚地跟他道歉，说她不该骗他，让他不要生气，还说她并不喜欢徐淮扬，那种心慌就在顷刻之间消失了。

柏寒知垂眸看了她片刻，嗓音发沉："那你喜欢谁？"

他的这个问题，可谓是杀了杨岁一个措手不及。她整个人僵在原地，指尖不由得发颤，小腿也在抖。

大脑空白了一瞬，她又开始劝说自己，既然柏寒知都这么问了，干脆借此机会跟他表明心迹，大大方方地告诉他——我喜欢的人是你。

杨岁紧张地攥紧了衣角，低着头吞了好几下唾沫，做了好一会儿心理建设，这才张嘴："我……我……"

她尝试了好几次，都以失败告终。就像是什么东西堵在了嗓子眼儿，连发音都困难。

就七个字而已，为什么会这么难开口？

还是没有不顾一切的勇气。

还是如此胆怯懦弱，畏首畏尾。

她怕一说出口就会毁了现状。

她没有回答。

她的纠结、挣扎和欲言又止，柏寒知尽收眼底。

这一回他并没有觉得生气或者不满，内心反而很平静，像是有某种力量坚定了他的猜想。

算了，既然她不想说，那就让他自己来发现吧。

"走吧。"柏寒知没再追问,微抬下巴,示意了一下外面,"我送你回宿舍。"

他先她一步迈下楼梯,双手懒洋洋地插进兜里:"赶紧的,跟上。"

"哦。"杨岁反应慢了半拍,跟了上去。

二人一起走出了网咖,朝校门走去。

杨岁还是云里雾里的,因为话题跳转得太快,她还没有反应过来。

柏寒知给她留了余地,并且对她的隐私表示了尊重,没有再追问,非常有绅士风度。

杨岁松了一口气,可同时又有些失落。

二人并肩走着,杨岁主动打破了沉默,再一次向柏寒知诚恳地道歉:"对不起,我不该骗你。"

这件事,不论怎么说,她都不占理,更何况还是被柏寒知当场抓了个正着。

他生她的气也是可以理解的,毕竟没人能忍受被欺骗。

柏寒知目视前方,"嗯"了一声,漫不经心地问:"那你为什么骗我?"

杨岁的手指绞在一起,内心挣扎了很久,最后还是认命般地叹了一口气,坦白道:"因为……我想把技术练好了再告诉你。"

她嘟囔道:"我室友也挺喜欢玩游戏的,她说过,一般男生都不喜欢跟技术不好的女生玩,会嫌她们拖后腿。"

意思已经不言而喻了——她就是怕柏寒知会嫌弃她菜。

柏寒知倏地停下了脚步,侧过头直勾勾地盯着她。

杨岁也跟着顿住脚步。

二人四目相对。

“杨岁。”他叫她的名字。

“啊？”

“我从来不带女生玩游戏，迄今为止，从来都没有带过。”

柏寒知说了两遍“从来”，杨岁自然而然就理解成了他是在向她说明跟强调。

这不就是让她死了这条心吗？

看来是真的。越是游戏玩得好的男生，就越不喜欢技术菜的人，嫌累赘。

她抿了抿唇，眼睫微垂，掩饰住失落的情绪，张了张嘴，正准备说一句“没事”，怎料他又慢条斯理地补了一句：“不过，如果对方是你的话，我可以。”

“杨岁。”

杨岁还在想着柏寒知那句话，久久未能回神，前方不远处传来了一道呼喊声。

杨岁反应慢了半拍，循声望了过去。

校门旁，架着两张小桌子，上面摆了很多包装好的小花束，桌子边缘还挂了好几圈小彩灯，氛围感满满。两个女生站在小桌子旁，正朝杨岁挥手。

因为隔了一段距离，她们像是生怕杨岁看不见似的，其中一个女生还站上了旁边的石墩子，更加卖力地朝杨岁挥手：“这儿呢。”

杨岁一眼就认出来，那是乔晓雯和张可芯。

搞了半天，她们俩创业摆地摊是在校门口？

杨岁也抬起胳膊朝她们挥了两下，然后跟柏寒知一起走了过去。

走近了才看清楚，桌子上摆着的不仅有花束，还有一个饰品盒，里面摆满了耳环、手链、发夹等，样式不少，风格各异。

鲜花都是包好的，五颜六色，开得正鲜艳，花瓣儿上还挂着晶莹的水珠。这些花以玫瑰居多，各个品种的玫瑰簇拥在一起，空气中弥漫着浓浓的玫瑰花香。

杨岁没有走近，在离花远点儿的地方站定，但还是能闻到花香味。

她无意识地摸了一下鼻子，问乔晓雯："你们每天都在这儿摆摊吗？"

"也不是，我们都是今天一个地儿，明天一个地儿，换着来。"

乔晓雯说话时，目光一直往柏寒知身上瞟，还悄悄地扒拉一旁的张可芯，激动得很。

杨岁接收到她们的暗示，转身向柏寒知介绍道："这是我的两个室友，乔晓雯和张可芯。"随后又指了一下柏寒知，有点儿不好意思地对室友们道，"这是……柏寒知。"

"知道、知道！校园男神谁不认识呀！"

二人热情洋溢地朝柏寒知挥手打招呼："Hi！"

"你们好。"柏寒知站在杨岁的身旁，微微颔首，礼貌回应。

乔晓雯耐人寻味的眼神在杨岁和柏寒知身上来回打转："你们才回来呀？"

她们老远就看见柏寒知和杨岁了，二人并肩走着，走得很慢，跟那些热恋中的小情侣没什么两样——闲来没事，轧马路都是浪漫的。

柏寒知在追杨岁的事情传得沸沸扬扬，估计全校没人不知道。只是这段时间乔晓雯和张可芯早出晚归，每次都赶不上吃瓜，这回倒好，直接撞上直播了。

看来现在已经不是追的阶段了，而是开始甜甜的恋爱了！

乔晓雯这话说得实在太容易让人浮想联翩了。

回来……从哪儿回来？干什么去了？

"没……不是……"杨岁脸一热，想解释，可一着急就结巴了，"我……我们是在网吧碰见的。"

"那不就是才回来吗？"乔晓雯故意揶揄道。

杨岁一噎，无话可说。

的确，刚才那一番解释，可不就是"此地无银三百两"？

看着杨岁吃瘪的样子，柏寒知没忍住，轻笑了一声。

杨岁听到他促狭的笑声，下意识地扭头看过去，正巧看见柏寒知笑得眉眼舒展的模样。昏黄的灯光落入他狭长的双眸里，为他平添了几分妖冶，他那样子实在是蛊惑人心。

杨岁更尴尬了。

"笑起来怎么会这么好看！救命！"张可芯拽着乔晓雯的胳膊，在她耳边用气音悄悄说道，表情格外浮夸。

乔晓雯简直就是被丘比特的箭射中了心脏。但是吧，杨岁与柏寒知并肩而立，养眼又登对，如同一对金童玉女。

不论在哪里，柏寒知都是最耀眼的存在，他光是往这儿一站，即便什么都不做，照样多的是小"迷妹"往跟前挤着刷存在感。

原本生意惨淡，无人问津的小摊位，因为柏寒知的出现，客人一窝蜂地围上来了。

女生们扎堆凑上来，围在摊位前七嘴八舌地问价，这个多少钱，那个多少钱，实际上一个个眼睛都在往柏寒知身上瞟。

人越来越多，这一小片地方登时变得拥挤起来。

柏寒知往后退了几步，避开人群，还下意识地握住了杨岁的手腕，带着她一起往后退。

相触不到几秒钟，他便松开了她的手腕。杨岁觉得被他碰过的那一块肌肤酥酥麻麻的。

她用手捂住，想要用这种笨拙又自欺欺人的方式来留住他的余温。

没一会儿的工夫，小桌子上摆的花和饰品就卖出去了一大半，尤其是鲜花。

试问哪个女孩子不喜欢花呢？

乔晓雯转了转眼珠子，狡黠的精光一闪而过，想出了一个既能赚钱又能助攻的好办法。

"柏大帅哥，你就站在那儿看着啊？花都要被抢光了，不打算给我们岁岁大美女买几束吗？"乔晓雯扯开嗓子，笑呵呵地朝柏寒知吆喝，声音大得就跟装了扩音器似的。

周遭的人纷纷将目光投到杨岁和柏寒知身上。

杨岁没料到乔晓雯会突然来这么一出，不知所措了几秒钟，随后红着脸瞪了乔晓雯一眼，示意她不要乱来。

结果，乔晓雯非但没有收敛，反而还很嘚瑟地朝杨岁挤眉弄眼，一副得意扬扬的样子。

杨岁尴尬得不敢看柏寒知："你别当真，她开玩笑的……"

怎料话音还没落，就看见柏寒知迈开脚步走到摊位前。

花已经卖了一大半，玫瑰卖得最好，其他种类的玫瑰已经卖光了，只剩下三束包装好的红玫瑰，一束有三四朵。柏寒知数了一下，一共十一朵。

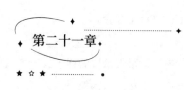

第二十一章

　　柏寒知说："玫瑰，我都要了。"

　　按照一般套路，不是应该先问问女方喜欢什么花吗？

　　结果柏寒知一上来就点名要玫瑰，根本不问对方要不要。

　　乔晓雯鼓了鼓掌，意味深长地说："哟，红玫瑰哦。"

　　红玫瑰代着什么，不言而喻。四下顿时响起一阵起哄声和
唏嘘声。

　　柏寒知好像没有听到，淡定从容地付了钱。

　　乔晓雯将三束玫瑰花绑在了一起，递给柏寒知。

　　柏寒知接过花，转身走到杨岁面前，将红艳艳的玫瑰递给
她："给。"

　　杨岁受宠若惊，没想到柏寒知还真给她买了花。她紧张地吞
了吞唾沫，小心翼翼地将玫瑰花捧入怀中。

　　花香扑鼻，她扬起微笑道："谢谢。"

　　柏寒知当众送玫瑰花的行为引来更大的起哄声，一阵接着一
阵，宛如大型告白现场一般热闹。

　　杨岁的脸颊也染上了玫瑰红，她的心跳快得都要压制不住了，

她轻声说："我们走吧。"

杨岁觉得又尴尬又害羞，低着头率先穿过人群，往校门走。

柏寒知跟了上去，路过摊位时，还对乔晓雯和张可芯说了句："生意兴隆。"

乔晓雯一副江湖做派，抱拳道："百年好合。"

杨岁捂住了脸。

她听见身后的柏寒知又笑了一声，似乎很愉悦的样子。

柏寒知将杨岁送到宿舍楼下，还是站在之前那棵梧桐树下。

时间有点儿晚了，但宿舍楼下你侬我侬的情侣还是很多。

杨岁怀中抱着花，抿唇偷偷地笑，声音里是掩藏不住的欣喜："谢谢你的花。"

"你不需要跟我说谢谢。"柏寒知似乎对她总把"谢谢"两个字挂在嘴边的行为很不满，但面上还是那副散漫的样子，耸了耸肩膀道，"或许你可以试着把这些当成是理所当然的事情。比如，我送你东西，或者……我来见你。"

柏寒知今晚说的话，一句比一句暧昧，一句比一句直白，给足了杨岁幻想的空间，让她期待，让她产生错觉。

这真的是柏寒知吗？

现在这一切都是真实发生的吗？

杨岁呆呆地盯着柏寒知，好半天都没有回过神来，像是灵魂出窍了一般。

柏寒知倒也没为难她，不回答就不回答吧。他抬了抬下巴："回去吧，太晚了。"

杨岁愣愣地"啊"了一声，机械地迈步："那……晚安。"

"晚安。"柏寒知说。

杨岁走几步就回一下头，看到柏寒知还站在原地，便立马惊慌失措地转过身，生怕他会看穿她的恋恋不舍。

走到宿舍楼门口时，她刚巧撞上一对情侣依依惜别，拥抱了好一会儿才松开，女生果断走进宿舍楼："我上去了。"

声音很熟悉，是周语珊。

杨岁看了过去，与周语珊打了个照面。

"岁。"周语珊看见杨岁怀里抱着的玫瑰花，一脸惊讶，"谁送你的花呀？"说着，还往她身后张望了一番，似乎在搜寻送花之人。

杨岁不好意思回头看，她不知道柏寒知有没有走，怕柏寒知听见，拉着周语珊小跑着上了楼，这才松开她的手。

"啊！"周语珊见杨岁这娇羞的样子，瞬间明白过来，"柏寒知送的吧？"

杨岁还没说话，周语珊就又叹了一口气："也只有他送，你才会接受，就算冒着花粉过敏的风险，也绝对不会拒绝。你可真是豁出去了。"

花香四溢，还在鼻尖萦绕。

是呀，杨岁花粉过敏。刚刚卖花给他们的那两位室友不知道，柏寒知也同样不知道。

但这是柏寒知送的花。如周语珊所言，她根本就没办法拒绝，不舍得。

接受了花的代价，就是花粉过敏。

没多久，杨岁就有了过敏反应，先是喷嚏打个不停，之后皮肤上便出现了一大片一大片的红疹，身上倒还好，脸和脖子那才叫一个惨不忍睹。

已经四月份了，学校的海棠花正是开得最盛的时候，杨岁怕海棠花开时她会过敏，所以早就准备好了过敏药，没想到这时用上了。

吃了药，虽然不痒了，脸上和脖子上的红疹却还是没能消下去。第二天去上课，杨岁只能戴口罩出门。

这天没有金融专业的课程，她没理由去见柏寒知了，虽然有点儿失落，但又有点儿庆幸，就自己这红烧大虾的丑样，也属实不好意思去见柏寒知。

上午全是专业课，在实验室待了一上午，吃了午饭，杨岁没有回宿舍午休，而是去了图书馆。

周五有理论小测，这段时间她都在忙着练舞和练习游戏技术，没怎么好好复习，得挤出点儿时间来学习了。

即便只是一个简简单单的随堂小测，也是会计入平时成绩的，到时候会影响到期末成绩，杨岁不能不重视。

中午图书馆的人不算多，杨岁还是习惯性地找了个偏僻的地方坐下，然后埋头学习。

图书馆里很安静，除了偶尔传来的微弱的脚步声，就只有笔尖落在纸上的沙沙声。

"咚咚。"

一只白皙修长的手闯入她的视线，屈起手指轻敲了两下桌面，小指上的一抹金色闪过，轻而易举就将杨岁全部的注意力牵引了过去。

杨岁抬起头，看到了站在自己面前的柏寒知。

他戴着无框眼镜，镜片之下的双眼似乎被放大了些，她能清晰地看见他微垂的睫毛，那样浓密。他幽深的眸底晕染开淡淡的笑意，神情看上去懒懒的。

"这儿有人吗？"他指了指她旁边的空位，压低声音问。

杨岁用力摇了摇头。

一看到柏寒知，她就想到了昨晚的一幕幕，那种蠢蠢欲动，心猿意马的感觉再一次卷土重来，她再也镇定不下来。

她看他一眼便习惯性地埋头，眼睛盯着书上的试题，却是一个字都看不进去了。

柏寒知轻轻拉开旁边的椅子，坐了下来。

他坐下时撩起一阵风，他身上淡雅的青柏香随之飘散过来。

她心不在焉地弹着笔帽上的挂钩来掩饰自己的紧张。

柏寒知将手里的几本书顺势往桌上一放，低声问："怎么不回我消息？"

他的语气平淡，听不出一丁点儿的质问意味，就像是在漫不经心地询问今天天气怎么样。然而，杨岁的反应却有些大："你给我发消息了？"

她的声音不算大，但在这种安静的环境里显得分外突兀。周围有人投来不满的目光，杨岁尴尬地捂了一下嘴，往桌上一趴。

她趴在桌上，侧过头看着柏寒知，放轻声音解释："我没带手机。我来图书馆一般都不带手机。"

她脸上戴着口罩，声音本来就小，被口罩一挡，更是瓮声瓮气的，听不清楚在嘟囔什么。

柏寒知下意识地弯腰，朝她靠了过去。

二人的距离忽然拉近，他的气息扑面而来。

他特意将耳朵贴近她的嘴唇，耐心地问道："你说什么？"

如此暧昧的距离，杨岁看清他微微收缩的瞳孔里面有她小小的身影。

今天他穿着一件简单的白色衬衫，扣子没有死板地全扣上，而是松开了一两颗，凹陷的锁骨窝和明显的喉结形成了强烈的视觉冲击，干净的白衬衫下，藏着一具性感的成熟男人的躯体。

杨岁屏住了呼吸，舔了舔唇。

通过这段时间的相处，按理说，他们已经很熟了，可是只要他一靠近，或者投来一个眼神，杨岁依然会手足无措，无力招架。

她暗自吞了吞唾沫道："我说我没带手机。为了提高学习效率，我来图书馆都不带手机的。"

犹豫了两秒，她又补了一句："上次你问我要微信，我就是来图书馆才没带手机的。"

明白了来龙去脉后，柏寒知没多说什么，只懒洋洋地点了点头。过了一会儿，他的嘴角渐渐上扬，带着意味不明的笑："嗯，知道了，以后联系不到你，就来图书馆找你？"

杨岁仔细观察着他的神情，见他不像是生气的样子，这才松了一口气，轻声问："你给我发了什么消息？"

"没什么。"柏寒知说。

他中午给杨岁发消息，想问问她晚上还会不会去网吧，他正好可以教她打游戏。可是她一直没有回。

回公寓之前，他想着来图书馆借两本书回去看，随意转了一圈，结果看到了正在奋笔疾书的杨岁。

既然她忙着学习，就不拿游戏来分她的心了吧。

话说完，他也没有退开，继续保持着那么近的距离，目光还直勾勾地落在杨岁脸上，似乎并不觉得这有什么不妥。即便她戴了口罩，额头和脖子上的红疹还是清晰可见。虽然已经消退了不少，但她皮肤白嫩，稍微一点儿痕迹看上去都很严重。

柏寒知几不可察地蹙了一下眉："你花粉过敏？"

这一看就是过敏反应。昨晚他刚好给她送了玫瑰花，第二天她就成这样了，不是花粉过敏是什么？

"嗯……"

杨岁没料到柏寒知居然一眼就看穿了，她连狡辩的余地都没有。解释和掩饰都是多余的，她干脆不费那个功夫。

柏寒知眉心拢起："你怎么不告诉我？"

"我……呃……"

杨岁无言以对。

难不成直截了当地告诉他，因为是他送她的？

她说不出口。

柏寒知原本半扬的嘴角，此时已经绷直了，彰显着他的不悦。看她这吞吞吐吐的样子，他更是气不打一处来："你能不能改改你这不懂拒绝的毛病？"

柏·小心眼·寒知翻起了旧账："就像上次，你那学长说要坐你旁边，你就让他坐你旁边。你不知道拒绝？"

顾及现在是在图书馆，即便生气，他也还是压低了声音，几乎是在与她耳语。

低沉的声线萦绕在耳边，他呼出的气息拂上她的颈窝，那悠悠的青柏香钻入她的鼻息。

明明语气不悦，却又像极了温柔的蛊惑，杨岁被蛊惑了，脱口而出："你们又不一样。"

她永远都拒绝不了柏寒知。

柏寒知一顿，继而试探道："哪儿不一样？"

杨岁毫不犹豫道："哪儿都不一样！"

柏寒知没说话了，缄默地看着她。

杨岁眼皮一跳，这才意识到自己说错了话，连忙欲盖弥彰地解释："不是……我的意思是，我跟他不熟。"

她也不知道自己在说些什么，语无伦次，毫无逻辑。

柏寒知找到了切入口，顺着她的话问："那意思就是，我跟你很熟？"

杨岁哑口无言。

感觉她现在说什么都不对。

不过，这一次，她能看出来，柏寒知的神色似乎在渐渐由阴转晴。

他伸出手轻轻地捏住她的下颌，微微往上一抬，另一只手去钩她的口罩边缘，想看看她的脸。

他指腹的那点儿温度似乎传到了脸上，杨岁的脸轰然一热，就在口罩快要被摘下时，她忙不迭往后一躲。

意识到自己刚才确实有些冒犯，柏寒知暗自懊恼，收回手道："抱歉。"

杨岁摇摇头。

她只是不想让柏寒知看到她的丑样子而已。

"擦药了没？"柏寒知问。

杨岁摇摇头，又立马说道："我已经吃过过敏药了。"

怕柏寒知多想，杨岁说："学校到处都是海棠花，其实我早就有一点儿过敏了，不是因为你送的……"

看见柏寒知那一言难尽的表情，杨岁就知道自己这一番话有些多余了。

杨岁知道自己嘴笨，索性老老实实闭上嘴，不说话了。

柏寒知也没有说话，他往后退了一点儿，二人的距离拉开。

他随手翻开了面前的书，另一只手从裤兜里摸出手机，手指有一下没一下地在屏幕上点着。

杨岁坐直身体，垂着头，也翻了一页书。

柏寒知坐在她身边，她根本集中不了注意力。她闭上眼睛，深呼吸了好几次，这才强迫自己专注起来，全身心投入学习当中。

她看着书上的一道化学题，在草稿纸上列出公式。

柏寒知玩了一会儿手机，随后就将手机放进了包里，漫不经心地看起了书。

过了十来分钟，感受到手机的振动，他摸出来看了一眼，是个陌生号码。

他瞥了一眼旁边的杨岁，看到杨岁在认真学习，不想打扰她，于是拿着手机轻手轻脚地站起身，悄然离开。

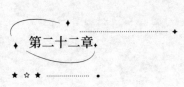

第二十二章

　　柏寒知一起身，杨岁立马有所察觉，抬头看过去，只看到了柏寒知的背影。

　　他就这么走了吗……

　　杨岁沮丧地趴到桌子上，看到了柏寒知留在桌上的双肩包和书，心下一喜，立马来了精神。

　　他应该没走吧？或许是去找书了？

　　这么一想，杨岁时不时就要左右张望一番，看看柏寒知回来没有。

　　不知道是第几次东张西望时，柏寒知的身影终于出现在她视线中，他手里提着一个小袋子。

　　杨岁怕柏寒知发现，立马回过头来，装出在认真做题的模样。

　　柏寒知走过来坐下，将袋子放到她面前，低声叮嘱："药膏，一天三次，按时擦。"

　　杨岁看了一眼，透明袋子上是一家药店的名字，里面装着一个长方形的小盒子。

　　"你刚才出去买的吗？"杨岁不敢置信地问。

柏寒知出去没几分钟，不可能这么快就买一盒药膏回来吧？

"不是。"柏寒知说，"点了个外卖。"

"哦。"

原来刚才他拿着手机是在买药，杨岁压下满心的欢喜，将袋子接了过来："谢谢。"

柏寒知嘴边扬起笑意，看上去很无奈。他不厌其烦地强调："这是第二次提醒你，不要跟我说谢谢。"

杨岁单手托着下巴，掩住笑意："哦。"

她重新握笔做题。

柏寒知手里捧着书，注意力却不在书上，他微微侧眸，不动声色地凝视着杨岁。

她正在做一道化学题，神情专注而肃穆，似乎是遇到了什么困难。托腮思考了没几秒钟，她好像就有了思路，在草稿本上迅速列出一套公式。

草稿纸上写满了各种烦琐的公式，密密麻麻一大片。

柏寒知的目光不由自主地落在了草稿纸上，盯着她的字看。

杨岁写字的速度很快，但奇怪的是，她的字并不潦草，也不像别人的字那样龙飞凤舞，而是工工整整、规规矩矩的。即便是打草稿，每一笔、每一画依旧写得很认真。

看着杨岁的字，他有一种熟悉感，脑海中迅速闪过一些模糊的画面，快得来不及捕捉。

过了半个小时左右，杨岁看了一眼手表，这才将笔帽合上。

"完事了？"柏寒知问。

杨岁摇了一下头，边说边收拾书本："还没有，我三点有课。"

柏寒知顺势合上手中的书："我也有，走吧。"

"好。"

杨岁把书放进帆布包，无意间将放在旁边的药袋子碰掉了，她连忙弯下腰去捡。

柏寒知站起身，目光落在桌上还没来得及被杨岁收走的草稿纸上，他犹豫了一秒，最终还是在杨岁起身之前，悄悄地将草稿纸拿了过来，对折了一下，夹进书里。

杨岁捡起了药袋子，十分怜惜地拍了拍上面的灰，然后装进了包里。

"我们走吧。"她朝柏寒知笑，丝毫没有发现她少了一张草稿纸。

下午下了课，柏寒知并没有回他的公寓，而是开车回了家。

他连将车子开进车库的耐心都没有，火也没熄，直接停在花园就下了车，大步流星地走进别墅。

柏振兴不在家。

静姨正坐在沙发上择菜，看到柏寒知突然回来了，惊喜地站起身："寒知回来了呀？"

"嗯。"柏寒知心不在焉地应了一声，匆忙跑上楼。

他的房间隔壁是属于他的书房，他径直走进去。

许久没有回来过，偌大的书房仍旧一尘不染。四壁都是书架，还有一把专门用来找书的矮梯摆在角落。

柏寒知漫无目的地搜寻了一番，没有找到自己要找的东西，又走出去，站在楼梯口对着楼下喊了一声："静姨，您知道我高中的书收在哪儿了吗？"

静姨回想了一下，说："哦，在你书桌后面第三个柜子里。"

柏寒知又折回去，走到书桌后第三柜子前，打开柜门，里面果然堆着一大摞高中的教材。

他将它们全都拿了出来，筛选出高二的书，一本一本地翻。

不知道翻到第几本，他终于在一本化学书中找到了一张字条。

字条已经泛黄，但字迹仍旧清晰。他拿出今天从杨岁那里"偷"来的草稿纸，将它们合在一起对比。

　　一模一样的字迹。

　　纸条上写着："很抱歉打扰了你，今天是我的生日，如果你收下，我真的会很开心。"

　　桌上亮着一盏复古台灯，柏寒知靠坐在桌边，昏黄的灯光下，柏寒知紧盯着两张纸上的字迹，眸底情绪翻涌。

　　良久，他唇边溢出一声轻笑。真的是她呀。

　　"杨岁。"柏寒知用手指轻轻地弹了一下字条，无奈地笑道，"你这个胆小鬼。"

　　周日可以去拿陶艺成品，二人到底还是约好一起去拿。

　　这个周末，杨溢都没有出去找朋友玩。知道柏寒知要来接杨岁，他吵着闹着也要跟着去，嘴上说是去拿他自己的杯子，实际上就是想坐柏寒知的车。

　　头一天晚上，他就给柏寒知发消息，问柏寒知要开什么车。柏寒知问他想坐什么车，他还真的思考了很久，颇有一种皇帝去后宫宠幸妃子的架势，最后跟柏寒知说他想坐一下 Porsche（保时捷）。

　　这种让杨岁听到只会大打出手的无理要求，柏寒知居然很爽快地答应了，回了句"好"。

　　周日这天，杨岁一大早就起床了。她先是围着河堤跑了几圈，跑了四十分钟后回家吃早饭，洗澡。她前一天晚上就已经把要穿的衣服搭配好了，换好衣服，又化了个很淡的妆。

　　杨岁并不是"浓颜系"的长相，再加上不太会化妆，看了无数个化妆教程，脑子是学会了，可手学不会，最后就只搽个粉底液，刷了点儿睫毛膏，涂了点儿口红。

化好妆之后，杨岁急匆匆下楼去帮忙。

杨万强在揉面，朱玲娟在和馅儿。杨岁一下楼就走进厨房找了条围裙系上，这是她新买的衣服，可不能还没出门就弄脏了。

杨岁从朱玲娟身旁走过，淡淡的柑橘香飘了过去。

"岁宝。"朱玲娟撞了撞杨岁的肩膀，"你买新香水啦？给妈也喷喷？"

朱玲娟虽然嗓门儿大，看上去是一个很壮实的中年妇女，实际上内心非常少女，也很臭美，经常蹭杨岁的化妆品。

除了朱玲娟唠叨的时候，母女俩大多数时候都是像好姐妹一样相处的。

"好哇。"杨岁笑起来，眼睛细细长长，像小月牙儿，"在化妆桌上，你忙完去拿吧。"

"还是闺女好。"朱玲娟往杨岁身上靠了靠。

杨万强瞥了她一眼："多大年纪了还喷香水，走出去让人笑话。你买瓶六神花露水喷喷还差不多。"

朱玲娟的两只眼睛立马瞪得圆溜溜的，呛回去道："你管得着吗你！老娘独立女性，取悦我自己！谁敢笑话我，我直接请他吃大嘴巴子！说的就是你，杨万强！"

杨万强表情浮夸，挑衅道："哟，可了不得。"

他抬起胳膊，用沾着面粉的手指了指杨岁，提醒朱玲娟："你别往闺女身上靠了，脸上油光满面，别把咱闺女那么好看的衣裳给蹭脏了！"

闻言，朱玲娟还真像煞有介事地往杨岁身上看了看，生怕自己把杨岁的衣服蹭脏了，毕竟她一天到晚在厨房里转，身上难免会有油烟。

"岁宝，打扮得这么漂亮，又是化妆又是喷香水的，佳人相约呀？"朱玲娟仔细看了看杨岁的打扮，朝杨岁挤眉弄眼道，"给妈找女婿啦？"

杨岁的朋友其实挺少的，也就那几个室友，平时放假也很少约，而且她也不经常化妆，突然打扮得这么光鲜亮丽，很难不让人怀疑。

杨岁心头一跳，不好意思直视朱玲娟，尴尬地咳了一声："不是……就是跟普通同学出去拿个东西。"

朱玲娟本来只是随口一问，没想到杨岁的反应这么大，"普通同学"从她口中说出来颇有一种欲盖弥彰的意味，一点儿都不"普通"了。

"哦，普通同学！"朱玲娟意味深长地重复。

杨岁尴尬得无以复加，索性一句话也不说了，走出厨房，去外面收拾桌子。

朱晓玲和好了馅儿，开始包包子。她的速度很快，几秒钟就能包好一个，一边包一边往门口看，有客人来就立马招呼客人。

杨岁刚收好一张桌子的碗筷，放进后厨的水槽，接了水。

即便现在天气暖和，可杨岁的生理期快到了，应该就是这两天的事了，她不敢碰凉水，于是戴上了橡胶手套洗碗。

就在这时，外面传来了朱玲娟欢天喜地的声音。她扯着嗓子笑呵呵地说："哎呀，妈呀，小帅哥！好久没见了！我还以为你不会再来了呢！"

"阿姨好。"

一道低沉的、夹杂着温和笑意的嗓音响起。

柏寒知来了。

杨岁洗碗的动作一顿。

"好好好，阿姨看到你之后就哪儿都变好了，哈哈哈。谁不喜欢帅哥呢？这么久没见，你又变帅了！"朱玲娟笑得简直像动画片里的巫婆，好似下一秒就能扑过去将柏寒知给生吞活剥了。

杨岁尴尬不已。

"哎，我上次跟你说我闺女跟你是高中同学对吧？今儿我闺女正巧在呢，我把她叫出来。我看你上次那反应，应该是忘了她。我闺女现在可漂亮……"

杨岁生无可恋，将碗一放，急忙跑出去喊了一声："妈！"

真的太让人尴尬了！有时候太热情，太亲切也是一种困扰，尤其朱玲娟面对的还是柏寒知。

"哎，我闺女来了。"朱玲娟朝柏寒知指了指，对杨岁说，"岁宝，看，这就是妈上次说的那个小帅哥。那次你不是回来晚了，没见着吗？你之前还说人家出国了呢。"

再多爆点儿料，求你了，老母亲！

柏寒知就站在门口，穿着海洋蓝的牛仔衬衫，里面搭了件简单的白T恤，身形颀长，金发耀眼。他出现的那一刻，简陋的包子铺登时有种蓬荜生辉的感觉。

他看向杨岁，嘴角微勾，懒懒地笑道："早。"

杨岁只跟他对视了一眼便转移了视线，她目光飘忽，轻声回道："早。"

朱玲娟可是人精，怎么可能察觉不到二人之间的不对劲？即便只是寻常的问候，她也觉察到了夹杂在其中的那种说不清道不明的微妙情感。

"哎哟，搞了半天，我闺女说的'普通同学'就是你呀，小帅哥。我就说嘛，你们见了面肯定就能记起来！"朱玲娟的脑子转得飞快，刻意加重了"普通同学"这四个字的发音。

"你别洗碗了，别把衣服弄脏了，你们俩该约会约会去。"朱玲娟催促。

杨岁太无语了。她下意识地瞥了一眼柏寒知，发现柏寒知幽深的目光并未偏移半分，一直紧盯着她。她脸上莫名一臊，磕磕巴巴地解释："不是……约会，我们就是去拿杯子，杨溢也跟我们一起的……"

话音未落，杨溢跑了出来，咋咋呼呼道："柏哥！"

他的热情程度比朱玲娟更甚，直接扑进了柏寒知的怀里，抱着他的腰道："柏哥！柏哥！你来了！可想死我了！"

杨溢扑过来的力道很大，直接撞得柏寒知往后退了一两步才稳住身形。

杨岁没眼直视杨溢的丢人行为。柏寒知目测身高在一米九左右，杨溢在同龄人里已经不算矮了，这会儿穿着小熊睡衣抱着柏寒知，活像一只刚孵化出来的小鸡崽子，哦，不，应该说是一只让人恨不得一下拍死的小跳蚤。

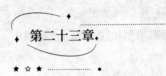

第二十三章

　　"杨溢，能不能有点儿礼貌？！"杨岁走过去，一把揪住杨溢的睡衣领子往后面一拽，成功解救出柏寒知。

　　"不好意思，他早上睡醒以后有点儿人来疯。"杨岁朝柏寒知扯了扯嘴角，强颜欢笑。

　　柏寒知不以为意地耸了耸肩："没事。"

　　她的手上戴着橡胶手套，手套上还残留着泡沫和水渍。她愤愤地瞪了一眼杨溢，当下起了捉弄的心思，下一刻立马执行，用湿漉漉的手对着杨溢的脑瓜子就是一通报复性地乱揉："你到底去不去了？还不快去换衣服！我们可不等你！"

　　可恶！居然敢抱柏寒知！

　　她都没有跟柏寒知那么亲密过！

　　可恶！可恶！可恶！

　　"我去！我去！"杨溢点头如捣蒜。

　　"你个小兔崽子，大人去约会，你凑什么热闹！"朱玲娟皱起眉呵斥道，"作业写完了吗？不准去！"

　　杨溢生怕朱玲娟不让他去，转身就往楼上跑："我早就写完了！我就是要去！"

杨溢一走，杨岁也匆忙走去了后厨，将围裙和手套摘了下来，然后上楼，跑进房间，对着全身镜照了照。确定脸上的妆容完好无损之后，又补了一点儿唇釉，这才背上包，走出房间。

杨溢迅速换好了衣服，还特意戴上了杨岁给他新买的渔夫帽，搭配工装裤，一身嘻哈风，走路跩得跟二五八万似的。

走出房间时，他与杨岁打了个照面。

"姐，看我这身，酷毙了吧！"杨溢倚着门框，扬着下巴，做作地摆着 pose（姿势）。

杨岁翻了个白眼："丑爆了。"

杨溢"哼"了一声，非常不屑，依旧自信放光芒。但他话锋一转，又用一副甘拜下风的口吻说："当然，在姐夫面前，我甘愿当个老二。"

"我看你是个老六。"杨岁将网络热词活学活用。

两人下了楼，朱玲娟还在碎碎念个不停，扒拉着柏寒知套近乎。

正如她所说，谁不喜欢帅哥呢？

"小帅哥，你身上什么味呀？咋这么好闻呢？什么牌子的香水？我回头让我闺女也买一瓶来喷喷。"

"不是香水。"柏寒知温和地说道，依旧保持着谦逊有礼的姿态，"是熨衣水。如果您喜欢，下次我给您带来。"

杨万强实在是看不下去了，嫌弃得很："你知不知道害臊？！多大年纪了，臭美什么！赶紧回来干活儿，别丢人现眼了！"

原本眉开眼笑的朱玲娟听到杨万强的话后，脸瞬间一垮，回过头就是一记杀气满满的眼刀："你再跟我横一个！又老又丑的玩意儿！"

"不丑点儿怎么配你？"杨万强毫不示弱。

"嘿，你这老东西，反了你了！"

朱玲娟撸了撸袖子，冲进厨房。

夫妻俩像一对活宝，几乎每天都要上演一出相爱相杀的大戏，惹得客人直发笑。

柏寒知也不例外，忍不住笑了一声。

杨岁已经快被朱玲娟和杨溢的一次次"骚操作"搞得无地自容了。

万一柏寒知真的被吓跑了，除了杨溢，那必定也少不了朱玲娟的功劳。

"妈，我们走了。"

杨岁生怕朱玲娟又出来拉着柏寒知闲聊，一溜儿小跑过去，抓住柏寒知的胳膊，火速逃离现场。

杨溢也跟在他们身后跑了出来。

等跑出了一段距离后，她才意识到自己刚才的举动太大胆，连忙松开了柏寒知的手。

"不好意思，我妈这个人……性格吧，就是有点儿过分热情。"她低着头，手握成拳，感受着手心里遗留的他的体温。

"看得出来。"柏寒知走在她身侧，两人中间隔了一段距离，一辆电瓶车从身旁驶过，柏寒知将杨岁往身边拉了一点儿，躲开车辆，随后和她调换位置，自己走到外面，"你们家的家庭氛围很好，我还挺羡慕的。"

"啊？"杨岁不敢置信。

这真的不是在说客套话吗？

"不过，"柏寒知侧眸看过去，半挑起眉，"你说我们是普通同学？"

明明是那样平淡的语调，从他嘴里说出来，却又那般耐人寻味。

"呃……"杨岁莫名有些心慌，眼睫轻颤，"难道不是吗？"

柏寒知只是笑，什么都没有说。

柏寒知还真的满足了杨溢的要求，开了一辆保时捷来接他们。

杨溢兴奋得手舞足蹈，越发像一只小跳蚤。他拿着手机在车上不停地自拍，甚至还大胆地拍了一张柏寒知开车的照片，刻意露出了方向盘上的车标，耍帅属性暴露无余。

到了商场，在去陶艺馆的路上，杨岁忽然感觉到下身涌出来一股暖流，吓得她还以为例假来了，赶紧找了个借口跑去了厕所。

洗手间正巧就在手扶电梯前，柏寒知和杨溢就站在手扶电梯旁的栏杆处等杨岁。

杨溢准备将刚才的自拍发一条说说，正一本正经地编辑着文字内容："上次坐了姐夫的 Lamborghini，今天坐了姐夫的 Porsche，下次该坐姐夫的什么车呢？得好好想想。我可真是全世界最幸福的小舅子。"

虽然一口一个"姐夫"地叫，但是他并不敢光明正大地发，最后还不忘屏蔽柏寒知。

殊不知，站在一旁的柏寒知早已将他这一系列的骚操作尽收眼底。

长得高还是有好处的，就比如现在。杨溢站在他身旁，即便有意避着他，他只要稍微一低头，就能将他手机上编辑的内容看得一清二楚。

柏寒知抿了一下唇，偏头看向别处，忍住笑意。

他吞了吞唾沫，调整好面部表情后，转过身子靠着栏杆，胳膊搭在扶手上，姿态慵懒闲散。

"杨溢。"他开口。

杨溢发了说说，迅速将手机锁屏，抬头看向柏寒知："咋了，柏哥？"

"你知道你姐喜欢的人是谁吗？"柏寒知开门见山地问。

"啊……"杨溢没料到柏寒知会突然问这个问题，他虽然总是嘴上跑火车，可杨岁毕竟是他姐呀，在没得到杨岁的同意前，他是绝对不能出卖他姐的！

"她有喜欢的人吗？这个……我也不太清楚。"

柏寒知挑起眉，似笑非笑。

果然是姐弟，两人撒起谎来，表情都是一样的。

"你要是告诉我，我就帮你打上荣耀。"柏寒知提出条件，"还送你所有英雄的全套皮肤。"

"你！你！你！我姐喜欢的人是你呀，姐夫！"

杨溢脱口而出，都急不可耐地直接叫姐夫了。

柏寒知闷笑一声，眼里闪过一丝得逞的笑意，非常满意地打了个响指。

漂亮。

幸好是虚惊一场，还没有来例假，不过，有要来的征兆了。

杨岁洗了个手，走出洗手间，一眼就看到了靠在栏杆上的柏寒知和杨溢。杨溢正拿着手机，紧靠在柏寒知身旁，时不时把手机递到柏寒知面前，兴奋不已地跟他说着什么，眼睛里的光都快赶上迪迦奥特曼了，锃亮锃亮的，笑得嘴角都咧到了后脑勺。

柏寒知则神色自若，闲散地靠着栏杆。他微微侧着头，眼睫低垂，五官立体，脸部线条清晰流畅，脖颈修长，说话时，喉结上下滚动，有一种莫名的禁欲感。

朝他们走过去的这一会儿工夫，杨岁已经看到有两三个小女生跑过去跟柏寒知搭讪要联系方式了，但都被柏寒知礼貌地拒绝了。

到最后一个时，柏寒知还没什么反应，一旁的杨溢倒像是受不了了似的，霸道地往柏寒知身前一挡，两手叉腰："这是我姐夫！有没有眼力见儿！美女，我还单身，加我可以，想加我姐夫，先过我这关！"

杨岁一听杨溢叫柏寒知姐夫，吓得差点儿没跳起来。她加快脚步走过去，提前抬起胳膊，准备照着杨溢的后脑勺就是一巴掌，结果柏寒知似乎察觉到了她的靠近，朝她看了过来。

他的目光炙热，深沉，却也带着点儿玩味。

他盯着她，话却是对搭讪他的女生说的："我女朋友来了。"一边说，一边抬下巴示意杨岁的方向。

女生顺着他指的方向看了过来，看到杨岁之后，嘬嘬嘴，失落地走了。

倒是杨岁，听到柏寒知说的这句话后，脚步猛然一顿，半扬起来的胳膊硬生生僵在了半空中。

她错愕不已，不敢置信，大脑一片空白。

就连杨溢都大为震惊，没料到柏寒知居然会如此语出惊人。

知道了杨岁喜欢的人是他之后，就这么直接了吗？

他默默地给柏寒知点个赞，高兴得快要找不着北了。

稳了！这次真的稳了！这个姐夫他叫定了！

"姐夫，这皮肤真帅呀。"

杨溢当着杨岁的面叫柏寒知姐夫，让杨岁又羞臊又尴尬。

杨溢都不知道害臊的吗？

她径直朝着杨溢走了过去，完成刚才就准备做的事，抬高了胳膊一巴掌拍上杨溢的脑瓜子，教训道："你胡说什么呢？！"

杨溢脑袋上的渔夫帽都被打歪了，幸好他反应快，抓住了，不然就直接飞出去了。

杨溢往柏寒知身后躲了一下，嘴里嘟嘟囔囔的，不知道在说什么。

现在姐夫就是他所有的底气和最坚强的后盾。

"走吧。"

柏寒知虚拍了一下杨岁的肩膀，缓和气氛。

杨岁不好意思看柏寒知，她对他的触碰敏感极了，那一半肩膀仿佛过了电。

"嗯。"杨岁闷声应了一下。

周遭十分喧闹，杨岁和柏寒知却格外安静，两人沉默了一路。

杨岁满脑子都是柏寒知刚才的那一句"我女朋友来了"。

"刚刚我说你是我女朋友，你介意吗？"

柏寒知低沉的嗓音在她耳畔响起，准确无误地敲在她心上最敏感的那块地方。

"啊？"杨岁反应有些过激，看了一眼柏寒知之后，又迅速低下头。她神色慌张地摸了摸脖子，瓮声瓮气地说，"没……不介意。"

说完又觉得有点儿不对劲，心思太明显了。于是，她又笑着补了一句："刚才情况特殊嘛。当一下挡箭牌，我能理解的。"

柏寒知侧眸看了她两秒，说："我没有拿你当挡箭牌。"

杨岁觉得自己的肾上腺素迅速飙升，直接爆表了，脑子嗡地响了一下。

她难以置信地看着柏寒知："什么？"

柏寒知眼里透着浅浅的笑意，意味深长地看着她，笑而不语。

杨岁实在招架不住他的眼神，脸烧了起来，率先败下阵来，别开了视线。

柏寒知没有正面回答，杨岁也不好意思再问，只能自己一个人浮想联翩。

她一路都在胡思乱想，直到抵达陶艺馆。

报了名字和电话号码后，陶艺老师将他们做的杯子拿了出来。此时杯子已经装进包装盒里了。

柏寒知显然对自己的杯子做成什么样一点儿都不关心，连看都没有看一眼。

只有杨岁一个人兴奋不已地打开盒子查看。

她的杯子的颜色是很浅的粉白色，上面有各种各样的可爱图案。原本刚画上去时，她还觉得自己画得丑呢，烧制出来之后竟然出乎意料地好看。

丑萌丑萌的。

"你看，是不是很可爱？"杨岁像展示战利品一样，将杯子在柏寒知面前晃了晃。

柏寒知伸出手："我看看。"

杨岁下意识地将杯子递过去，放在他手上。

柏寒知骨节分明的手握住杯身打量着，随手翻转了一下。

杨岁冷不丁看到了杯底的那句"岁寒知松柏"，吓得呼吸一窒。她几乎是出于本能的反应，飞快伸出手，将杯子抢了回来。

柏寒知不明所以："怎么了？"

第二十四章

　　杨岁表情僵硬，却还要强颜欢笑："嗯……就是，我觉得吧，没什么好看的，哈哈。"

　　她一边说一边将杯子放进盒子里。

　　本来柏寒知没觉得有什么不对劲，可杨岁的反应这么大，柏寒知不由得多看了几眼被她匆忙塞回包装盒的杯子，眸色渐深，若有所思。

　　"我们走吧。"杨岁强装镇定，提起她和杨溢的袋子，指了指外面。

　　"嗯。"柏寒知提起自己的袋子，随后很自然地接过杨岁手中的两个袋子，一并提在手上。

　　这随随便便的一个举动，却让杨岁胡思乱想起来。

　　她闭了闭眼睛，给自己洗脑：柏寒知就是出于绅士精神，绅士精神！千万不要自作多情啊，杨岁！清醒一点儿！

　　走到一半，杨岁下意识地回头望了一眼，发现杨溢还两耳不闻窗外事似的，站在陶艺馆里聚精会神地玩手机。

　　"杨溢。"杨岁叫了他一声。

杨溢如梦初醒："来了，来了。"

杨岁皱了皱眉，不满地说道："走路就好好走路，能不能不玩手机了？"

杨溢头也不抬："马上好了，马上好了。"

柏寒知抬起手腕看了一眼手表，提议道："时间还早，去看个电影？"

上次原本说要看电影的，结果临时起意去做陶艺了，就没看成，这一次正好补回来。

"可以呀。"杨岁没意见。相反，她心里头还在窃喜，恨不得能跟柏寒知多待一会儿。

她刚准备拿出手机看电影票，柏寒知已经先她一步点进了买电影票的小程序，将手机递给她："想看什么？"

杨岁接过他的手机，翻了翻最新上映的电影。

恰好有一部科幻片。

男孩子都喜欢这种吧？不会觉得无聊。

"就这个科幻片吧。"杨岁将手机还给柏寒知。

柏寒知说："好。"

"我来买，我来买。"杨岁摸出自己的手机，着急忙慌地点开小程序。

上次出来，吃饭是柏寒知出的钱，就连做陶艺都是柏寒知出的钱，杨岁实在是不好意思再让柏寒知花钱了。连个电影票都要别人买，这也太说不过去了。

柏寒知："我已经买好了。"

他向杨岁展示了一下手机屏幕上的电影票条码。

杨岁实在是难为情，嘀咕了一句："我都说我来买了，你就不能给我一次机会吗……"

"那你应该没有机会了。"柏寒知垂眸睨着她，声音懒懒的。

这话实在太暧昧，杨岁有些不知所措。

杨岁将双手悄悄地握成拳，再一次给自己洗脑：电影票钱对柏寒知来说，估计都抵不上他一顿早饭钱吧？他这样的人肯定最不屑于让女生花钱。或许他对任何女生都说这句话，不光只是对她。

杨岁强迫自己冷静下来。

路过一家奶茶店时，柏寒知忽然停下脚步，转过头来问她："要喝什么？"

杨岁反应慢了半拍，摆了摆手："不用了。"

奶茶店也卖甜品，柏寒知指了指橱柜里的甜品，又问："蛋糕呢？喜欢什么口味的？"

杨岁强颜欢笑，再一次拒绝："真不用了……"

他突然这么热情，真的让她手足无措。

"选不出来吗？"柏寒知若有所思地挑了挑眉，随后走到点单区域，"你好，清单上的都要一份，谢谢。"

杨岁吓得花容失色，连忙追上去抓住他的胳膊，尴尬地朝工作人员笑了笑："不好意思……他开玩笑的。"

工作人员一脸蒙。

柏寒知一眼看穿了她的拘谨和不自在。她为什么一而再，再而三地拒绝，他也门儿清。

他不动声色地叹了一口气，舔了舔唇，无奈地笑了一下，轻轻拍了拍杨岁的脑袋："杨岁，你就不能适应一下吗？"

杨岁的脑子成了一团糨糊："啊？适应什么？"

"把这当成一件理所当然的事情。"柏寒知言简意赅地说，平淡的语气里透着霸道和强势，不厌其烦地再一次提醒她。

不用跟他说谢谢，不用跟他客气。

他为她做什么，都是天经地义。

杨岁的心跳彻底失控，内心波涛汹涌。

最后，柏寒知还是买了奶茶和蛋糕，根本就没有给杨岁拒绝的余地。

到了电影院，提前十分钟检票入场。

刚一入座，杨岁就感觉下身再一次涌出一股暖流。这一次，她突然有了一种很不好的预感。

该不会真的来例假了吧！

"我去趟洗手间。"杨岁轻声说。

柏寒知蹙了一下眉，心想，她怎么老是跑厕所？

他侧头朝她靠近了些："你是不是哪里不太舒服？要我陪你吗？"说完似乎觉得不妥，顿了顿，又补充道，"我在洗手间外面等你。"

杨岁眼皮一跳，心想，柏寒知今天该不会真吃错什么药了吧！去厕所他都要跟着？！

"不用，我很快回来。"杨岁宛如受惊的兔子，从包里拿了一包纸巾，急匆匆跑出了影厅，像是生怕柏寒知会跟上来似的。

柏寒知看着她落荒而逃的背影，失笑道："还真是个胆小鬼。"

电影还没开场，影厅里的人倒是不少，还陆陆续续有人进场。

杨溢坐在杨岁的旁边，杨岁走了，中间就空了一个座位。

杨溢看了一眼柏寒知，眼珠子转了转，闪过一丝精光，随后像小耗子一样溜到了杨岁的座位上坐下，附在柏寒知的耳边神秘兮兮地说："姐夫，有个东西，你肯定需要！"

柏寒知被勾起了好奇心："嗯？"

"我跟你讲，"杨溢一副老谋深算的样子，"我姐其实给你写过一封情书，就在家里放着呢。姐夫，你对我这么好，我可以帮你拿出来。"

真倒霉！例假还是来了。

而且这一次，不知道是怎么回事，量好像特别多。最可悲的是，她身上没有带卫生巾，只能多垫几张纸巾凑合。

弄好之后，她走出隔间，在水龙头前将纸巾打湿，将就着擦了擦手。

她不敢多碰凉水，不然等会儿肚子疼起来，她受不住。

杨岁的痛经有点儿严重。一开始还好，只是隐隐作痛，但读初中的时候，她体重飙升，人一胖，大夏天走几步路都喘，热得受不了，就老想吃冰棍。那会儿还抱着侥幸心理，觉得经期吃一根应该影响不大。

不作死就不会死，一次又一次的侥幸心理，让她付出了非常惨痛的代价，那就是宫寒。每一次来例假，肚子痛都能把她折磨得死去活来。初三有一次上体育课，她还痛得昏了过去。

后来朱玲娟就带着她看中医调理，泡脚、针灸、喝中药，能用的方法都用了，好在折腾了一番之后，还算有效果，痛经的情况好了许多，但也并不是一点儿感觉都没有了。每次来例假，杨岁都会在肚子上贴张暖宫贴，这样会好受许多。

然而现在，连"姨妈巾"都没有，更别提暖宫贴了。

她琢磨着，趁电影还没开始，她还有时间跑到楼下的沃尔玛去买包卫生巾，不然垫纸巾总让她特别没有安全感。

擦完手之后，她将湿纸巾扔进垃圾桶，又在洗手池边抽了几张擦手纸，将手上的水擦干。

突然，身后传来动静，隔间门被打开，高跟鞋踩在地板上发出清脆的声音，一个短发女生走到她身旁，微微俯下身子，将手伸到水龙头下洗手。

女生从镜子里打量了一番杨岁。

杨岁察觉到她的目光，下意识地掀起眼皮看了一眼镜子，从镜子中看到了女生的脸，挺普通的长相，但是一张娃娃脸化着不浓不淡的妆，看上去挺显小的。

两人在镜中对视上，杨岁觉得这个女生很眼熟，可一时半会儿又想不起是谁。

或许女生也这样觉得，所以才会这么明目张胆地打量着她，一副欲言又止的模样。

杨岁颇为尴尬，感受到了冒犯和不适，不过，她没有明说，扔了纸巾之后，一言不发地走出了洗手间。

没想到一走出去，就与柏寒知打了个照面。

他还真如他所说的，站在洗手间门口等她。

"怎么这么久？"柏寒知上前几步，停在她面前，微蹙着眉，"你是不是不舒服？"

说着，他还抬起胳膊，用手背轻触了一下她的额头。

好像在男生眼里，所有的不舒服都是发烧引起的。杨岁觉得又好笑又暖心，她低下头，抿了抿唇，掩饰道："没有，我没有不舒服。"

杨岁脸皮薄，不好意思告诉柏寒知她来例假的事，觉得太尴尬了。

这时，刚才的那个女生从洗手间里走了出来，看到柏寒知之后，她的眼睛瞬间一亮，惊艳的目光不停地在杨岁和柏寒知二人身上打转，表情那叫一个精彩。

随后，女生加快脚步朝影厅的方向跑去。

柏寒知并没有注意到从旁边跑过的女生，他的注意力全都在杨岁身上，目光不曾移开半分。他盯着她，再一次确认："你真没事？"

"真的。"杨岁重重地点头，"我们也赶快进去吧，电影马上开始了。"

卫生巾是买不成了，她只希望那几张单薄的纸巾能坚强一点儿，千万要撑住！

还没等走进影厅，只见刚才跑开的女生又折了回来，这一次不是一个人，她身边还有一个男生。

"哟，柏寒知，真是你呀！"

男生抬起胳膊朝柏寒知挥了两下，旁边的女生笑容羞赧，也挥了挥手，向他们打招呼。

杨岁看过去，这个男生……她认识，叫余盛洋，跟他们一个班的，是柏寒知的朋友。

"刚才书婷跑回来跟我说看见你跟一个美女在一块儿，我还以为她看错了呢，结果还真是你。"余盛洋走过来，伸出拳头虚虚地捶了一下柏寒知的肩膀，"可以啊你，跟你们校花出来约会，闷声干大事呀！"

柏寒知并没有解释二人之间的关系，也没有回应余盛洋的话，似乎默认"约会"这个说法了。

他侧头看向杨岁，向她介绍："这是余盛洋，高中跟我们一个班。"

"你好、你好，应该还记得我吧？"余盛洋笑呵呵地朝杨岁打招呼。

杨岁微笑着点头："你好，我记得。"

"我女朋友，也是咱们同班同学。"余盛洋拉了一下身旁女生的手，"魏书婷。"

一听到"魏书婷"这个名字，杨岁先是愣了一下，她仔细打量了一下魏书婷的脸，随后恍然大悟，难怪刚才觉得那么眼熟。

"你好。"杨岁落落大方道，"我是杨岁。"

"杨岁"这个名字对于他们班同学来说，绝对不陌生。谁都知道杨岁曾经是个一百七十斤的大胖子，如今居然摇身一变，成了江大公认的校花，现在还跟柏寒知这样的风云人物站在一起，任谁看了都会大吃一惊。

相较于余盛洋，魏书婷的反应格外大。当得知面前的美女是杨岁时，她震惊得好似瞳孔都放大了几分，一脸的错愕和难以置信。

可能在不知情的外人看来，魏书婷仅仅是惊讶于杨岁的改变，杨岁却心如明镜。

她们在整个高中时期都没有什么交集，可以说连话都没说过几次。准确地说，杨岁在班上没有朋友，她一直都是最默默无闻的存在。倒也不是女生刻意孤立她，只是那时候的她自卑得连跟人说话都会胆怯，生怕被别人嫌弃和反感。

杨岁记得，那是高考的前一天，那天放假。

要告别自己的青春时代，离开这个又爱又恨的母校，所有人都很不舍。大家都在黑板上写了留言，比如对自己的希冀，对他人的祝福和对老师们的感恩和不满。

其他人写完了之后，就收拾好自己的东西走了，杨岁留到了最后。

她拿起一截粉笔，走到黑板前。

黑板上全是五花八门的留言，杨岁犹豫了很久，最终还是选择在右下角一个极其不起眼的地方，写下了那句"岁寒知松柏"。

"柏"字刚落下最后一笔，有人忽然走进了教室，嘴里还哼着轻快的调子。

那一瞬间，杨岁的身体僵住了，手一抖，啪的一声，粉笔断裂，断的那一截落到了脚边。

杨岁像小偷被抓了个现行，心虚得无处遁形。她捏紧了手中的另一半粉笔，惊慌失措地跑回了座位，迅速收拾自己的书。

进来的人是魏书婷。

杨岁的字写得很小，似乎是刻意为之，怕被别人发现。其实不仔细看，是真的很难发现那句话的。

　　可魏书婷进来时刚好撞见杨岁在黑板上写留言，出于好奇，她下意识地看了一眼杨岁写留言的地方，看到了那一句不起眼的"岁寒知松柏"。

第二十五章

岁寒，然后知松柏之后凋也。

这句话出自《论语》，没有一点儿爱情色彩。可是合在一起时，又那么容易让人浮想联翩。

杨岁……

柏寒知……

再结合刚才杨岁惊慌失措的反应，魏书婷一下子就猜到了。

紧接着，杨岁听到了魏书婷不轻不重的笑声。

杨岁怀里抱着书，背着书包，落荒而逃。

等回过神来时，杨岁已经跑出了校门，累得满头大汗，气喘吁吁。急促的呼吸扯得胸口一阵阵钝痛。她松开捏了一路的拳头，粉笔已经被捏碎，散在手心。

就像是她那苟延残喘的自尊心。

"你们看的哪一场啊？"余盛洋问。

"九点四十那场。"柏寒知看了一眼手表，"电影开始了，我们先走了。"随后握住了杨岁的手腕，拉着她离开。

"哎,我们那场比你们结束得早。"余盛洋朝他们喊,"中午一块儿吃饭呀。"

柏寒知脚步未停,他没有急着答应,而是先征求杨岁的意见:"你想去吗?"

杨岁犹豫了一下,最后还是点了点头:"可以呀,我都可以。"

虽然跟魏书婷相处会有些尴尬,毕竟魏书婷知道她的秘密,可余盛洋都主动邀请了,她要是不去,好像显得很不合群,也会让柏寒知为难。

同时,她心里尚存一丝侥幸心理。魏书婷等会儿应该不会故意提起这茬儿吧?

"柏寒知,你听见我说话了吗?"余盛洋假装不满道。

柏寒知头也没回,只懒洋洋地抬起胳膊,比了一个"OK"的手势。

二人渐行渐远,柏寒知松开了杨岁的手腕。

余盛洋看着二人的背影,"啧"了两声,摇头感叹:"这柏寒知动作够快呀,这就把校花追到手了!我就说嘛,上次还去人家店里买早饭,买那么多,恨不得把店给承包了,原来是早有预谋。我还是头一回见柏寒知对一个女生这么上心。"

"有预谋的是杨岁吧?真是不简单!"魏书婷冷不丁冒出来一句。

"什么意思?"余盛洋不解。

魏书婷看了一眼杨岁的背影。杨岁在班上女生中,个子算是高的,可由于她长得胖,看起来格外壮实。现在人瘦了下来,再加上经常锻炼,身材凹凸有致。尤其是那双腿,纤长笔直,即便被长裤裹得严严实实,也依旧能让人想入非非。

魏书婷撇了撇嘴,脸上的轻蔑和不屑显而易见:"她早就惦记上柏寒知了。"

"不是吧？"

魏书婷拿出手机，点进了班级 QQ 群，从群相册里找到了一张黑板的全景照，上面是高考前一天同学们的留言，被老师拍下来传进了群相册。

她特意将照片放大，最角落的"岁寒知松柏"几个字赫然显示在屏幕中，扎眼极了。

她递给余盛洋看，轻嗤一声："喏，这是她写的。偷偷摸摸的，跟见不得人一样。现在瘦了，自信了，好意思见人了呗。"

一场电影接近两个小时，杨岁的心一直都悬着，一动都不敢动，全程心不在焉，连电影都没有认真看。

杨溢倒是看得热血沸腾，直到电影结束都意犹未尽，像只小麻雀似的，叽叽喳喳地跟柏寒知讨论着剧情。哦，不，应该是他单方面碎碎念，柏寒知偶尔会"嗯"一声。

柏寒知买的蛋糕已经吃完了，奶茶还没喝完，她实在喝不下去了，还剩了一半提在手上。收垃圾的阿姨提了一个垃圾桶进来，杨岁没有扔进去，一是不想浪费，二是……这可是柏寒知买的，怎么能扔掉呢？

杨岁和柏寒知并肩走着，杨溢将他手上的垃圾扔进了垃圾桶里，小跑着跟上去，结果冷不丁看到了杨岁屁股上的一块儿血迹。

其实血迹面积不是很大，但她穿着浅蓝色的紧身牛仔裤，稍微有一点儿反差色，就格外显眼。

杨溢几步跑到杨岁的身边，趴在杨岁的肩膀上小声提醒道："姐，你来例假了，屁股后面脏了。"

杨岁闻言，脑中警铃大作。她条件反射地回头看了一眼，然而什么都没看到。

虽然杨溢是小声提醒的，可杨岁和柏寒知靠得很近，柏寒知同样听到了杨溢的话。

他立马联想到了杨岁频繁去洗手间的事情，一下子想明白了原因。

他们刚走出影厅，周围来来往往都是人，杨岁站在原地一动都不敢动，还下意识地往墙边靠，想要遮掩。

这就是墨菲定律，越害怕发生的事情，就越会发生。

尤其是柏寒知还在，被他撞见这么尴尬的事，杨岁恨不得找个地洞钻进去。

"你没带那东西吧？"杨溢看了一眼杨岁的包包，很是迷你，顶多能装个手机和一支口红，于是他很坦诚地问了出来。

杨溢这小屁孩儿，偏要在杨岁最尴尬的时候往她伤口上撒一把盐，直接让她看见南天门。

杨岁登时觉得自己的天灵盖在冒烟，脸烫得估计能煎鸡蛋。她羞愤地瞪了杨溢一眼，刚准备让杨溢把嘴闭上，清冽的青柏香扑面而来。

杨岁掀起眼皮看过去，柏寒知的脸在眼前放大——他脱下了身上的牛仔外套，捏着袖子两端，绕到她身后，系在了她的腰间。

他略微弓着腰，低头时，下巴擦过她的脸颊，她只觉得脸上一阵酥麻，这感觉顺着神经传遍全身，拨弄着她的心弦。一瞬间，她好似连呼吸都凝滞了。

"别……"杨岁反应过来后，连忙去解他打的结。

正如杨溢所说，柏寒知这外套可一点儿都不便宜。

"万一弄脏了。"

她刚准备去解，柏寒知按住了她的手，语调很淡，却不容置喙："别动。"

他的态度有点儿凶。

杨岁瞬间老实了，不敢再造次。

其实柏寒知是有点儿生气的，她来例假了也不告诉他，什么都不说。可转念一想，女生生理期这种事，的确比较私密，她不好意思说也情有可原。

柏寒知暗自叹了一口气，快速调整好情绪，将杨岁手中的奶茶夺了过来："凉了就别喝了。"说着一伸手，将它投进了垃圾桶。

杨岁虽然很心疼柏寒知的外套，可是绑上后，她顿时有了安全感。

三人朝影院大厅走去。一向话多的杨溢都不吱声了，气氛除了尴尬之外，还有点儿诡异。

杨岁犹豫了一会儿，主动打破了沉默："其实……我也不知道突然会来……"

"嗯。"柏寒知从鼻腔应了一声。

杨岁这才意识到自己纯属没话找话，找的还是这种终结性话题，他压根儿就没办法接。

她暗自懊恼，索性闭上嘴不再说话。

走到大厅，余盛洋还真在等他们，只不过只有他一个人，魏书婷不知道去哪里了。

看到他们出来，他挥了挥胳膊，走了过来："咱们吃什么去？"

杨岁问："你女朋友呢？"

一听她问到这个，余盛洋的脸色变了变，不过很快便恢复自然。他用毫不在乎的口吻说道："她有事先走了，不用管她，咱们去吃咱们的。"

其实他们俩刚才吵了一架，就因为杨岁。

当时魏书婷给他看了照片之后，阴阳怪气地说杨岁对柏寒知就是蓄谋已久，瘦下来之后就想方设法引起柏寒知的注意，还拐着弯儿地说杨岁有心计，有手段。说白了就是一个字——酸。

余盛洋听不下去了，直截了当地说："人家胖的时候怎么就不可以喜欢柏寒知了？柏寒知都没说什么，你咸吃萝卜淡操什么心？”

“我看你的魂都快被她勾走了吧！”魏书婷气不打一处来，“你也不照照镜子，你比得上柏寒知吗？你为杨岁说话，杨岁知道你是谁吗？”

“你自己酸，别扯上我。”余盛洋翻了个白眼。

魏书婷恼羞成怒，扔下他，一个人走了，连电影都没看。

余盛洋也没去追，他就是单纯觉得魏书婷多多少少有点儿不尊重人。他们俩在一起也不久，看来彼此了解得还是少了点儿。

杨岁也没多问，微微地点了点头。

可她现在这个状态怎么去吃饭？裤子已经脏了，得先去买包卫生巾才行，再走两步估计漏得更多。

她刚准备让他们先去餐厅，她去一趟超市，结果柏寒知先开了口。

“你坐着等我一会儿，别乱跑。我很快回来。”他看着杨岁，指了指不远处的沙发，用一副命令的口吻道。

不待杨岁问他去哪儿，柏寒知就转身大步离开了。

余盛洋也没问他去哪儿，上前几步站到杨岁面前，跟她闲聊：“其实我遇见你好几次了，只是你没看见我。我老上你家店里买早餐，你妈妈做的灌汤包贼好吃。”

“是吗？”杨岁笑了笑，“不好意思，我可能没注意到。”

“嗐，没事。下次见着你，我叫你一声，你肯定能注意到。”余盛洋说。

杨岁笑着点了点头：“好啊。”

柏寒知都快走到手扶电梯了，隐隐约约听到了余盛洋和杨岁的对话，他停下脚步回头看了一眼。

余盛洋看杨岁那眼神都发直了，这会儿正在吹“彩虹屁”，夸杨岁变化大，越来越漂亮。

柏寒知微微皱起眉，脸色阴沉下来，心中闪过一丝不爽的情绪。

"余盛洋。"柏寒知扬声叫他。

余盛洋和杨岁同时循声望过来。

柏寒知散漫地抬了抬下巴："跟我一起去。"

余盛洋一脸疑惑道："干啥去啊？"

问是这么问，但他还是听话地走过去了。

柏寒知转身，率先一步上了手扶电梯，头也没回道："超市。"

"去超市你也要叫上我呀？"余盛洋更不解了，用胳膊肘撞了一下柏寒知的背，调笑道，"你是找不到路还是太黏人？你要黏也不该黏我吧？"

柏寒知嗤笑了一声，什么都没说，只是腹诽：不把你支走，留着你搭讪我看上的人？

到了楼下的超市，柏寒知抬头看了一眼货架上方挂着的分类标识牌，找到了生活用品的区域，直接往那边走。

"你来超市买啥呀？"余盛洋很好奇。

看上去，柏寒知的目标很明确。

生活用品区域很大，计生用品也包含在内。

快走到时，余盛洋倒抽了一口气，扑过去撞了柏寒知一下："你现在这么疯狂？坠入爱河了就是不一样啊！这也没几天吧？就……交出自己的童子身了吗？"余盛洋换了个委婉的说法。

柏寒知冷眼瞥过去，薄唇微启，只说了一个字："滚。"

他径直拐进卫生巾区域。

看着五花八门的卫生巾，柏寒知的面色逐渐凝重。

他也不纠结买哪一款，直接摸出手机拍了一张货架图片发给杨岁："要哪种？"

搞了半天是买卫生巾。

虽然不是买套套，但他买姨妈巾带给余盛洋的震惊也不小。

他还真是头一次见到这样的柏寒知。

柏寒知向来是个很有绅士风度的人，不论对谁都谦逊有礼。可他也是个有距离感的人，不会多管闲事，更不怎么懂得怜香惜玉。那些追求他的女生，连加他的微信都加不到，更别提让柏寒知买这种私人物品。

"哎，我跟你讲个秘密。"余盛洋靠着货架，随手拿起一包卫生巾看了两眼，神秘兮兮地对柏寒知说。

"说。"

柏寒知一边漫不经心地应道，一边垂眸看着手机。聊天框上方频繁显示"对方正在输入"，但很久都没有一条消息弹出来。

柏寒知无声地笑了一下。他能想象出杨岁害羞的样子，估计她这会儿脸已经通红了。

他也不着急，耐心地等着。

"因为你是当事人，所以我觉得吧，你还是有知情权的。"余盛洋留足了悬念，在心里说服自己，这应该不算侵犯别人的隐私吧？

"嗯。"柏寒知似乎对余盛洋口中的"秘密"不感兴趣，即便余盛洋已经强调了他是当事人，可他还是一副置身事外的态度。

余盛洋一边说，一边摸出手机，点进了班级群，找到了那张黑板留言的照片："你当初退群，简直就是个最大的错误，差点儿就错过了！"

"错过什么？"柏寒知漫不经心地问。

余盛洋将手机递到柏寒知面前，故弄玄虚："你自己找亮点。"

柏寒知半眯着眼睛，犀利的目光迅速扫过黑板上的一句句留言，直到锁定黑板的角落，然后放大图片。

岁寒知松柏。

这是杨岁的字迹。

柏寒知突然想起来，他拿着她的杯子看的时候，无意间在杯底瞄到了一行小字，可还没来得及看，杨岁就把杯子给抢回去了。

这样看来，杯底写的应该也是这句话了。

这么害怕他看见？

黑板角落一句不起眼的心声，承载着她压抑不住的少女心事。

就像她那么努力地在他面前克制和伪装自己的喜欢，却又被一次次脸红和眼神闪躲暴露无遗。

柏寒知的心弦一颤，心头涌上来一股复杂的情绪，有点儿难受和酸涩，但更多的是心疼。

他将那张图发到了自己的手机上。

这时，杨岁终于给他回了消息，她发了一张图过来。

她在他拍的货架图上，画了一个红色的小圈，圈住的是一包粉色的卫生巾。

柏寒知找到她圈出来的卫生巾，多拿了几包，然后去结账。

"什么感想？"余盛洋好奇得很，而后灵光一闪，恍然大悟，"我明白了！我说她高三怎么疯狂减肥呢，原来是为了你呀！柏子，你的魅力怎么就这么大！我真服了！"

余盛洋激动地拍了两下柏寒知的肩膀："太让人感动了吧！这要有个女生为我这么痴迷……"

他话还没说完，柏寒知快步甩开他，走出超市，顺势下了楼，径直走进了一家女装店。

他走到裤子区域挑选起来。

杨岁的裤子沾了血，穿着肯定不舒服，所以他想着让她换一条裤子。可他不知道杨岁的腰围。其实他大可以带杨岁一起来买，但他也清楚，杨岁绝对不会要，所以只能这样自作主张。

选了一会儿，他挑了一条直筒裤，面料是棉的，裤头是抽绳设计，对腰围没有限制。

"天哪！"余盛洋捞起一条裤子的吊牌看了一眼，咋舌道，"我叫你一声哥哥，你能买双鞋给我吗？不贵，也就两千多一点儿。"

柏寒知懒得搭理余盛洋，直接去结了账。

等售货员将裤子打包好，柏寒知提着包装袋走出了女装店。

"哎，跟你谈恋爱就是爽啊，搁谁谁不迷糊啊！"余盛洋追上去，叹了一口气，说不清是羡慕女方，还是同样作为男性，柏寒知的做法让他自愧不如。

一直沉默不语的柏寒知终于开了口，言简意赅："还没谈。"

"还没谈？都这样了，还没谈？"余盛洋怀疑自己听错了。

柏寒知说："在准备。"

"准备什么？"余盛洋愣了两秒，反应过来，"你该不会准备跟杨岁表白吧！你主动表白？！"

柏寒知目视前方，目光渐渐变得深沉起来："她做了那么多，也该轮到我了。"

第二十六章

中午一起吃饭，考虑到杨岁来了例假，不能吃生冷和辛辣的，几人就找了个相对来说清淡一点儿的餐厅。

吃完饭之后，柏寒知就送杨岁和杨溢回去了。杨岁肚子不舒服，还是让她早点儿回去休息。

临下车前，杨溢一直给柏寒知使眼色，意思是："姐夫，等我！等我找机会把情书给你偷出来。"

然而柏寒知连余光都没分给他，眼睛直勾勾地盯着坐在副驾驶座上的杨岁，叮嘱道："回去好好休息。"

杨岁还没从柏寒知给她买裤子和卫生巾的震撼中缓过神来，恍恍惚惚地回了句："好。"

她拉开车门下了车。

柏寒知提起一个个袋子，并没有递给杨岁，而是转过身递给了后座的杨溢："你姐不舒服，你来拿。"语气强势而又不容置喙，俨然一副姐夫的姿态。

杨溢噘起嘴，接过袋子的同时，还不忘用眼神调侃杨岁。

这就开始护犊子了，哟！

杨岁被杨溢那欠揍的眼神看得面红耳赤，尴尬地咳了一声，轻声说："那你开车小心，我先回去了。"她说着，还朝柏寒知摆了两下手，"拜拜。"然后转过身，缓缓走进胡同。走了两步，她又回过头来，对他笑道："明天见。"

明天周一，想到又能见到柏寒知，杨岁心中就止不住地欢喜和期待。

柏寒知将头探出车窗，胳膊搭在车窗边，夕阳橙黄的光辉落进他的眼里，他翘起嘴角揶揄道："今天还没见完就想着明天了？"

"呃……"

他的直截了当倒是让杨岁猝不及防，她一时之间羞臊得说不出话来。

柏寒知偏过头笑了一声，觉得杨岁还真是不禁逗。

不逗她了。

"回吧。"柏寒知抬起下巴，懒洋洋地强调了一遍，"注意休息。"

"好。"杨岁一边倒着走，一边对他说，"拜拜，开车小心。"

倒着走了好一段距离，她这才依依不舍地转过身。这一次，她强忍着想要回头看他的冲动，硬着头皮往前走。

杨溢提着一手的袋子下了车，凑到驾驶座的车窗前小声说："姐夫，你放心吧，我很快给你拿出来。你等我好消息。"

柏寒知失笑："好。"

"保证完成任务。"

卧底身份坐实，杨溢非常认真地向"组织"行了个军礼，然后提着袋子一溜烟儿地跑进胡同里，追上了杨岁。

直到他们的身影消失在视线外，柏寒知才驱车离开。

不过，他没有直接回家，而是去了公寓附近的一家大型超市，按照网上的教程，买了老姜、红糖、枸杞和大枣，最后还不忘买个保温杯。

买好东西后，柏寒知这才回了公寓。

柏振兴的控制欲很强，从柏寒知记事开始就让他学各种乐器，发展各种特长，钢琴、小提琴、书法、高尔夫球……什么都要求他做到最好，唯独有一件事，柏振兴从没有要求过他，那就是厨艺。

相反，柏振兴不允许柏寒知进厨房。因为柏振兴骨子里就是一个封建保守又大男子主义的男人，他认为没用的男人才要进厨房做饭，下厨就该是女人的事。

柏寒知并不认同这样的想法，不过，他的确没有下过厨。可能是过惯了悠闲日子，家里的用人也多，将他照顾得无微不至，他没有下厨的必要。就算上了大学，搬出来自己住，他也没自己做过饭，嫌麻烦。厨房对他来说就是个摆设。

柏寒知站在厨房里，仔仔细细将教程看了好几遍，然后才胸有成竹地动手。

他拿出崭新的菜板和菜刀，开始切姜。

不会跟不学，完全是两码事。事实证明，下厨也没那么难，虽然只是煮个姜糖水而已。

简单是真的简单，但他毕竟是第一次弄这玩意儿，花费的时间也不短，差不多用了一个小时。

柏寒知关了火，洗好保温杯之后，将热腾腾的姜糖水倒进去。

不过，他将姜挑出来了，因为切得真的难看。

柏寒知将保温杯装袋之后，拿着袋子走出了厨房，拿起车钥匙和手机，准备出门。

这时，手里的手机振动了一下。

他一边出门一边打开手机看了一眼，是杨溢发来的消息。

溢心溢意："姐夫！我拿到了！！！"

还附了一张图片。图片里是一个粉色的信封，年岁太久，粉色好似已经褪了色，尤其是边角，泛黄得厉害。

信封上有杨岁的字迹，简短的一句话——你是遥不可及，也是终生遗憾。

那一瞬间，他的心脏仿佛被什么东西抓住了，发胀，钝痛，还有点儿酸涩。

柏寒知凝眸看了几秒钟，这才回复杨溢的消息："怎么拿到的？"

杨溢这么快就拿到了情书，办事效率还挺高。

溢心溢意："我姐回学校了。"

溢心溢意："姐夫，你快点儿来拿吧！"

明天周一，早上八点有课。杨岁只能下午提前回学校，不然怕来不及。

宿舍里就只有她一个本地人。她回到宿舍时，只有周语珊一个人在，想必另两位又去摆地摊了。她们还真是像极了勤劳的小蜜蜂。

让杨岁觉得意外的是，周语珊居然没有出去和男朋友约会，而是窝在宿舍里追综艺。

"回来啦？"周语珊听到动静，朝门口看了一眼。

"嗯。"杨岁走到自己的书桌前，随口问道，"没跟你男朋友出去玩？"

周语珊嘴里啃着一个苹果，含糊地说道："他打球去了，外头那么热，我才不等他呢。"

杨岁将手中的袋子放到书桌上，先是将自己做的杯子拿出来，和柏寒知送的饮料并排摆着，然后才将另一个包装袋里的裤子拿出来。

这是柏寒知给她买的，她才不舍得穿呢，一回家就换下来了，生怕弄脏了。

她小心翼翼地将裤子挂进了衣柜。

"你血拼去了？"周语珊看到杨岁手中的裤子，眼睛一亮，"这条裤子怎么这么眼熟！我之前逛街的时候好像试过。"

她立马从凳子上跳起来，冲到了杨岁的衣柜前，端详了一番，遗憾地说道："我当时试穿了，特别喜欢，但是太贵了，三千多块呢，还是没狠下心买！后来我上某宝买了条差不多的，穿起来质感简直就是一个天上，一个地下。"

这是一个意大利品牌，挺小众的，但是价格绝对不低。不论面料、版型、垂感还是款式，都是一流的。贵，肯定是有道理的。

杨岁一听价格就傻眼了："这么贵？"

她拿到裤子时，上面是没有吊牌的，她并不知道价格。或许柏寒知也怕她会有心理负担，所以才把吊牌给摘了吧。

杨岁不太了解这些时尚品牌，她以为就是很普通的一条裤子，并没有多想。无意间从周语珊口中知道了价格，杨岁的心都在滴血，也极其难为情。每次跟柏寒知出门，都让他破费，她真的特别不好意思。

"你自己买的，你不知道？"周语珊捕捉到杨岁复杂的表情，恍然大悟，"哦，是别人送你的？"

在周语珊的印象里，杨岁并不是一个爱买衣服的人，顶多会多买几套跳舞穿的衣服，而且也从来不花冤枉钱，压根儿不会花几千块去买一条裤子。

周语珊灵光一闪，有了一个大胆的想法："柏寒知送你的，对吧？"

周语珊本来只是试探一下，结果杨岁的目光明显闪躲了一下，她将衣柜门合上，低着头，在心里挣扎了很久，还是"嗯"了一声。

"妈呀，真是柏寒知！"周语珊惊愕不已，好奇地围着杨岁打转，"你俩今天约会啦？他为啥送你裤子呀？"

周语珊的嗓门儿实在太大，估计隔壁寝室都能听见。

杨岁一把拉住她的胳膊，佯装不满地瞪着她："小声一点儿。"

紧接着，杨岁将今天发生的事告诉了周语珊。柏寒知拒绝别人的搭讪，说她是他的女朋友，还说他并没有拿她当挡箭牌。知道她来例假后，给她买卫生巾，怕她穿脏裤子难受，给她买了一条新裤子替换。每一件事，每一个细节，她统统告诉了周语珊。

其实她在感情方面，并没有什么分享欲和倾诉欲，她喜欢将爱恋藏在心里，一个人默默地惦记。可周语珊毕竟有恋爱经验，她想让周语珊帮她分析分析，柏寒知这么做的用意是什么。

他很绅士，教养是刻在骨子里的，她知道。

可他真的会因为教养和绅士风度，为一个女生做到这个份上吗？

"我说，宝，你脖子上这么大一坨，装的都是什么呀！"周语珊敲了敲她的脑袋。

她这一下可不轻，杨岁疼得"哒"了一声，一头雾水地看着周语珊。

"哎，我看出来了，你是真的傻，傻得离谱！离谱他妈给离谱开门，离谱到家了！你能发现你喜欢柏寒知，属实太不容易了。"周语珊双手按住太阳穴，一个白眼差点儿翻上天，她表情浮夸道，"这不明摆着嘛！柏寒知在撩你呀！哦，不对，应该说追你比较准确一点儿！他都那么明显了，你真的看不出来吗？"

"啊？"杨岁瞳孔地震，"不是吧……"

柏寒知在追她？！

这种白日梦，她想都不敢想！

"这都不是，那什么才是？"周语珊恨铁不成钢，"你没事就多看点儿言情小说和狗血泡沫剧吧！"

杨岁的手指绞成了麻花，茫然无措道："可是……我真的不想他花太多钱。"

杨岁知道柏寒知不缺钱，可是她还是觉得……自己是在给他添麻烦。

杨岁看了下自己的存款，便打开微信将钱转账给了柏寒知，可是柏寒知一直没接收。

正当她百感交集时，手机突然振动起来。

她从包里拿出手机，没想到居然是柏寒知打来的微信电话。

见她这目瞪口呆的反应，周语珊往前一凑，看到来电显示后，激动得跺脚："接呀，接呀！赶紧接呀！"

杨岁紧张得心怦怦直跳，她深呼吸了好几次，这才接听了电话："喂……"

"下楼。"柏寒知的声音透过听筒传过来，格外低沉且富有磁性，"我有东西给你。"

杨岁的反应慢了半拍："啊……好。"

紧接着，柏寒知挂了电话。

周语珊听说柏寒知又有东西要给杨岁，简直比杨岁这个当事人还兴奋，直接把杨岁往楼下拽。

就这样，杨岁稀里糊涂地下了楼，刚走出宿舍大门，就看到了站在那棵梧桐树下的柏寒知。

二人目光相接，他朝她走来。

夕阳西下，他的影子在斑驳的树影间移动，越拉越长，金发耀眼，泛着光。

他逐渐靠近，直至停在她面前。

"给。"他将保温杯递给她，"趁热喝。"

杨岁眨了眨眼："这是什么？"

她下意识地拧开盖子闻了一下，浓郁的姜糖味扑鼻而来，热气腾腾。

"红糖水？"杨岁惊讶极了，"你……你做的吗？"

她的难以置信全写在了脸上。

柏寒知有些无所适从，他别过头，摸了摸脖子，轻咳一声："你不是说你生理期会肚子痛吗？喝了或许会好受些。"

杨岁先是愣了一下，随后才想起来，她之前好像跟柏寒知提过，高一她有一次来例假，肚子痛，是杨溢给她熬的红糖水。

没想到无意的一句话，柏寒知居然记到了心上。

周语珊的话在耳边回响——柏寒知在追你呀！

真的吗……

真的不是一场梦吗？

杨岁受了蛊惑，小心思有些按捺不住了。她捧着保温杯，仰头看着他，犹豫了好久才终于鼓起勇气试探道："你来……是专门给我送红糖水吗？"

柏寒知垂下眼眸，二人的视线交织在一起，一样地炙热。

"也不是。"柏寒知说。

杨岁眼里的期待瞬间像是被水浇灭了。

果然……是她在异想天开。

柏寒知双手插兜，俯下身，拉近彼此的距离，勾了勾唇，慢条斯理地说："主要是为了见你。我不是说了嘛，今天还没见完呢。"

第二十七章

杨岁羞臊得不知道该怎么面对他的直球式撩拨，第一反应就是落荒而逃。

她跟柏寒知说了句"拜拜"，抱着保温杯转身跑上楼，像脚底抹了油的小兔子，跑得飞快。

刚跑上楼梯，身后再一次传来了柏寒知的声音，语调慢悠悠的，带着促狭的笑意，提醒她："慢点儿跑，不要剧烈运动。"

杨岁的血槽原本就因为柏寒知刚才说的"主要是为了见你"空了一大半，听到他轻描淡写的一句"不要剧烈运动"，她的血槽彻底空了。

她捂了一下脸，但也听话地放缓了脚步，小跑着上了楼。

回到宿舍后，刚推门进去，周语珊就冲到了她面前，搂着杨岁的肩膀："岁，我就说吧！柏寒知在追你！亲手给你熬红糖水，还说专门为了见你！"

"啊啊啊！"周语珊比杨岁本人还激动，脚像安了弹簧，在原地不停蹦跶，"他怎么这么会！我一直以为他是那种清冷孤僻的性格呢，结果挺熟练呀！"

周语珊的嗓门实在太大了，杨岁赶紧关上宿舍门，免得被人听了去。

她走到书桌前，捧着保温杯不舍得放下。明明触到的是冰凉的质感，她的手心却莫名地发烫。

杨岁闭上眼睛深呼吸，试图冷静下来，却无济于事。

她没办法冷静。

她身体里的血液都在沸腾。

这些天相处的细节一一浮现在脑海中，像极了电影的慢镜头。她突然下定了决心，坚定地说道："珊珊，我决定了，我要再勇敢一次。"她一字一顿，"我要跟他表白。"

"啊？"周语珊惊讶地问道，"这么突然？你先表白？你再等等啊，等他向你表白呀。"

"我不想再等了。"杨岁斩钉截铁道。

她其实特别胆小，很少能这样有勇气。

但此时此刻，她又有了勇气，就像高三那年她决定给他送感谢信时那样。

那封感谢信没有机会送出去，一直都是她的遗憾。如今有了这么好的机会，她怎么能再次错过呢？

只是，那时候她是孤注一掷，这次不一样，她看到了希望。

一旦决定表白，杨岁就立马付诸行动了。

第二天一下课，她就马不停蹄赶回了家，去找藏在书架上的感谢信。结果出乎意料的是，她翻遍了整个书架都没找到它。她不由得疑惑起来，一直放在书架上的，怎么会找不着呢？

她不死心，将书架上的书全都搬到一旁，一本一本地翻。

"姐，你干吗呢？"杨溢放学回来，背着被书撑得圆鼓鼓的书包走进她的房间，不解地问道。

"我那封感谢信，你看见了没？"杨岁一边翻书，一边问杨溢。

话音还未落下，杨岁便猛地抬头朝杨溢看了过去："是不是你拿了？！"

除了她和杨溢知道这封信的存在，没有第三个人知晓了。如果不是杨溢拿了，还能飞走了不成？

杨岁猝不及防的质问把杨溢吓得不轻，他本能地摇头，直将头摇成了拨浪鼓："不是我！我没有拿！"

杨岁忍不住自我怀疑起来。她上次的确拿出来看过，难不成真的随手放在哪儿了，她忘记了？

不可能啊！这么重要的东西，她一直都是小心保管的。

杨岁继续翻箱倒柜地找起来。

见鬼了，难道还能凭空消失了？

这时，她的手机响了起来，是微信电话的声音。

杨岁腾不出手，就随口使唤杨溢："帮我看看谁打的电话。"

"哦。"

杨溢走到她床前，拿起了床上的帆布包，从里面摸出手机。他知道杨岁的手机密码，解了锁之后，看了一眼："徐淮扬给你打的。"

"你帮我接一下。"杨岁说。

杨溢听话照做，接听了电话，并且开了免提。

"喂，杨岁。"徐淮扬的声音响起。

杨溢听到是个男人的声音，头顶上的小雷达瞬间竖起来了。

杨岁在床头柜找了一番，没找到，又急匆匆地走到了书桌前，手忙脚乱地翻了个遍，听到电话心不在焉地应了一声："学长，你说。"

"你吃饭了吗？"徐淮扬说，"我在排练室等你。"

"没。"杨岁突然想起来，啊，对，今晚还要练舞。

距离校庆没两天了。

"我现在在家，麻烦你等我一会儿，我马上来。"杨岁顿时觉得焦头烂额。

"没事、没事，不着急，我等你。"徐淮扬的语气里莫名透着包容意味。

说完，他就挂了电话。

杨溢虽然还只是一个小学生，却也察觉到了其中的微妙，尤其是他们俩的对话，很难不让人浮想联翩。

"姐，这个徐淮扬是谁呀？"杨溢凑到杨岁身边试探道。

杨岁将书桌翻得乱七八糟也没找到感谢信。

真的活见鬼了。

她看了一眼时间，快七点了。

徐淮扬还在等她，她不好让人久等，便想着明天再回来好好找一找，实在找不到就重新写一份。

"没谁。"杨岁拿起手机，背上包，急匆匆往外走，还不忘吩咐杨溢，"杨溢，帮我收拾一下房间。"

杨溢面色凝重地站在杨岁的房间中，沉思了好几分钟，随后迅速跑进自己的房间，将手机开机，给柏寒知打了通电话过去。

响了没几声，柏寒知就接听了。

"姐夫，你怎么还不跟我姐表白呀？！"杨溢抢在柏寒知开口前急吼吼道，"你再不跟我姐表白，她就要被别的男人抢走了！"

虽然他的确有点儿担心杨岁知道那封信被他偷偷给了柏寒知，可这毕竟关乎自家姐姐的终身大事，她那么喜欢柏寒知，他这个当弟弟的肯定是要努力推一把的。

现在突然冒出来一个叫徐淮扬的"程咬金"，他绝不允许姐姐被其他男人抢走！

他只认柏寒知做姐夫！

或许是因为杨溢的语气焦急又慌张，柏寒知有了些危机感，嗓音低沉道："怎么了？"

"我姐今天突然回家来了，刚才有个男的约我姐见面，说会一直等她！我姐她居然还去了！"杨溢通风报信道。

柏寒知的声音更沉了："叫什么？"

"徐淮扬！"杨溢不知道是为了安抚柏寒知，还是单纯为了吹'彩虹屁'，傲娇又嫌弃地哼了一声，"姐夫，这男的光听名字就不如你！连你一个小指甲盖都比不上！"

柏寒知刚洗完澡，正慢条斯理地穿衣服，听到手机响时，以为是杨岁打来的，于是将上衣扔到一旁，跑出去拿手机。结果是杨溢打来的。他有点儿失望，以为杨溢又来叫他打游戏了，怎料杨溢居然给了他这样一个信息！

又是那个徐淮扬！

不过，他转念一想，徐淮扬找杨岁，无非就是练舞。

虽然已经猜到，但柏寒知还是给杨岁发了条消息试探："在做什么？"

不到两分钟，杨岁就回复了："我在出租车上，刚回了一趟，现在赶回学校练舞。"她说的话，跟杨溢说的对得上。杨溢刚才也说过杨岁回家了。

柏寒知："练完跟我说一声。"

杨岁："好。"

紧接着，她又发了一个小兔子吃草的表情包，呆萌又无辜。

柏寒知沉吟几秒，再一次打字道："别跟那什么学长多待……"字还没打完，柏寒知又一一删掉。

这不是废话嘛！他俩要练舞，待在一起的时间能少得了？总不能不让她去练舞吧？

手指在手机边缘有一下没一下地轻敲着，思索了片刻，他重新打字："几点结束？"

消息发过去后，杨岁秒回："不确定啊，可能八九点吧。"

柏寒知："好。"

金发打湿后，颜色深了些，贴着头皮，还在滴水。水顺着脖颈下滑，一路滑过坚实的胸膛。他赤裸着上半身，腹肌分明，却又不夸张。

一滴水滴到了手机屏幕上，柏寒知将手机随手往沙发上一扔，拿了条毛巾随意地擦了擦头发，接着大步流星地走向衣帽间，捞起上衣套上，又迅速折回客厅，窝进沙发里。

茶几上摆着一个篮子，里面装着几十朵玫瑰花，红艳欲滴。

准确地说，是纸做的玫瑰花。

表白这种事，玫瑰花是必需品。但杨岁花粉过敏，不能送她真的玫瑰花，只能用纸的代替。

另一个篮子里还装着十几只折好的蝴蝶。

正如他对余盛洋说的那样，他已经在准备表白的事宜了。

从找到她曾经偷偷写给他的字条开始，柏寒知就有了表白的念头。

他问过杨溢，杨岁有没有什么喜欢的东西。杨溢想了半天也没想出他姐具体喜欢什么。杨岁对奢侈品和化妆品不感兴趣，也没什么特别爱吃的食物。最后，杨溢灵光一闪道："我姐倒是挺喜欢做手工的。她喜欢折蝴蝶，有事没事就折一只装起来。"

柏寒知立马便想起之前在杨岁的朋友圈看到过她折的蝴蝶。

做手工可比熬红糖水难多了。

男孩子的手没那么灵活，他又压根儿没有做手工的天赋，再加上折纸玫瑰和蝴蝶的步骤烦琐，他跟着教学视频硬是学了两天才学会，都不知道废了多少纸。

当然，他做足了准备，买了几大箱卡纸。

蝴蝶不用折太多，现在只剩下玫瑰花没完成了。

柏寒知拿起一张红色的卡纸，看了一眼手表，时间还早，如果他速度够快的话，今晚应该就能完工。

他的目标是，做满九十九朵折纸红玫瑰。

预估的是八九点结束，实际上杨岁练舞练到了十点左右。

还有两天就校庆了，和徐淮扬练了一段时间的舞，二人倒也培养出了默契。徐淮扬说他明天有事，不能练舞，所以今天就多练了一会儿。

杨岁走出排练室之后，非常听话地给柏寒知发了一条消息报备："我练完啦。"

过了五分钟左右，柏寒知才回复，就简单的一个字："好。"

杨岁本来还想再跟他聊几句，可想了想，这个点，他应该正在打游戏，还是不打扰他了。毕竟男生打游戏的时候很讨厌被打扰，她怕惹他烦。

于是杨岁收起手机，加快脚步回了宿舍。

快速冲了个澡之后，杨岁坐在书桌前，拿出一张卡纸，握着笔酝酿。

她要写一封情书跟柏寒知表白。

上一封信里表达的内容很少，篇幅不长，更没有华丽的辞藻，只是感谢他在她最难堪无助的时候挺身而出，让她感受到了尊重。

可如今这一封，想写的东西太多太多，她一时间竟然不知道该从哪里下笔。

她盯着电脑旁的那一罐饮料发起了呆，脑海中闪过这段时间他们相处的每一个画面，像梦。

等真正开始动笔的时候，宿舍的灯突然灭了——熄灯了。

杨岁将桌上的小台灯打开，刚写了两行字，放在桌面上的手机忽然振动起来。

杨岁放下笔，拿出手机一看，眼睛一亮，嘴角不自觉地翘起。

柏寒知打来的。

看来他已经打完游戏了。

杨岁怕打扰室友休息，于是拿着手机去了洗手间接听："喂？"

电话那头有呼呼的风声，柏寒知的嗓音格外低沉，他言简意赅道："我在宿舍楼下等你。"

杨岁有些蒙："现在？"

她看了一眼时间，快十二点了。

柏寒知这时候来找她做什么？

"嗯。"仔细听的话，柏寒知微微喘着气，呼吸有些不稳，"下来吧。"

"好，马上就来。"

杨岁握着手机，跑出了宿舍。

宿舍大门已经关了，杨岁去敲宿管阿姨的门，一脸焦急地说有人在外面等她，并且保证马上回来，宿管阿姨这才给她开了门。

柏寒知正在楼下等她。

他没有站在那棵梧桐树下，而是站在宿舍大门口，手里还捧着一束包装好的红玫瑰，很大的一束。红艳艳的玫瑰紧簇在一起，将他半个身子都遮挡住了。

杨岁愣在原地，呆呆地看着他："你怎么……来了？"

柏寒知怀里捧着花，缓缓朝她走来，腾出一只手，漫不经心地朝她晃了晃。

杨岁定睛一看，彻底傻了——他的尾戒泛着光，骨节分明的手指间夹着一抹粉色，正是她不翼而飞的那封信。

柏寒知走到她面前，垂下眼睛，鸦羽般的长睫在眼下投下一片阴影，他张扬地笑道："来让你不留遗憾。"

第二十八章

　　柏寒知走近了一步。紧接着，他牵起杨岁的手，放到了他的心口。

　　此时此刻，紧张的不仅是杨岁，还有他。

　　这是他头一次向女孩儿表白。

　　他一整晚都在赶工做玫瑰花，折好了之后又包装成花束。花太大，山地车放不下，于是他抱着这一大捧玫瑰花，一路跑着来了学校。

　　狂奔而来的路上，他无比亢奋，宛如一瓶被剧烈摇晃过的汽水，成千上万的气泡在升腾，只等拧开盖子的那一刻，砰的一声释放出来。

　　幸好来得不晚。

　　杨岁感受到手心下，他的心脏在疯狂跳动。

　　他炙热的体温，隔着单薄的面料，熨烫着她的手心。

　　他将手上的信翻了个面，信封上的那句话闯入了她的视线——你是遥不可及，也是终生遗憾。

　　"杨岁，我现在就在这儿，在你面前，你碰得到，摸得着。

你要知道，对你来说，我从来不是遥不可及。"他深情凝视着她，"我也从来都不是你的遗憾。如果你愿意，我可以是你的现在和未来。"

杨岁的大脑一片空白，她足足愣了好几分钟，才懵里懵懂地问："什……什么意思？"

"意思就是，我喜欢你。"

他握紧她的手，力度有些大，指尖似乎在微微发颤。

柏寒知喜欢杨岁，这个事实，他觉察得比较晚。

他没有爱慕某个人的经历。他的青春期是平淡无奇的，再加上他其实是挺"丧"的一个人，许是日子过得太平顺，没有什么特别想要的东西，也没有什么特别想做的事情。从小到大，不停地转学，他遇到了太多人，却不过是彼此的匆匆过客。

或许有很多人想和他发生故事，他却始终像个边缘人游离在外，没心思，也没意思。

他的母亲是个非常美的女人，出身名门望族，跟柏振兴是商业联姻。定下婚约那会儿，她正在英国留学，有一个热恋的男友，是个英国人，那人跟她一个学校。

她的男友当时还是个一穷二白的学生，家里不可能答应他们俩在一起，为了逼迫二人分手，还上演了电视剧里非常狗血的、专属于资本家的恶劣手段，威逼利诱。

无奈之下，二人最终分手，母亲嫁给了柏振兴。

母亲很美，美得不可方物。柏振兴欣赏她的美，但仅仅如此而已。因为她从来不会笑，冷漠得像块冰，于是他的欣赏转成无视，最后甚至变成了厌恶。

柏振兴表面上是一副爱妻顾家的十佳男人模样，背地里却花天酒地。于柏振兴而言，母亲只是个花瓶而已，抑或是养在笼子里的金丝雀，什么时候兴致来了，就回家逗弄一番。

后来，母亲家道中落，柏振兴的事业如日中天，母亲已经没有了利用价值，他便再也不想忍受她的冰山脸，提出了离婚。当初母亲争夺他的抚养权，柏振兴告诉她，如果想要抚养权，不仅一分钱财产都得不到，更别想再见儿子一面。

母亲改嫁的男人，还是她那个初恋男友。对方已经小有成就，并且结婚生子，只是妻子难产而亡了。兜兜转转绕一大圈，他们还是走到了一起。

母亲经常对柏寒知说，一定要跟喜欢的人在一起，不然消耗了自己，也消耗了对方。

柏寒知不以为意。他在没有爱的家庭中长大，他的父母甚至不争吵，只有冷战和疏离。在外人看来，他们相敬如宾，然而在柏寒知眼里，这是一种畸形的关系。

喜欢的人……

怎样才是喜欢的人呢？

喜欢一个人又是一种什么样的感觉呢？

他不知道，没见识过，也没体会过。

他只知道，他很羡慕那个叫杨岁的女孩儿。

他最先注意到她，并不是她被班里男生冷嘲热讽的那次，而是一次放学后。

那天的天气很糟糕，下着瓢泼大雨，黑云压城城欲摧。

由于天气恶劣，学校只好提前放学。

教室门口站着几个走读生家长。老师说了走读生提前放学的消息后，杨岁就收拾好书包了。杨万强站在教室窗户外面，笑容满面地朝杨岁招手。杨岁笑着回应了一下，然后背着书包走出教室。

柏寒知也没有住校，来接他的司机手中拿着一把伞，站在教室门口等他。

他和杨岁一前一后走出教室。杨万强手中不仅拿着伞，还有一件小熊雨衣。杨岁一走出教室，杨万强就给杨岁穿上了雨衣。

天气闷热，杨岁额头上都是汗，杨万强替她擦了擦汗，还从口袋里掏出一个甜筒冰激凌。

"太热了就吃一根，没事。"

"啊，谢谢爸！"杨岁看到冰激凌后欣喜不已。

"在路上就快点儿吃完，别让你妈知道了，不然咱俩都得遭殃。"杨万强一边叮嘱一边给杨岁拆冰激凌包装。

杨岁来例假会痛经，朱玲娟带她调理了好长时间，明令禁止她吃生冷的东西。

下了楼，走进雨中，即便杨岁身上穿着雨衣，杨万强依旧将伞往杨岁那一方倾斜。

车子就停在教学楼下，司机护着柏寒知上了车之后，将车驶离。

从父女俩身旁路过时，柏寒知看到了杨岁脸上的笑容。

她舔着冰激凌，不知道在跟杨万强说什么，笑眯了眼睛，眼神格外亮。杨万强则是随时关注着雨势，生怕雨飘到伞下淋湿了她。

此刻的她，没有了面对男生捉弄嘲讽时的无措和瑟缩，活脱脱一个在父母的羽翼下长大的娇气小女生模样，天真烂漫。

一个冰激凌而已，她就能高兴得忘乎所以，满足得像得到了全世界。

即便是狂风暴雨，也阻挡不了他们的欢声笑语，而柏寒知的世界只有一片死寂。

还有一次，是高二上学期期末家长会。

那次杨岁的父母都来参加了，老师讲到成绩时，他们非常专注地听着。期末考试那天，杨岁身体有些不舒服，发挥失常了，导致成绩不太理想。杨岁学习一直都很努力，面对这样的结果，最不满意的就是她了，站在走廊上闷闷不乐。

家长会结束，家长们陆陆续续走出来，考得好的给予表扬和奖励，考得不好的拉着人就是劈头盖脸一通教训。只有杨岁的父母只字未提成绩。杨万强提着杨岁的书包，朱玲娟挽着杨岁的胳膊："岁宝，终于放长假了，今晚咱一家四口出去好好吃一顿。"

杨岁明显没心情。他们不责怪她，她反而更愧疚："爸，妈，对不起。我下回一定考好。"

"哎呀，一次考试代表不了什么。"朱玲娟安慰她说，"明儿妈给你和溢仔报个旅游团，你们姐弟俩好好出去放松放松。放假嘛，就是用来玩的，别整天就知道学习，到时候把自己学成书呆子了！"

"你妈说得对，要劳逸结合才行。"杨万强拍了拍杨岁的肩膀，"别给自己太大的压力。"

柏寒知能感受得到，杨岁生活在爱的环境里，时刻被爱包围着。

柏振兴从没来开过家长会，只会吩咐管家或者司机代开，只会格外关注他的成绩。

初中的时候，有一次，为了引起柏振兴的重视，他故意做错了几道大题，从年级第一的位置掉了下来。

他也的确如愿了，柏振兴很重视这件事，将他骂了个狗血淋头，把他贬得一文不值。

说他柏寒知就是个废物，这种题都会做错，跟他妈一样，中看不中用。

可能极度缺爱、缺温暖的人，在感受到别人幸福的余温时，便会情不自禁想要靠近。

所以他时不时去杨岁家的店里买早餐，也因为这样，总能跟她不期而遇。

他们约好去拿杯子成品的那天，他去她家接她，她妈妈分外热情，并没有让他反感，反而觉得温馨。

他对她说，很羡慕她的家庭氛围。这是真的。

后来有一天，他打完球回到教室，发现课桌上放了一罐他爱喝的饮料，还有一张字条，上面写着："很抱歉打扰了你，今天是我的生日，如果你能收下，我真的会很开心。"

他对这个字迹有印象，他见过杨岁的字，工整大方。

他猜测或许是她留的，为了让她"很开心"，他故意将拉环拉得很响，她坐在前面肯定听得到。他喝了她送的饮料，之后将字条夹进了书中。

柏寒知有时候会想，如果他的母亲没有去世，他没有休学，他或许能跟杨岁成为朋友。

只是，没有如果和或许。

母亲过世后，他每天过得浑浑噩噩，那是他人生中最黑暗的日子。

他也曾想过，要不要去加一下她的联系方式。可转念一想，自己这样糟糕透顶，还是不去打扰她了吧。他那时候浑身的负能量，别影响了她。

所以他退了班级群，卸载了QQ，将自己封闭起来。

日子一天天过去，每天都在发生新鲜的事情，渐渐地，那些旧的记忆便沉到了最底下。

他偶尔也会因为看见某个熟悉的事物突然想起高中时的一些片段，但也只是一闪而过。

大一新生军训的那天，他看到了在操场上跳舞的杨岁，她站在人圈中，那样闪亮。

舞曲结束后，所有人都在喊她的名字——杨岁。

杨岁。

杨岁。

他好像记得这个名字，但记忆中那个坚韧安静、天真又烂漫的女孩儿的模样早已变得模糊了。

他不确定她是不是他认识的那个杨岁。但他不得不承认，看见她跳舞的样子，他的确被吸引了。

她的自信，她的灵动，她的张扬肆意，皆让他挪不开目光。

他也不清楚到底是因为被她这个人吸引了，还是因为她给了他一种熟悉感，他才会情不自禁地去关注她、靠近她。

偌大的校园，他总能和她不期而遇，她总是走在他的身后。

每当这时，他总会将脚步放慢一点儿。

她喜欢晨跑，他便总是刻意骑着车从操场边路过，降低车速，用余光搜寻她的身影。

所以她接受采访的那天，当镜头转到他身上，他才会那么清楚，她其实也在看他。

当天下午，他看到她走进了超市，便也鬼使神差地走了进去，故意和她拿同一罐饮料。

那天，是他们距离最近的一次。他看清了她的长相，也看到了她面对他时的无措和紧张。

她真的是他认识的那个杨岁吗？

所以他才会假借帮顾帆，去向杨岁要联系方式。

所以他才会一次又一次明目张胆地向她靠近，逼得她"原形毕露"。

她说在公交车站等他的那个晚上，他送她回宿舍，再回公寓之后就满脑子都是她，辗转反侧，难以入眠。

送她到宿舍楼下后，他戏谑地对她说"要抱一下才能好"，其实他是真的很想抱她。

那时候他才忽然意识到，他喜欢她。

看见她和别的男生在一起会生气，也会因为想到她喜欢的人或许不是他而恐慌。

如果要问他喜欢的是哪一个阶段的杨岁，他会回答，他喜欢的是杨岁这个人，不是她哪一个阶段或者状态。不论她安静暗淡也好，张扬自信也罢，他都喜欢。

他送她的十一朵玫瑰，代表一心一意。

"所以，你愿意吗？"柏寒知又郑重其事地问了一遍，"让我成为你的现在和未来。"

杨岁从没想过，"我喜欢你"这四个字会从柏寒知的口中说出来，而且还是对她说的。

她做梦都不敢想。

柏寒知居然真的喜欢她。

杨岁的眼睛猛然发热，她很想哭，但生生忍住了。她用力咬着下唇，深吸了几口气。

"你看过这封信了吧？"即便极力隐忍，她的声音还是带了哭腔。

"嗯。"

"那你肯定也知道我很久以前就开始喜欢你了吧？"杨岁吸了吸鼻子，哽咽着强调，"现在也是，将来也是，会一直一直喜欢你。"

她的答案毋庸置疑——她愿意。

虽胸有成竹，可听到她的回答之后，柏寒知还是松了一口气。

他一手握着玫瑰花，一手捏着信，展开双臂："那……抱一下。"

杨岁紧张得浑身发抖，她的手松了又紧，紧了又松。

正当她抬起胳膊想要靠近时，柏寒知像是不能再多等一秒钟，一把按住她的背，将她揽进了怀中，紧紧抱住。

他的气息将她包裹。

这是他们第一次拥抱，以情侣的身份。

杨岁的鼻子酸得厉害，最终还是忍不住哭了起来。

因为她拥抱了梦想。

"你怎么这么突然？"杨岁一边哭一边说，"本来我也准备跟你表白的，刚才还在给你写情书呢。"

柏寒知太高，他将下巴搁在她的头顶，伸手摸了摸她的脸，替她擦眼泪。

听到她的话，他低笑了一声，又恢复了往常的散漫，还带着几分促狭意味："看来我错怪你了。我们岁宝，才不是胆小鬼。"

第二十九章

　　岁宝是杨岁的小名。

　　从小到大，只有家人这么叫她。小的时候，杨万强也会这么叫她，她长大了后，他倒是不好意思叫出口了，改口叫她闺女。

　　现在就剩下朱玲娟岁宝长岁宝短地叫她了。

　　听柏寒知叫出这个小名，杨岁还有些无所适从。

　　她的脸上浸满泪水，他用指腹温柔地拭去她的眼泪。他温热的指尖在她的眼尾处轻轻摩挲。

　　他们第一次拥抱，第一次亲密接触，他第一次用这样宠溺的称呼叫她，不论哪一件事情，皆让她乱了阵脚。

　　她清晰地感受着他手心的温度，他的气息，他的心跳，后背猛然痉挛了一下。

　　胆小鬼。

　　杨岁无从辩驳。因为她的确是胆小鬼。

　　可柏寒知这么说，她自然是不愿意承认的，只能硬着头皮道："谁让你动作这么快的？不然我肯定能赢你。"

　　"这不是挺好的？"柏寒知擦干她的泪水，然后轻轻捏了捏她的脸颊，笑道，"表白这种事情，得我来，哪里有让你主动的道理？"

快五月了，天天艳阳高照，杨岁已经换上了夏季睡衣，但外面还是挺凉的，尤其是现在起了风，单薄的冰丝面料完全不挡风，她不由得哆嗦了一下。

"冷吗？"

柏寒知察觉到她轻微的战栗，下意识地收紧了胳膊，将她搂得更紧了，让她严丝合缝地贴在他宽阔的胸膛上，似乎想要将他的温度传递给她。

"不冷。"杨岁咬着唇瓣窃喜。她终于鼓足勇气，抬起胳膊轻轻地环上了他的腰。

他身上就只穿了一件卫衣。她抱住他时，隔着衣服都能感受到他劲瘦有力的肌肉。

"嗒嗒嗒……"

拖鞋踩在地板上发出的声音由远及近，一道人影出现在宿舍大门口。

"哎哟，我说你们这些年轻人，大半夜这是干吗呢？"宿管阿姨是天津人，一口地地道道的天津话，嗓门儿有些大。

宿管阿姨扯了扯披在肩上的外套，抬了抬老花眼镜，看着宿舍门口像连体婴儿一样抱在一起的二人，笑着打趣道："明天的太阳照常升起呢，有的是时间给你们腻歪。闺女，赶紧回去睡觉了，我得锁门了。"

闻言，杨岁条件反射性地往后退了一步，退出柏寒知的怀抱。

面对宿管阿姨的调侃，杨岁面上一热，局促地低下头："阿姨，我这就……"

杨岁往后退，正准备告诉宿管阿姨她这就回去，然而刚说了一半，柏寒知就再一次握住她的手腕，阻止了她逃离的举动，轻轻一拽，又将她拽回自己面前。

他没有看她，而是朝宿管阿姨看了过去，笑了笑，贫嘴道："阿姨，我这刚表白成功，您行行好，让我跟我女朋友再多说两句。"顿了顿，他又慢悠悠地补了一句，"舍不得走。"

杨岁的脸更烫了。

他顶着这样一张脸，对着人笑一笑，谁能忍心拒绝？

宿管阿姨明显也被蛊惑了，似乎抖了抖身上的鸡皮疙瘩："倍儿腻歪。"却也松了口，转身往里走，还不忘叮嘱，"再给你们五分钟，太晚了可不行。"

"成。"柏寒知爽快答应，"谢谢您。"

宿管阿姨走了，大门还开着。

柏寒知怕杨岁吹了风受凉，拉着她的手，走到门廊站着。

说是再多说两句，但刚才宿管阿姨那么一说，甜蜜的氛围被打破，这会儿再独处，倒莫名尴尬了。

杨岁不知道该说什么，脑子就跟死机了一样，想不到话题。

但只要跟他待在一起，她就抑制不住地开心。

柏寒知率先打破了沉默："怎么不说话？"

杨岁摸了摸脖子，很实诚："不知道说什么……"

她才说罢，从头顶飘下来一道短促的笑声。

杨岁不明所以地看着他。

柏寒知抬起手腕看了一眼手表，眉心一蹙，像煞有介事地说："才刚确定关系不到十分钟，这么快就跟我没话说了？"

杨岁将头摇成了拨浪鼓："不是！我没有！"

柏寒知笑而不语，意味不明地看着她。

"真的。"杨岁怕柏寒知误会，非常诚恳地辩解道，"我真没有。"

柏寒知看她这么着急，一时心血来潮，又起了捉弄的心思，于是他故意曲解她的意思："嗯，懂了。你真的跟我没有话说。"

他还假模假样地叹了一口气，像是很受伤："是我无趣了。"

杨岁惊慌地瞪大了眼睛，她这话还能这么理解？

她急了，也没有去想他是不是故意逗她，下意识靠过去拉他的衣角，想解释一番。怎料这时，有女生的对话声不远不近地飘了过来。

杨岁扭头看了一眼，两个女生穿着睡衣，手上拿着水壶，应该是去水房打水了，正有说有笑地讨论着最近一部大火的仙侠剧，并没有留意前面。

杨岁一慌。她们要是走过来，看到她和柏寒知大半夜站在宿舍门口搂搂抱抱，那还不得把整栋楼的人都吆喝出来？那样的话，不出今晚，二人的事情就会传遍学校。

她根本就来不及思考，条件反射般地做出了反应。那就是拉着柏寒知的手，拽着他往旁边的楼道里一躲。

本来他们站在门廊处，旁边是楼梯下面的三角空间，正好是视觉盲区。

只是，杨岁躲在里面绰绰有余，可柏寒知这一米九的个头儿，人高马大的，突然被她往这里面一塞，连头都抬不起来。空间逼仄，他显得格外憋屈。

等两个女生走过去，柏寒知才明白她这么做的用意。

他的背伸不直，艰难地垂着头，站得难受，索性弯下腰，抬起胳膊撑着墙，于是她被圈在了他的手臂和玫瑰花之间。

"我这么见不得人吗？"

二人的距离实在太近，不知道是有意还是无意，他的薄唇就贴在她的耳畔，说话时，气息喷在脖颈处，嘴唇若有若无地擦过她的耳郭。

那种浑身痉挛的感觉又来了。

"不是……"杨岁吞了吞唾沫，往墙上靠了靠，小声嘟囔，"你是太见得人了。"

耳边再一次拂来一股热浪。他低沉悠长的笑声透着十足的愉悦，就连胸腔都在起伏。

杨岁不是个声控，可她真的受不了他这么近距离地对她说话，对她笑。

他好像知道自己声音很好听，利用这个优势将她撩得腿发软，站都站不稳，幸好背后有墙让她靠。

她别过头躲了躲，目光正巧掠过身侧的玫瑰花。

这么近的距离，居然没有闻到玫瑰花香，杨岁不由得有些疑惑，定睛一看，这才发现不是真的玫瑰花。

她伸手摸了摸，是卡纸的触感。

"这是纸折的呀？"杨岁惊讶地问。

"嗯。"

"这么多，你折的？"杨岁大胆猜测。

"嗯。"柏寒知大大方方承认。

杨岁更惊讶了。先不说折玫瑰花的步骤烦琐复杂，柏寒知这样娇生惯养的贵公子居然亲手做这种事，而且还做了这么多朵，杨岁心里除了感动，就是受宠若惊。

仔细一看，玫瑰花束中还藏着十几只纸蝴蝶，栩栩如生。

"还有蝴蝶？"杨岁看着这蝴蝶的样子，觉得很熟悉。

"看你朋友圈发过。"柏寒知说。

杨岁的鼻子又开始发酸。原来她的事情，他真的放在了心上。

只是，他不知道，她折的每一只蝴蝶都藏着难以启齿的少女心事。

她没想到的是，这些都得到了回应。

"辛苦你了。"她攥了攥柏寒知的衣角，有点儿像撒娇，善解人意道，"下次不要做了，很累的。"

她是真的很心疼柏寒知，感觉这是在浪费柏寒知的时间。

"不辛苦，不累。"柏寒知捏了捏她的手指尖，"花粉过敏又怎样？我的女朋友一样有权利拥有浪漫。"

杨岁差点儿因为他这句话破防，她紧抿着唇，克制着情绪。

他本就站得憋屈，头垂得很低，他们的距离太近，近到她一抬眼，睫毛会扫上他的下巴。

四目相对，昏暗的角落中，她的眼睛一如既往地纯粹澄亮。她似乎很害羞，脸颊微微泛着红。

这样的距离，适合接吻。

柏寒知的目光一点点儿变得暗沉起来，目光从她的眼睛移到她的嘴唇。她像是很紧张，咬着下唇，唇色更艳。

他的喉咙一紧，喉结滚动了一下。

静默片刻后，他终究还是克制住了那股冲动和欲望。

才刚确认关系就亲她，好像显得有点儿不太礼貌。反正他是这么认为的。

她这么紧张，他怕会吓到她，先给她一点儿时间适应适应吧。

"回去吧。"柏寒知往后退了一步，"别着凉了。"

他将花递给她。

杨岁心里很不舍，心道，还没到五分钟吧？不过，表面上还是很听话的模样："好。"

她将玫瑰花接了过去："那我……先上去了，你路上注意安全。"

她抱着玫瑰花往外走，刚走了两步，柏寒知就又叫住她："等一会儿。"

杨岁回过头："啊？"

柏寒知再一次张开双臂："抱抱再走。"

这一回杨岁不像刚才那么手足无措了，她走了过去，抱住柏寒知，将脸埋进他的胸膛，像猫咪撒娇一样蹭了蹭。

柏寒知垂着头，顺势吻上她的发顶。

拥抱持续了半分钟，他这才轻轻地拍了拍她的后脑勺："回去吧。"

不抱这一下还好，一抱，杨岁就更不想走了。

她依依不舍地退开，一边上楼一边跟他挥手道别。

上了楼，杨岁回到宿舍。

宿舍里，只有她的书桌亮着昏黄的灯光。

她轻手轻脚地坐回去，将那一大捧玫瑰花抱在怀中，低下头闻了闻。

明明是纸做的，杨岁却好似能闻到浓郁的玫瑰花香。

她心花怒放，只想要尖叫，仅剩的一丝理智阻止了她，现在夜深人静，不能扰民。

她拿起手机酝酿了好一会儿，给柏寒知发了一条消息："到家了记得告诉我。"

女朋友的口吻。

名正言顺。

柏寒知秒回："好。"

明明刚才还在酝酿着写情书，想着该如何表白，结果一眨眼的工夫，他们已经成了情侣。

她和柏寒知在一起了。

柏寒知是她的男朋友了。

不真实。

太不真实了。

杨岁盯着聊天框，她没有给柏寒知改备注，因为柏寒知的微信昵称就是他的名字。

可一晃眼，他的微信昵称突然变了，变成了两个字——岁宝。

杨岁还以为自己出现幻觉了。

她闭了闭眼睛，随后又睁开，的确是"岁宝"这两个字。

脸一烫，杨岁羞赧得捂住了脸。

什么呀？！

他是故意的吧！

过了十来分钟，柏寒知发来了消息："到家了。"

一看到他的微信昵称，杨岁就脸红心跳，她咬着嘴唇憋笑，回："收到！"

"早点儿睡，晚安。"

"晚安。"

他把昵称改成了她的小名，杨岁看着总觉得有点儿别扭。

于是她决定给柏寒知改一个备注。

本来想改成"男朋友"的，可这样太直白了，她有点儿不好意思，最后改成了"男朋友"的英文缩写"BF"，后面还加了一个爱心。

四月底，校庆晚会如期举行。

晚上七点半入场，露天大礼堂人满为患。

礼堂上空，千架无人机组成校徽的标志和建校一百年周年的图样。随后无人机又迅速转变成时钟和数字，伴着巨大的欢呼声，倒计时开始：5，4，3，2，1——

"1"的字音落下，密密麻麻的无人机铺成了一张大网，罩在礼堂上空，砰的一声，天空中飘下无数彩带和花瓣，如梦似幻，令人眼花缭乱。

花瓣落在身上，柏寒知拈起来看了一眼，是真的花瓣。

他立即想到了杨岁花粉过敏，下意识地摸出手机给杨岁发了条消息："有花瓣，小心点儿，别过敏了。"

　　随便滑了两下屏幕才发现，从下午三点开始，他已经给她发了很多条消息，她都没有回复。

　　岁宝："在哪儿。"

　　岁宝："在彩排？"

　　岁宝："晚上有点儿冷，多穿点儿。"

　　岁宝："忙完回我消息。"

　　最后一条就是提醒她注意花瓣。

　　柏寒知看着自己发的消息，蹙起眉，心情复杂。

　　这么忙？连男朋友的消息都没时间回？

　　不过，柏寒知也没多想。杨岁是个做什么事情都认真且专注的人，说不准手机都没带在身上。

　　庆典开幕式之后，校长上台致辞，之后又是学校领导讲话。校方甚至还邀请了往届的杰出校友出席典礼，上台致辞。

　　校庆前，教导主任找到柏寒知，让他准备演讲稿，作为优秀学生代表上台讲话。

　　他上台前，往后台瞄了一眼，没看到杨岁。

　　他演讲结束后就去后台找杨岁，但找了一圈也没看到她的人影，无奈之下，只能回到观众席。

　　每一片区域都是按系别、班级来排座的。金融系正巧就在舞台的正下方，柏寒知挑了个视野最好的位子坐下。

　　前一个多小时基本是演讲，之后才进入文艺表演环节。

　　开始的一些节目，不是唱歌就是弹古筝，要么就是诗朗诵。柏寒知不感兴趣，百无聊赖，靠在椅背上闭眼假寐。

　　不知道过了多久，半梦半醒间，主持人报幕的声音忽然传进了他的耳朵："下面有请化学系带来的双人舞表演——'Trouble

Maker'。"

话音落下，音乐声响起。音乐前奏是口哨声，杨岁和徐淮扬分别从舞台两边，随着节奏卡点入场。

他们一出现，全场欢呼声四起。

柏寒知的目光锁定舞台上的杨岁。

她穿着一件很短的上衣，紧身，露肩，长度刚刚裹住胸，尾端有两根细细的带子，交叉系在腰腹处。下身是一条黑色的短裤，脚上是一双及膝的长筒靴。

这首歌本就属于R&B（节奏蓝调）类型的歌曲，节奏感很强。再加上有舞蹈的加成，全场的气氛瞬间被点燃，开场即高能。舞台下，荧光棒如同海浪般晃动，尖叫声此起彼伏。

杨岁无疑是全场的焦点。

她化了妆，烈焰红唇，明眸皓齿，海藻般的长发随着她的动作在空中飞扬。

最多的动作就扭腰、摆胯和挺胸。

那双长腿实在扎眼。

细带系在她的腰腹处，马甲线若隐若现。随着腰腹的扭动，脊柱处的沟壑像是被赋予了生命力，变成了摇曳生姿的蝴蝶。

性感，热辣，灵动，自信，美得让人挪不开眼。

台下所有人都在欢呼、尖叫，只有柏寒知一个人坐在椅子上一动不动，脸色阴沉得可怕。他的薄唇抿成了一条笔直的线，眉头紧皱，脸上明明白白写着两个大字：不爽。

这穿的是什么衣服！跳的什么舞！

男舞伴不是在搂她的腰，就是在挑她的下巴。

合着这么长时间，她整天跟别的男人练这么暧昧的舞？

第三十章

"天哪，杨岁这身材真的绝了！"

"有胸，有屁股，有脸蛋儿，腿还长。那腰，可真会扭……"

"徐淮扬做梦都得笑醒吧！"

"他们俩要没点儿啥，狗都不信！"

"怎么可能！有柏寒知追她，她能看得上徐淮扬？！那真是眼瞎了！"

"指不定人家就是与众不同，不爱王子，偏爱平民呢！"

四周喧嚣不已，整个礼堂的气氛都被点燃了，很多人从椅子上站了起来，跟着音乐律动，欢呼。

除了尖叫声，隐隐还夹杂着议论声。

坐在柏寒知前排的人像是忽然意识到了什么，转过头偷偷摸摸地看了一眼身后，看到了坐在椅子上的柏寒知。

"大意了，柏寒知在后面！别说了，别说了！"

"他的脸好黑，气成这样。"

"头一次见他这样的表情！但是，还是好迷人呀！"

"杨岁，快给我哄他！"

前面几个人像是做贼一样，表情异常精彩，咬着耳朵，语气说不出到底是惊讶还是唏嘘。

突然，音乐声戛然而止。

随着最后的 ending pose（结束姿势），舞台前方烟火喷薄而出，在空中绽放。

杨岁周身也像是被镀了一层璀璨的金光。

随后二人弯腰谢幕，下了台。

表演结束后，柏寒知也站起身，一言不发地离席。

只是，他并没有去找杨岁，而是头也不回地离开了礼堂。

杨岁回到后台时，出了一身的汗，额前的碎发也被汗打湿了，贴在额头上，她随手顺了顺头发。

徐淮扬也同样满头大汗，他不知道从哪儿拿了两瓶矿泉水过来，递给杨岁一瓶："来，喝点儿水。"

杨岁摆了摆手，婉拒："不用，谢谢。我自己带了水。"

明明刚才还在舞台上一起合作了一曲火辣的情侣舞，下台之后，杨岁又恢复了以往那种客气的疏离态度，就像跟徐淮扬一点儿都不熟，连看都没有多看他一眼，起身往后台的入口处走去。

徐淮扬自讨没趣，撇了一下嘴，正巧有人叫他，他也转身跑开了。

杨岁刚走到后台入口处，周语珊就拿着她的包跑了过来。

下午排练的时候，周语珊非要跟着一起来，正巧杨岁的包没地方放，就交给周语珊保管了。结果排练了没一会儿，她抽空瞟了一眼，发现周语珊不见了，估计是找男朋友去了，她也没在意。

"岁！"

周语珊跑过来，老远就喊。

杨岁伸手，示意周语珊把包给她。她现在着急得很，她都好几个小时没跟柏寒知联系了。

　　结果周语珊一靠近，就突然往地上一蹲，右手放在左胸口，头微微低下，一副虔诚敬仰的姿态，中气十足地喊："你是我的神！"

　　不至于吧，突然行这么大一个礼？

　　周围有人看过来，杨岁尴尬得面红耳赤，连忙弯下腰把周语珊拽了起来，小声说："珊珊，你干吗呀？很尴尬的好吧！"

　　周语珊一下子跳起来，双手抓住了杨岁的肩膀："你知不知道，你真的炸翻全场了，性感小辣椒！你不仅是我的神，还是我的骄傲！"

　　她的声音太大，杨岁赶紧去捂她的嘴："你消停一会儿吧！"

　　杨岁将自己的帆布包拿了过来。

　　包里装着一个保温杯，正是柏寒知上次送的，给她装过红糖水，之后她就一直在用。

　　她没有第一时间喝水，而是将手机翻了出来。

　　一打开，屏幕上就显示了好多条微信消息，有别人发来的，但她就只能看到柏寒知的消息。

　　她连忙回复："我的包让室友帮我保管了，一直没时间看手机，不是故意不回你消息的。"

　　这一次，柏寒知并没有秒回。

　　杨岁咬着手指等了一分钟，又问："我的表演结束了，你……看到我跳舞了吗？"

　　柏寒知还是没有回复。

　　杨岁不由得有些心慌，问周语珊："珊珊，你看见柏寒知了吗？"

　　"看见了呀，他作为优秀学生代表上台讲话了呀。"周语珊一说起这个，就犯起了花痴，"岁，太羡慕你了！柏寒知这个男人真的太帅了！上台讲话的时候，台下那些女生简直要疯了！"

柏寒知上台致辞的时候，杨岁本来打算跑过去看看的，只是一直走不开。但是在后台能听到柏寒知的声音。柏寒知不回她消息，她现在也不确定他还在不在礼堂，有没有留下来看她跳舞。

"不过吧，"周语珊挽住杨岁的胳膊晃了晃，"你一跳舞，台下的男生也全都疯了。你们两口子各凭一己之力，把全校逼疯了！"

杨岁谈恋爱的事情，目前也就三个室友知道。

那天周语珊看到柏寒知给杨岁折的九十九朵玫瑰花时，流下了羡慕的泪水，然后狠狠地把自己的男朋友骂了一顿。这股气似乎到现在都还没顺过来，说着说着，周语珊就又开始骂自己的男朋友："哪里像我家那个！除了吃就是睡，好吃懒做，啥特长没有！喜欢打篮球还打得那么烂！烦死了！"

杨岁干巴巴地扯了扯嘴角，有些无奈。她心不在焉，老惦记着柏寒知。

正在这时，手机突然响了一声，杨岁立马拿起手机查看。

看到柏寒知的消息时，她那颗惴惴不安的心总算安稳地落回原处。

他就回了两个字："看了。"

杨岁一想到柏寒知看到了她跳舞，第一反应就是觉得害臊，甚至还有一点儿羞耻，但也夹杂着一点儿……成就感。

杨岁一直都希望能站在最显眼的地方，让柏寒知能够注意到她，让柏寒知也能注视她。

她其实是个很自卑的人，不论她现在有多瘦，在别人眼里变得有多漂亮，也还是改不了自卑的毛病。可不知道为什么，每当她一跳舞，便会有一种前所未有的自信。那种感觉很轻松，很畅快。那个时候的她享受音乐，不会在乎任何人的眼光，就好像这世上注定有一束光是为她打的。

她希望，她唯一自信的一面，能被他看到。

他真的看到了。

杨岁心里飘飘然，觉得特别满足。她想问问他觉得怎么样，结果字还没打完，柏寒知就发了条语音消息过来。

杨岁连忙点开，贴在耳边听。

他的声音很低，像是有些不悦："穿得是不是有点儿短？"

杨岁下意识地低头看了一眼自己的穿着。

如果是日常穿的话，确实有点儿浮夸和大胆，但是跳舞穿的话，就显得普通且寻常了。尤其她跳的还是爵士舞。

杨岁不知道该说什么，正组织语言时，柏寒知又发了条语音消息过来："在后台等我，别到处乱晃！"

这句话里的情绪更重，语气霸道而强势。

杨岁乖巧地回道："知道了。"

"我家那狗东西找我了，我先走了，岁。"周语珊接了个语音电话，挂了之后，便往外跑。

"好。"

杨岁很听话，站在后台乖乖等柏寒知来找她。

她用手机前置相机照了照脸。头发被汗打湿了，脸上也透了一层薄薄的汗，好在妆没怎么花。

幸好她早有准备。她从包里拿出几张吸油纸，在脸上按了几下，之后又摸出鸭舌帽戴上，不然头发湿湿的，显得很油，就不好看了。

等了没几分钟，柏寒知就来了。

灯很亮,他从远处奔跑而来,影子在地面上迅速移动。

风吹乱了他的金发,撩起了他的衣角,少年的身影清瘦颀长,却不单薄,充满了刚劲蓬勃的力量感。

杨岁看到他之后,兴奋地朝他挥了挥手。

没几秒,柏寒知就跑到了她面前。

"你没在礼堂吗……"

她话音未落,柏寒知二话不说,将攥在手里的一件风衣外套往她身上一披。

"抬手。"他冷冰冰地命令。

杨岁有点儿蒙,像被操控的布娃娃,机械地抬起胳膊。柏寒知握着她的手腕,将她的胳膊往袖子里塞。

穿上之后,他还将扣子全扣上了,严严实实,一颗也没有落下。

杨岁一蒙:"干吗……"

柏寒知:"跟你说过,晚上冷。"

柏寒知本身个子就很高,尤其这件风衣还是长款的,就算杨岁不矮,风衣穿到她身上之后,还是直接到了脚脖子。

裹得这么严实,比粽子还严实。

现在都快五月了,他说晚上冷,其实一点儿都不冷。相反,穿上风衣之后,身体立马热了起来。

最主要的是,她刚跳完舞,流了一身汗,再一热,汗流得更多。她特别怕柏寒知的衣服沾上汗味,下意识地伸手去解扣子。

柏寒知察觉出她的意图,撩起眼皮看了她一眼。

就这么轻飘飘的一个眼神,吓得杨岁手一抖,一动都不敢动了,声音弱得像蚊子叫:"有点儿……热……"

柏寒知面无表情地看着她,像是确认般问了一句:"热吗?"

明明这两个字没什么感情色彩,淡淡的,毫无起伏,杨岁就是感受到了强烈的压迫感和威胁意味。

她的头摇成了拨浪鼓，立马改口："不热，一点儿都不热。你说得对，晚上冷。"

柏寒知冷着脸斜了她一眼："知道冷还穿这么点儿？"

就有点儿阴阳怪气的。

他说完，转身往礼堂后门走。

走了几步后，他又顿下脚步，微微侧过头看她一眼，又大步折回来。

他的衣服，她穿上之后就一个字——大。

袖子长了好长一截，他一把抓起袖子，将她往面前一拽："送你回宿舍。"

他们从礼堂后门离开，走出礼堂之后，柏寒知就松开了杨岁的手，一声不吭地迈步。

刚才还觉得热，可不知道为什么，这会儿杨岁莫名觉得有一股冷风直往脊梁骨里钻，他身上透出来的低气压仿佛使空气都凝固了。

她偷偷看了他一眼。

他目视前方，连余光都不曾分给她一点儿。

杨岁能察觉出他不高兴，哦，不，应该是很不高兴。

挣扎了一会儿，她最终还是鼓起勇气，小心翼翼地伸出手，轻轻地扯了扯他的衣角。

柏寒知甩开她的手。

杨岁又去钩他的手指。

柏寒知又甩开了。

杨岁没有放弃，再次紧紧地钩住他的手指，轻声道："你……"

刚发出一个模糊的音节，他就反手将她的手握住。

不过，他仍旧没有说话。

他肯牵她的手了，杨岁心里松了一口气，虽然他的力道并不算温柔。

杨岁开始主动找话题："你是特意回去给我拿外套了吗？"

柏寒知还是一言不发。

不过，这样的沉默态度，可以理解为默认。

都说穿衣自由，柏寒知一直都很认可这句话。可这种情况出现在杨岁身上时，就纯属扯淡！

但这话他又不太好意思说出口。

"其实我就只有跳舞的时候这么穿……"

这话不说还好，她一提到"跳舞"两个字，柏寒知到底忍不住了，冷哼一声，怪里怪气地说："你跳的什么舞？搂搂抱抱舞吗？"

杨岁好像明白他从一见面就冷着脸的原因了。

原来不单单是因为她的衣服太短。

"不是！那个舞肢体接触的确挺多的，可是我已经改动很多了。"杨岁心急如焚地解释，"而且，我跟他看着靠得很近，实际上是错位的，角度问题而已，我和他离得一点儿都不近！"

柏寒知终于转过身来与她面对面，垂下眼眸审视般地看着她："他搂你腰。"

"这个……其实……有视觉偏差……"

她其实想说徐淮扬并没有真的碰到她，结果一着急，就语无伦次，舌头像打了结一样，话都说不清楚了。

正当她不知所措时，柏寒知忽然抬手捏住她的鸭舌帽檐稍一用力，杨岁始料不及，惊呼了一声，被他带到了怀中，撞上他的胸膛。

柏寒知居高临下地看着她，一字一顿："你知不知道你是有家室的人？"他说话时，手掌用力按住她纤瘦的腰肢，另一只手挑起她的下巴，指腹不轻不重地摩挲，似乎想要将那一块肌肤印上他的印迹。

这一想法冒出来，他的眸色忽然变深，缓缓低下头，靠近。

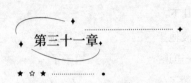

第三十一章

　　杨岁意识到柏寒知低下头来是想亲她时，紧张得屏住了呼吸，整个人僵硬得像木头，一动都不能动，小腿却又在发抖。

　　她仰着头看他，心脏仿佛蹦到了嗓子眼儿。

　　她不敢直视他的眼睛，下意识地闭上了眼睛。

　　然而，他的吻迟迟没有落下来。

　　下一秒，她的头忽然被一股不重但也不可忽视的力量带动着往后仰了一下。

　　杨岁茫然地睁开眼睛，发现柏寒知的脸距离她不过几厘米而已，可就是无法靠近。因为……他们之间还隔着鸭舌帽檐！

　　这大概是……世界上最尴尬的距离吧！

　　他们俩可能谁都没想到，都快亲上了，却被一个帽檐给挡住了。

　　什么呀！她到底为什么要戴帽子呀？！

　　所有暧昧而缱绻的气氛，都因这一意外微妙地变得不自在起来。

　　本来柏寒知刚才想吻她，也是被强烈的冲动驱使，现在这会儿被现实阻拦，尤其是二人都没什么接吻的经验，登时拘谨了起来。

杨岁低着头，不好意思看他，脸已经红得不成样子。

柏寒知倒是淡定许多，他缓缓站直身体，将头偏向一侧，似是吞了吞唾沫，喉结明显滚动了几下。

他抬手按了按她的脑袋，将被他撞歪的帽檐拨正，随后又恶趣味地将帽檐压得更低，轻咳了一声道："下次，别戴帽子了……"

说完，他似乎觉得不满意，顿了顿，又换了种说法，着重强调："跟我在一起的时候，不准戴。"

杨岁也咳了一声，掩饰自己的羞赧，含糊地说了句："知道了。"

很听话。

柏寒知"嗯"了一声，重新牵起了她的衣袖。

二人走在宽阔的林荫大道，树影随着风摇曳，灯光忽明忽暗。

由于校庆晚会还没结束，这一路除了他们，都没什么人，仿佛只有他们俩中途溜走，就像中学时代偷偷逃课那样。

一路上，他没有再讲话。

杨岁心念一动，悄悄伸出手指挠了挠他的手心。

他没什么反应。

杨岁便更加大胆起来，得寸进尺地钩住了他的小指，刚准备去牵他的手，柏寒知却先她一步，握住了她的手。

手指穿过她的指缝，与她十指相扣，紧紧地握在一起。

二人从确定关系到现在，统共才两天。这两天又都挺忙，没什么时间见面，最亲密的接触也就是柏寒知跟她表白时的拥抱了。

当然，今晚也很亲密，只是初吻竟因为帽檐碍事而夭折了。

不过，现在能牵着柏寒知的手漫步在校园里，她已经很知足了。

杨岁再一次悄悄观察他的神色，即便他还是一副古井无波的模样，刚才那种令人不寒而栗的压迫感也已经消失得无影无踪了。

刚才的事，让她有了底气。她问他："你吃醋了，是不是？"

柏寒知面不改色地否认："没有。"

杨岁不信，调皮地捏紧他的手指，往他身边靠了靠："你就是吃醋了，对吧？"

柏寒知再一次否认："没有。"

"有，你有，对吧？"杨岁故意闹他，身子靠着他的手臂，一边走一边歪着头往他面前凑，像复读机一样重复，"对吧？对吧？对吧？"

她并不是非要他承认，只是想借此机会来缓和气氛。

柏寒知不知道是被她闹的，还是被戳中了心事，故意做出不耐烦的样子，松开她的手，胳膊一抬，直接圈住了她的脖颈，将她往怀里一带，随后手绕到前面，捏住她的下巴，稍微使了点儿劲，她的嘴唇都被捏得嘚了起来。

他语气散漫，像教训小孩子一样："别吵。"

她的脸虽然小，但捏起来肉肉的，手感很舒服。柏寒知忍不住又多捏了两下。

"别捏我！"杨岁开始抗议。

刚才她那么闹他，柏寒知自然不会轻易地放过她，捏着她的脸不松手，语气还很欠揍："就捏。"

他的手很大，几乎能罩住她整张脸。

杨岁试图从他的臂弯下面逃脱出去，结果柏寒知故意跟她作对，就是不让她得逞。听着她猫咪一样的咕哝声，柏寒知压抑又烦躁的情绪彻底消失了，心中十分愉悦。

杨岁的嘴巴又被捏得翘起很高，脸都变形了。

"好丑。"杨岁嘟嘟囔囔，说话都不利索了。

"是吗？"他嘴角上扬，挑起眉，轻轻捏着她的下巴，促使她抬起头来，用不怀好意的口吻故意逗她，"我看看。"

杨岁皱着脸，极力挣扎，可为时已晚，她已经随着他的动作被迫仰头，头上的帽子都掉了下去。

幸好柏寒知眼疾手快，接住了她的帽子。

帽子一落，她被压住的头发得到了自由，被风撩动，若有若无地扫过她的脸颊。

她戴着帽子时，帽檐遮挡了光线，他看不太清楚她的脸。此刻没有了任何遮挡，她的脸完全暴露在他眼前，他才看清她此刻的模样。

她化了淡淡的眼影，下眼睑的颜色有些深，闪着晶亮的微光，衬得眼睛越发狭长，卧蚕饱满，涂了口红的嘴唇像玫瑰花一样红艳欲滴，与平日的她很不一样。

她平常总素着一张脸，干净又清纯。即便今晚化了浓妆，她身上也没有厚重的脂粉气，娇艳性感之中透出几分清丽，魅惑却不自知。

柏寒知总算松开了她的脸。不过，他的手并没有退开，指腹按上她的嘴唇，似乎在描摹她的唇形。

"跟你说个事情。"柏寒知垂下眼睫，遮挡住眸底翻涌的情绪。

杨岁好奇地问："什么？"

柏寒知弯下腰，薄唇贴在她耳畔，嗓音低哑："我等不到下次了。"

杨岁还没来得及反应，柏寒知就搂着她的腰，将她拽到了旁边的小路上。

这条路没有路灯，只有小路中央的亭子里有微弱的灯光。

灌木丛里传来虫鸣声，杨岁感觉到自己的背抵上了一棵树，下一秒，下颌被捏住，抬起。昏暗中，柏寒知快速靠近，他的气息扑面而来。

嘴唇相贴的那一刻，杨岁瞪大了眼睛，身体绷得笔直，她下意识地往树上靠。

这一切发生得突然，她一动都不敢动，手攥紧了衣角，心跳如擂鼓，一颗心简直就要跳出嗓子眼了。

他的吻，温柔，绵长，强势，也有些青涩笨拙，舌尖在她的下嘴唇轻舔，像品尝一块美味的奶油蛋糕。

脚踩在干枯的树叶上面，发出清脆的"沙沙"声，和衣服面料的窸窣摩擦声混合在一起。

她身上的风衣扣子扣得严严实实，可他温热的手指还是从扣子间悄悄溜进去，触到绑在她腰腹上的细带。

正如别人所说，杨岁的身材真的很好。纤腰不盈一握，小腹平坦紧致，尤其是凹下去的脊柱沟，充满了诱惑。

他要将别人觊觎过的地方统统印满他的印迹。

占有欲是个魔鬼，一旦放出牢笼，便会彻底失控。

"热不热？"他的唇游移到她的耳畔，声音低哑地说道。

杨岁的脑子虽一片混沌，可还存有一丝理智。她还记得她刚才要脱下风衣时柏寒知那凌厉的眼神。

她摇了摇头，含混不清地说："……不热。"

闻言，他的笑声在耳边散开。

他亲吻着她的耳垂，随后不轻不重地咬了一下，用戏谑的口吻说道："可你身上，很湿。"

明明知道杨岁穿着风衣很热，出了一身的汗，柏寒知就是不让她脱下来，必须回宿舍之后才行。

他们在小树林里接了很久的吻，柏寒知才送她回了宿舍。

到了宿舍楼下，杨岁羞得不敢看他。分开后，她挣扎了好一会儿，又跑回来，环住他的脖子，快速地吻了一下他的唇，这才落荒而逃。

他意犹未尽地舔着唇，在宿舍楼下站了一会儿才准备回家，走了几步才想起来，他是骑车来的。

嗯？车呢？

他回忆了一下。他火急火燎地骑车回家拿外套，又火急火燎地骑车赶回学校，当时好像直接把车随手扔在礼堂外了。

柏寒知也不嫌麻烦，趁着心情大好，闲庭信步地回到了礼堂，找到了倒在草地上的山地车。

他骑车回到家，准备去洗澡。

走进浴室，看到镜子中的自己，嘴角还残留着从杨岁嘴上蹭来的口红。他伸出舌头，缓缓地舔了舔。不知道是不是错觉，竟然觉得有点儿甜。

洗完澡出来，柏寒知从冰箱里拿了一罐冰镇的能量饮料，拉开拉环，仰头喝了几口。头发上的水顺着脖颈往下流，一路流过滑动的喉结。

手机突然响起微信提示音，柏寒知快步走过去，拿起手机。

本以为是杨岁给他发来的消息，然而并不是。

他压下内心的失望，漫不经心地看了一眼消息。

是来自Alice的一条语音消息，他点开听。

Alice是纯正的英国人，可跟他交流时，总是习惯性地用中文。

她的中文说得还算不错，语气中充满了疑惑和试探："你的微信昵称怎么改了？岁宝？这两个字是什么意思？"

柏寒知回了条语音消息："女朋友的名字。"

过了好几分钟，Alice突然打了视频电话过来。

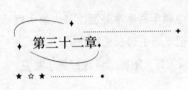

第三十二章

　　Alice 的视频电话打过来的时候，柏寒知正在浴室擦头发，听到视频电话铃声时，他撂下毛巾大步流星地出了浴室，往沙发上一扑，捞起手机。

　　还以为是自个儿女朋友打来的，结果又不是。

　　看到打来的是视频电话，柏寒知下意识地看了一眼自己光裸的胸膛。现在天气热了，他洗完澡一般都不穿上衣，反正是自己一个人住，也没想过雅不雅观的问题。

　　Alice 是他继父的女儿，虽然二人已经相识近十年，他一直都将她当家人看待，可光着上身跟她视频，总归还是不合适的。

　　于是柏寒知将视频电话切换成了语音电话。

　　"Bryce（布赖斯），你有女朋友了吗？"

　　电话一接通，柏寒知的那一声"喂"还没来得及说出口，Alice 就抢先一步开了口。

　　她本来是细细的嗓音，这会儿或许是情绪有些激动的缘故，声音变得有些尖锐，透过听筒传过来有点儿刺耳。

　　柏寒知下意识地将手机拿远了些，随后便开了免提，将手机扔到一旁。

他慢条斯理地擦着头发，"嗯"了一声。

"什么时候的事情？"Alice又问。

"就这两天。"柏寒知一边擦着头发一边拿起茶几上的饮料喝了一口。

"你喜欢她？！"

即便隔着手机屏幕，都能感受她的过激反应。

柏寒知却依然面不改色，一丝多余的情绪都没有，似乎早已经习惯了Alice时不时的过激反应。

她从小就是这样的性子，吃到好吃的东西会兴奋得手舞足蹈，遇到高兴的事也会开心得大叫，难过的时候会鬼哭狼嚎。

她从小就学芭蕾舞，私下却一点儿都不文静。

柏寒知又"嗯"了一声，坦坦荡荡地承认："喜欢。"

他的话里透着一丝笑意和不易察觉的宠溺和温柔。

他回答了之后，Alice反常地沉默了，要不是偶尔听到有电流的声音，柏寒知都以为Alice已经挂断电话了。

他的手机就搁在手边，正准备拿起来看一眼时，手机屏幕忽地一亮，来了一条微信消息："睡了吗？"

等了一晚上，可总算等来女朋友的消息了。

他刚才正准备给杨岁发消息呢。

"我女朋友找我了，先挂了，有空再联系。"

女朋友一来,他的心都飞走了,也不管Alice是不是还有话说,匆忙撂下一句便挂了电话。

挂了Alice的电话后，柏寒知迫不及待地给杨岁打了一通视频电话过去。

不到一秒，杨岁就接听了。

她那边光线明亮，宿舍里应该就她一个人，室友们还在看校庆晚会没回来。

她坐在书桌前的吊椅里，脸上的妆已经全部卸掉，面容恢复了往日的清秀，皮肤状态很好，白里透着红。

吊椅荡了两下，但她还是坐得规规矩矩的。看样子，跟他视频，她很拘谨，有点儿放不开。

扭捏了半天，好不容易才肯直视镜头，下一秒，她的脸便唰地红了，像是充了血似的，还慌张地捂住了眼睛。

"你怎么不穿衣服！"

柏寒知懒懒散散地靠着沙发靠枕，手机放在正常的高度，镜头大概拍到了他胸口的位置。

柏寒知原本还没怎么在意，一听这话，便立即平躺在沙发上，长腿搭在扶手上，故意将手机举高，镜头下移。手机屏幕上是他的整个胸膛，肌肉线条清晰可见，腹肌随着呼吸一上一下地起伏。

明明都露完了，他却像哄骗小孩儿一样，睁着眼睛说瞎话："我穿上衣服了。"

杨岁还真信了他的鬼话，将手挪开。

不料睁开眼睛后，竟看到如此活色生香的一幕。她惊慌失措地尖叫了一声，立马又捂住脸："柏寒知，你干吗？！"

柏寒知被她这反应逗笑了，笑得胸腔震动，愉悦的笑声从喉咙滚出来，格外低沉。

明知道她脸皮薄，最不禁逗，他偏要逗得她面红耳赤，不知所措。

他像是还嫌不够，单臂撑着沙发半坐起身，嘴唇贴近手机听筒，声音压得极低，宛若在她耳边呢喃："我还能再往下挪点儿，要看吗？"

杨岁的鼻血差点儿没喷上屏幕，她将手机屏幕一把扣在桌面上："小心网警抓你！"

杨岁记得他打球时，丝毫不给那些小"迷妹"大饱眼福的机会，不该露的地方都不会露。谁能想到他私底下会有这么不正经的一面？

校庆之后紧接着就是五一小长假。

第二天，杨岁一如既往起得很早，收拾行李准备回家。

她的闹钟一响，其他三个室友也跟着醒了。她们买了票回家，一想到要回家，连床也不赖了，都兴奋地收拾东西。

四个人一起提着行李箱走出宿舍。周语珊和她男朋友打算先出去旅游一圈再回家，便直接打车去机场了。张可芯、乔晓雯和杨岁则一起走向距离北门只有一百米的地铁站。

刚走到地铁站入口，正准备上扶梯，身后忽然传来了一阵急促的喇叭声。

杨岁下意识地回过头看了一眼，只见柏寒知的车就停在路边。他降下车窗，朝她挥了挥手，随后打开车门下了车，朝她走了过来。

张可芯和乔晓雯也望了过去，看到柏寒知从车上下来时，眼珠子瞪得溜圆。

柏寒知走过来，停在杨岁面前，目光扫过她的室友们，略一颔首："你们好。"

"你好、你好。"

"早上好。"

张可芯和乔晓雯笑呵呵地回应。

柏寒知看向杨岁，嘴角勾起笑容："早。"

他说着，牵起了她的手。

即便只是牵手，当着室友们的面，杨岁还是会觉得有点儿不好意思。但她并没有躲开，只是咳了一声，轻声问："你怎么这么早出门？"

"你昨晚不是说你今天要回家吗？"柏寒知说，"来接你。"

闻言，张可芯和乔晓雯立马起哄："哟，有男朋友就是好啊！"

杨岁脸一热，悄悄瞪了她们一眼，警告她们不准瞎起哄。

"你们去哪儿？我送你们吧。"柏寒知说。

"不用、不用！我们去高铁站，不顺路的！谢谢好意啦。"

张可芯和乔晓雯连忙客气地摆手拒绝，对杨岁说了句："岁，假期后见啦，拜拜。" 随后很有眼力见儿地拉起自己的行李箱，跑进了地铁站。

"拜拜，你们路上注意安全。"杨岁朝她们挥手。

两个室友走了之后，柏寒知一只手提起她的行李箱，一只手牵着她走到车边，帮她拉开副驾驶座的车门。杨岁上了车之后，他这才去前备厢放行李。

学校离杨岁家也不远，但现在是早高峰，他们花了差不多四十分钟才到。

车子开不进胡同，只能停在胡同口。

车子停好之后，柏寒知便解开了安全带，俯身迅速朝她靠近。

杨岁都还没来得及反应，柏寒知就吻住了她的唇，一如昨晚在隐蔽的小树林里，温柔却强势。

他捧住她的脸，手指捏着她的耳垂，很快她的耳垂就变红了。

一跟他接吻，她就想起昨晚发生的一切。即便已经经历过，她还是会出现心慌气短的反应。

杨岁浑身僵硬，手都不知道该往哪儿摆，更别提回应他的吻了。

男孩子在这方面好像都有无师自通的天赋，三两下便让她缴械投降了。

即便车窗贴了防窥膜，可毕竟是在人来人往的胡同口，而且这里到处都是熟人，她生怕被人撞见，于是推搡了两下，软软地反抗。

这一回，柏寒知没有为难她，非常懂得见好就收。只是放过了她的嘴唇之后，他又亲了亲她的脸颊和耳垂，之后便将她抱住。

她羞得将脸深深地埋进了他的胸膛。

他抬手轻轻抚摸着她的发丝，像是在安抚她。

除了自己极快的心跳声外，她也听到了他的心跳声，震耳欲聋。

她将双臂伸到他身后，紧紧搂住他的腰，主动找话题："你假期……怎么过？"

"不怎么过。"

柏寒知用下巴蹭了蹭她的额头，顿了顿，又补了一句："一个人过。"

明明是平淡的口吻，竟莫名显得有点儿委屈。

"啊？"杨岁抬起头，有些惊讶，"好几天的假期，你不跟家人一起吗？"

话说出口之后，她才意识到自己说错话了，后悔莫及。

柏寒知跟她说过他妈妈过世了，提到家人，难免会勾起他的伤心事。

杨岁特别愧疚，正想弥补过错，转移一下话题时，柏寒知像个没事人一样，云淡风轻地回答："我爸很忙，再加上上次跟他吵了一架，他估计根本不想见我吧。"

说完之后，他又无所谓地笑了一声："没事，我已经习惯一个人了。"

这话带着点儿自嘲意味，于是那种落寞又委屈的感觉更加浓郁了。

他在突出自己"一个人"。

然而，杨岁并没有察觉出他那狡黠的小心思，很容易便入了他的圈套，将他抱得更紧了。她仰起头，急切地强调："不是，你现在不是一个人了，你还有我。"

柏寒知很满意她的回答，低头亲了一下她的唇，淡淡地笑："嗯。"

杨岁心里很难受。原来他每逢佳节都是一个人孤孤单单地度过吗？

她真的很心疼。

这时，一个念头一闪而过。

她羞赧地靠上他的肩头，轻声说："我先回家待一天，晚上就去你公寓找你，好不好？"

柏寒知挑眉道："嗯？找我干什么？"

杨岁将脸埋进他的颈窝，瓮声瓮气地说："陪……陪你……"

第三十三章

柏寒知之所以在杨岁面前卖惨，装可怜，就是想让女朋友心疼心疼他。只要给他一个爱的抱抱和亲亲，或者说一些"你还有我"这样温暖的话，他就非常受用了。但他绝对没有想到，杨岁不仅又是抱又是安慰，还说来陪他。

柏寒知受宠若惊。

明知道她说的陪他没有别的意思，但他还是想逗逗她。

"陪我？"柏寒知往后靠了靠，手托起她的下巴，迫使她抬起头。

与他对上视线的那一刻，杨岁看清了他眼底那耐人寻味的促狭意味。

他眉毛微扬，故意问："陪我做什么？"

这句话惹得人浮想联翩。

杨岁再单纯无知，也不可能听不出他话中的促狭意味。

尤其是"做什么"三个字，他说得意味深长。

大家都是成年人了，说这种话难免有些暧昧。最主要的是，她还说了是"晚上"去找他。柏寒知不多想都不是正常人了吧？

杨岁的脸登时就红透了。

"嗯……"她挠了挠头，嘟囔道，"就……很单纯地陪你吃饭，陪你聊天，陪你看看电影之类的……你可不要想歪了……"

"很单纯"这三个字咬得格外清晰。

"你要是没想歪，怎么知道我想歪了？"柏寒知似笑非笑地看着她。

杨岁登时噎住了。

看到柏寒知兴致盎然的模样，她扭捏了半天，恼羞成怒道："你好烦啊。"

她抱怨似的哼了一声，像小猫咪哼唧似的，软乎乎的。

柏寒知觉得仿佛有一双猫爪子在他心上挠来挠去，惹得他心痒难耐。

他没打算忍耐，直接低下头去寻她的唇，轻轻地碰了一下，手按着她的后颈没有退开。两人唇瓣相贴，他语气认真地说："嗯，我好烦。我们岁宝还是小孩子，怎么能跟小孩子计较呢，对吧？"

杨岁跟他唱反调："我是小孩子，那你不能亲小孩子！"说着，还像煞有介事地将头往后仰，捂住了自己的嘴。

柏寒知一把扣住她的腰，稍一用力就将她搂了回来，挑衅般扬起嘴角，声音压得很低，一字一顿地说："可我就喜欢欺负小孩儿。"

他故意去捏她的腰，腰侧那一块极为敏感，她受不了，迅速躲开，去推柏寒知。

"错了，我错了，别碰那里。"她一边笑一边求饶。

明明知道她这话并没有别的意思，可两人现在是情侣，怎么听怎么暧昧。

他盯着她，没有说话，不自觉地舔了舔唇。

杨岁意识到了自己刚才说的话有多么不对劲，她的身体瞬间僵住，屏住了呼吸。

气氛微妙而尴尬。

杨岁选择逃避。她去拉车门："我先回去了。"

怎料柏寒知拉着她的手，不让她走。

"这里不能停太久，会扣分的。"杨岁指了指前面的交通指示牌。

柏寒知朝她靠过去，还是搂着她的腰，但没有再碰她怕痒的那一块地方。他将脸埋进她的颈窝，嗓音沙哑，一副无所谓的口吻："扣就扣吧，扣不完。"

他的脸在她的颈窝间蹭了蹭，有点儿像在撒娇。

紧接着，他张开嘴，牙齿轻咬着她耳垂那一块软肉。

像蚂蚁咬了一下，不疼，但一阵酥麻。

杨岁哪里能抵得住他这样撩拨，理智告诉她，不能再磨磨蹭蹭了："不行，再停一会儿，交警就该来了。"

看她那样子，是真的着急，柏寒知也不跟她闹了，将她放开，率先下车，取出她的行李箱。

杨岁拉起拉杆，指了指胡同里："那我走了。"

"嗯。"柏寒知点头。

然而下一秒，他又立马改了主意，展开双臂："抱抱再走。"

胡同口人来人往，停着一辆不应该出现在这里的豪车，再加上柏寒知本就长得惹眼，路过的人纷纷投来惊艳的目光。

可杨岁实在无法拒绝柏寒知。

不知道为什么，自从两人谈了恋爱，柏寒知就变得有那么一点儿黏人了，跟平常的他判若两人。这样的反差，着实让人无法招架。

她毫不在意旁人的目光，扑进了柏寒知怀里。说是抱一下，她还踮起脚，额外赠送了一枚香吻，像哄小孩子一样，亲了亲他的下巴和嘴唇，笑着说："晚上见。"

说完，也不给他回应的机会，拉着行李箱就匆匆忙忙地跑进了胡同。跑出一段距离后，她才回过头来，笑得像一朵盛开的花儿，抬高了胳膊朝他挥了挥手。

杨岁前脚刚迈进胡同，后脚就有熟人喊住她："杨家大闺女，回来啦？那是你对象啊？"

杨岁点点头："是。"

"嚯，那小伙子个儿可真高，长得忒帅。那车是他自己的？"

"哎哟，这得多少钱！家里干什么的呀？"

"杨家大闺女眼光就是好，你们俩郎才女貌！般配！"

邻居大妈们表情浮夸，妙语连珠，杨岁实在接不上话，只能礼貌地笑一笑。

明知道她们可能只是单纯地夸柏寒知，说他们郎才女貌或许只是客套话，杨岁还是会忍不住开心和……骄傲。

因为这么优秀的人，是她的男朋友。

杨岁回到家里时，店里正是最忙的时候，她连忙上楼放了行李，换了身耐脏的衣服下楼去帮忙。

今天是五一劳动节，杨溢一早就跟他的朋友们出去玩了，中午饭没回来吃，到了傍晚才蹦蹦跳跳地回了家，手上提着一兜子零食和几个小娃娃。

这个时间点，朱玲娟正在厨房里准备晚饭。

忙活了一天，杨岁出了一身汗，总算可以休息一会儿，于是去冲了澡。

杨溢上楼时，正巧撞上杨岁从洗手间出来，她头发吹得半干，手里端着一个盆，里面装着干活儿穿的衣服，已经洗干净了。

"姐，你回来了呀！"杨溢欢天喜地地冲了过去，想给杨岁一个大大的拥抱，表达自己的想念之情。

杨岁十分嫌弃地往旁边一闪，躲开了。

杨溢脆弱的心灵受到了伤害，他委屈地噘起嘴，决定不理姐姐了，气哼哼地回了自己的房间。

杨岁晾好衣服后，路过杨溢的房间时，看到杨溢将娃娃摆到了自己的床头，摆完还沾沾自喜地拿手机拍了下来，给谁发了过去。

杨岁一眼就看出来了，这是夹娃娃机里的小娃娃。

她走到房门前，靠着门框，“啧啧”两声：“出去约会了？跟小女生去夹娃娃了？你早恋了？”

直击灵魂的三连问可把杨溢吓得不轻，他直接从床上蹦起来：“我们是很纯洁的友谊，你别胡说！当时还有其他同学在的！”

杨岁本来只是随口一问，没想到杨溢的反应这么大。

他的解释还真是“此地无银三百两”，一不小心就自我暴露了。

“哦！”杨岁意味深长地点了点头，一脸“果真如此”的表情。

杨溢的脸涨得通红，生怕杨岁会逮住他的小辫子大做文章，立马转移了话题：“放假你怎么不跟姐夫去约会呀？”

“你管我呢？”

杨岁刚转过身打算回房间，又像是突然想起了什么似的，回过头来指着杨溢，跟他算账：“杨溢，我的信是你偷偷拿的吧！”

她做出撸袖子的动作，冲进杨溢房间：“你胆儿挺大呀！敢在我眼皮子底下动手脚！不想活了是吧？”

杨溢吓得窜来窜去：“哎，你得感谢我，姐！要不是我，你还脱不了单呢！你怎么能怪我？”

“老实交代吧，他给你什么好处了？”

杨溢什么性子，杨岁可是了如指掌，绝对是受贿了，不然他不敢干这种事情。

杨溢猛地吞了吞唾沫。

他不敢说是因为姐夫给他的两个游戏账号买了全套皮肤，否则杨岁估计得把他大卸八块。

"妈！"杨溢脚底跟抹了油似的，一溜烟儿跑出房间，奔去了厨房，冲朱玲娟喊道，"姐她谈恋爱了！就是跟那个你特喜欢的大帅哥！"

现在这种情况，只有母亲能救他了。

朱玲娟正在厨房里炒菜，听到杨溢的话后，锅铲砰的一声落进了锅里。她连菜都不管了，跑出来，扯着嗓子问杨岁："岁宝，真的假的？你弟没糊弄我吧？"

"你真的跟那个像大明星一样的帅哥谈恋爱了？真谈上了？！"朱玲娟一再确认。

杨岁本来没打算这么早让父母知道的，可杨溢这个嘴上没把门的玩意儿，干出这样的好事，杨岁只能硬着头皮，承认了："是，我跟他在一起了。"

"哎呀，妈呀！"朱玲娟心花怒放，猛地一拍大腿，"我就说嘛！我一看那小帅哥就觉得亲近，这不就对了嘛！注定是我女婿！好！好！特别好！妈同意！妈特别同意！"

杨岁很无语。

"他今天怎么没跟你一块儿回来呀？"朱玲娟笑得嘴都合不拢了。

"他跟我回来干吗？"杨岁一脸莫名其妙，"他肯定回他自己家呀。"

说到这个，杨岁想起今天中午跟柏寒知聊天，她问柏寒知中午吃什么，他说他点了外卖。

现如今这个社会，大家都习惯了快节奏的生活，外卖成了必不可少的东西。然而杨岁联想到柏寒知说的那一句"我已经习惯一个人了"，又想到柏寒知孤零零一个人在家，没人做饭，只能点外卖吃，就觉得心疼。

她知道，她的心疼或许很多余。柏寒知不缺钱，他要是想，大可以请几个厨师天天给他做饭，或者回去住他家的大别墅，享受用人无微不至的照顾。

可他还是选择了一个人生活。

正因为如此，杨岁才觉得心疼，迫不及待地想给他温暖和陪伴。

"他一个人在家，估计晚上又是点外卖吃。"杨岁抠着手指头嘀咕了一句。

她都没意识到自己把这话给说出来了。

"一个人住啊？"朱玲娟全然把柏寒知当成了女婿，关心得很，"吃外卖怎么能行！多不卫生啊！可不能吃外卖！"

朱玲娟灵光一闪，用一副命令的口吻道："这样，你把他叫到咱家来吃饭，我好好招待招待他。"

杨岁震惊不已："啊？！"

这太突然了吧？

杨溢与朱玲娟打配合，偷偷摸摸地拿出手机，给柏寒知打了通电话过去，随后走到朱玲娟身边，以防杨岁会跑过来抢手机。

电话响了几声，柏寒知就接了。

杨溢立马开了免提，直奔主题："姐夫，我妈叫你上我们家来吃饭！"